ちくま文庫

矢川澄子ベスト・エッセイ

妹たちへ

矢川澄子
早川茉莉 編

筑摩書房

もくじ

第一章　あの頃

第二章　存在の世界地図

第三章 高原の一隅から

第四章　不滅の少女

第五章　卯歳の娘たち

第六章　兎穴の彼方に

矢川澄子ベスト・エッセイ　妹たちへ

・本書『矢川澄子ベスト・エッセイ　妹たちへ』は矢川澄子のエッセイ作品から、編者の早川茉莉が編んだオリジナル・アンソロジーです。
・文庫化にあたり、それぞれのエッセイが収録されている単行本・全集を底本としました。
・タイトルがないものにつきましては、便宜上、編集部がつけ、〔　〕を付しました。
・また、ところどころにルビを補いました。
・本書には、今日では差別的ととられかねない表現がありますが、作者が故人であることと、執筆当時の時代背景を考え、原文のままとしました。
・「夢は夜ひらく」（石坂まさを作詞）
JASRAC 出 2100459-101号

第一章 あの頃

千葉外房の江見・真門海岸にて。矢川澄子と澁澤龍彦。
1962年、石井恭二撮影。

わたしの一九三〇年代覚え書き

そのあたり一帯をもと上リ屋敷という。くわしくは東京市外高田町上リ屋敷。わたしのおぼえさせられた頃は、すでに豊島区雑司ケ谷七丁目一、一一七番地であった。わたしの一九三〇年代の記憶はほぼこの一廓にはじまる。

生け垣にかこまれたこの一廓に、その頃二つの家がならんで建っていた。北寄りの木造の二階家。これがわたしという子供にとってのオウチで、父母と姉と妹と、それからねえやなどがおり、妹はその後さらにもう一人ふえた。南側にあるいますこしりっぱな平家造りは、この土地の先住者であるおじちゃんたち、つまり母の姉夫婦の住居であった。

生け垣のそとにひろがる世界をわたしはあまりよく知らなかった。というより、あえて知ろうとしなかったといった方があたっていよう。冒険を求めてさまよい出るには、わたしのちっぽけなからだはまったく恃みにならず、好奇心よりも恐怖の方がつねに先に立った。よその子はすべていじめっ子に思えた。

わたしは終始おうちの子であった。風の中の子供ではない、家の中の子供だ。都会生活三代を経て、この子はすでに十分衰弱した生きものであったらしい。

三〇年代のその頃、この一廓に生い立つ子供たちにとって、土の香というものはすでにしてほとんど漂ってはこなかった。

「世田谷ってとこにはハタケがあるんですってね」、お友だちからきかされたそんな話を、いかにも奇異なことのように母に報告したのをおぼえている。だいたいが田舎もお国ももたぬ根無し草ぞろいの一族であった。三〇年代も末近くなって、自分たちもいよいよそのハタケのある世田谷へ移り住むようになるまで、田園とかお百姓さんとかいったものはわたしにとって完全に絵空ごとの世界でしかなかった。

じっさい考えてみれば、路ばたの雑草は別にして、この子をとりかこむ一木一草のうち、彼ら自身が植木屋の手による土離れを経験していないものがはたしてどれだけあったろう。わたしはやはり最終的にヒッピーにはなりきれないような気がする。山里の子が日々霊峰を仰ぎ、海辺の子が夜ごと汐騒を子守唄にして育つように、もしもわたしの無垢の眼に消し難く描きこまれた風景があったとすれば、それはおうちからつい目と鼻の先にあった、ライトさんの設計のＪ学園の建物であり、そのまえにひろがる芝生であったかもしれないのだから。そして、わたしにとってのこれら山川草木から、幼い魂はあるしたたかな美をたしかにくみとってきたのだから。

奥さんどうしが姉妹でもあるせいか、生け垣のなかの二家族は仲よく往き来していた。というより、子供のいない伯父夫婦が可愛がってくれるのをいいことに、わたしたちの方が出かけて行って上りこむことの方がおそらく多かったろう。わが家の父親は子供たちを理想的に育てようとするあまり、ともすれば厳しくおそろしい存在に思えた。父親にはないある豪放磊落さのようなものを、子供たちはこの伯父から敏感に感じとっていた。

わたしの思い出には、英語の先生という職業柄洋書にうずまったうすぐらい父親の部屋よりも、この伯父の応接間兼書斎のありさまの方が、ふしぎにくっきりとのこっている。葉巻の箱や、口から電球をぶらさげた剝製のペンギンのスタンドや、まんまるいトゲフグなどののっかっている大きなデスクを据えたその部屋には、ずいぶんいろんなひとが出入りするらしかった。郵便物も山ほどあった。「党のひと」ということばを時折子供たちは耳にした。

書家の息子であるこのひとは、自らも書を能くし、そのついでに姪たちの手をとって墨流しの方法を伝授してくれたりした。

そうだ、おじちゃんとクリスマスをしよう。ある年、そういって誘ってくれたことがある。

その晩、伯父は蠟燭と障子紙を用意させると、四脚の椅子をひっくりかえしにしてテーブルの上にのせ、脚のまわりにぐるりと障子紙をめぐらし、まんなかに蠟燭をたてて即席の灯籠をつくりあげた。高校時代の寮祭の思い出を生かしたものらしい。できあがると、筆をとってひいらぎの模様などとともに、こんな文句を達者に書き加えた。

「ああ仰の木
　ああ澄の木
　　ああ研の木よ……」

そして火をともすと、はしゃぎまわる小さな姪たちの手をとって、このタンネンバウムの替唄をくりかえし唄ってくれた。仰は姉、研は妹の名前だった。

家の中の子供はそのまま、本の中の子供でもあった。本、活字、書物。わたしの印刷文化との悪因縁はこの頃からはじまっている。

活字とはどうやら字が活きて動きだすものらしく、本というのもまた、考えてみれば日本語独特のまことにふしぎなことばなのだ。少なくともこの環境に育つ子供にとっては、本こそが本ものの、実業の世界であったかもしれない。買われてきた本はおうちにも大分あったけれど、おじちゃんの家ではその本が生まれ出るまでの工程も直接見ることができたのだから。

上リ屋敷のこの一廓は、もともと明治のうちから母の実家の隠居所にあてられていた土地であったが、大正の末ごろからは伯父の経営する個人出版社のアドレスともなっていた。

いまわたしの手許に二冊ほど、そのクララ社の出版物がのこっている。一冊は大正十三年版、ウイットウォース著馬場二郎訳『ニジンスキーの舞踊芸術』。これはおそらく単行本としては日本で最初にニジンスキーを紹介したものであったかもしれない。当時はまだ定訳もなかったのか、ストラヴィンスキイの「春の聖別式」などという記述も見られる。装幀は伯父自身か、当時二円の絵入りの美しい本である。もう一冊は翻訳から装幀までそっくり伯父の手になるもので、B・C・Gruenberg著『母様、僕どうして生まれたの?』。こちらは昭和五年版で、「母は子供にどう答へるか」と副題にうたった、いわば性教育のはしりの本である。後付には伯父自身の著である『よき子を生む為めに』（懐妊の調節について）などの広告ものっている。このひとは翼賛選挙で落選するまで九州の炭坑地帯から代議士に出ており、サンガー夫人の招聘にもつとめたとのことだが、皮肉なことに自らは望みながらついに子供に恵まれなかった。血縁ではないわたしたちはその分だけ可愛がってもらったわけで、ついには妹がその後を継ぐことになった。

わたしたちの共に住んだあの頃、生け垣のなかにはじつはもう一棟べつの建物があって、キシュクシャとオキョウシツとよばれていた。クララ社はその頃、小規模ではあるがクララ洋裁学院の看板をかかげ、同時に『洋裁春秋』という月刊誌をも発行しはじめていたのだ。学院長兼主筆は伯母で、社会運動に打込む伯父のための内助の表れでもあったろう。

先生を招んでフランス語をおそわり、トレーシング・ペーパーで『ジャルダン・デ・モード』のファッションを写して頁をつくってゆく伯母たちの手工業の過程を、幼い姪たちはたえずのぞき見ていた。ハワイから留学してきている内弟子随一の美人の西村さんのポートレートはそのまま表紙にもなったし、また仕上ったベビー服を着せられた妹をカメラマニアの父が撮った写真もすぐさまグラビアを飾った。

幼年時代は誰にとっても甘美なノスタルジアの世界であり、最後に立帰るべき心のふるさとであろう。わたしもまたその例に洩れない。

はっきりいってしまおう。わたしの記憶にのこる三〇年代、この目が見上げた二組の男女のすがたはいかにも愉しげで、美しかった。とりわけ母たちは美しく思えた。母も伯母もじつに大らかに、身近にある男たち子供たちのためにその母心と女手とを役立て、全身でそのよろこびをうたっていたのだ。わたしのたべものはすべて母の手料理であり、身につけるのはほとんど伯母の手になるものであった。まことに素朴な手づくりのよろこびみたいなものがこの一廓にただよっていたように思う。

母たちはほんとに倖せであったのか。おそらくそうだったろうとしかいいようがない。偶然のなせるわざか、それとも祖母の聡明な婿選びによるものか、伯父も父も自分の係累や旧来の家とはきれいにふっきれた身軽なひとたちだった。時代もよかったのか。男たちはここではただ未来への種を蒔くひとであればよかった。彼らは自信にあふれ、理による世界支配を夢みながら、妻たち子供たちを力強く導いていてやればそれで事足りたのだった。

いまにして思う、あそこはやはりつかのまの解放区にすぎなかったのだと。今のわたしのありかたにすこしでも不倖せの影がさすとすれば、それはあの楽園での倖せすぎた子供時代の罪をどこかで償っているのだろう。

わたしの手許には、当時の母の着た服も二枚ほどのこされている。文字通りの一九三〇年代スタイルのその服を、夜更つれづれに鏡のまえで着てみたりしながら、わたしはふと考えこむのだ。この身はなぜあのはれやかな母たちの似姿になれなかったのだろう、と。おそらくは、つづく四〇年代、難破船日本号と運命を共にして痛ましくも挫折していったん二人の理想主義者たちの面影があまりにも生々しくこの眼に灼きついてしまったからなのであろうが、それを語るのはすでにこの稿の限りではない。

（一九七五年）

高みからひびく声

ひとりの小さな女の子がこの世に生まれでて、ようやくものごころついたころのことから考えなおしてみよう。

そこは一軒の家のなかであった。すでに三人のひとが、この女の子とともに、ひとつ屋根の下で明けくれ寝起きしていた。

ひとりは、もとはそれこそじぶんとそのひととの区別もさだかでない、あたたかい、やわらかい肌そのもので、つねにじぶんをぴったりつつみこんでいてくれたのが、時につれしだいに遠ざかり、よそよそしくすごすことが多くなって、小さな女の子はかぎりない心細さをおぼえるとともに、やっぱりこれはじぶんとはべつのひとどうしなのだという、ひとつのあきらめをも身につけるようになったのだった。遠ざかったとはいっても、もちろん、そのひとの手はたえず女の子の身ぢかにあって、たべものをあたえ、身のまわりのことを滑らかにととのえてくれ、いかにもたより甲斐のある感じではあった。

もうひとりは、じぶんとそっくりおなじ目鼻立ちをして、着ているものまでたいていはおそろいといった、ふたまわりほど大きい女の子だった。この子とはよくけんかをした。

この二人と、あらたにくわわった女の子じしんとは、かたことと一人まえとのちがいはあるにせよ、大きくいって三人が三人ともおなじひびきの声で、おなじことばをしゃべる点では同類といってよかった。

のこるひとりは、しかし、この三人のだれともちがう、とくべつな点だらけのひととして女の子の目にうつった。

まず、何よりそのひとのめだったちがいは、大きいということだった。からだも、持物も、何もかも、この家でいちばん大きかった。

大きいひと、それがすなわち大人であることを、小さな女の子はもちろん知らなかったわけではない。そのかぎりでは、じぶんをせわしてくれる手の持主だっておなじだったけれど、このひととなると、あまりにもたえず近くにありすぎて、そのすがたの大きさなんぞ見きわめるだけのゆとりもひまもなかった。それにひきかえ、いまひとりの大人のほうは、時間的にも空間的にもはるかにへだたりをもっていたから、それだけよけいに大きさというものを意識させることになったのかもしれない。

そのひとのまえにでると、さらでだにちっぽけな女の子は、ほんとにたとえようもなく小さいのだった。そのひとの顔は、つねに小さな女の子が見上げるところにあり、そのひとの声は、つねにある高みから女の子の上に舞いくだってきた。時たまかまってくれるその腕も、のせてくれるその肩も、大きく、いかつく、ごつごつしていて、動きのなめらかさからいっても、とうていやわらかい手の持主にはおよばなかった。

このひとは、つね日頃からけっして、むやみに子どもをだきあげたりしてはくれなかった。たまさかそんなことがあって、じぶんとそのひととの顔がおなじ高さになったうれしさに、女の子がうきうきと膝の上ではしゃぎだしたりすると、「こんなやせっぽちにのっかられたんでは、こちらの膝がいたくって」とかなんとかいいながら、さっさと畳の上におろしてしまうようなひとなのだった。おろされた女の子はちょっぴり悲しくもあったが、それでもこれは、じぶんがわるい子なのでしかられたのと断然ちがうということだけは、言外のひびきからあきらかであった。ふだんのこのひとの声は、けっしてこんなふうにはひびかなかったのだ。

そうだ、かたちの大きさというほかにもうひとつ、このひとの重大なちがいは、高みから舞いおりるその声、そのことばにあった。

どんなことばか？　一言をもってすれば、――甘えるな！　ということだ。

――泣くな。がまんしろ。わがままをいうな。きちんとしろ。じぶんのことはじぶんで。

小さな子どもたちにとって、これほどつれないひと、おそろしいひとは世にまたとなく、つぎの声のおめぐみにあずかれるまでに、どんなに血みどろな思いをくりかえしたことだろう。

――よし、いい子だ。

その声には、いままでのきびしさのあとかたもない、ふしぎなあかるさがあって、小さな女の子は、ただそれだけをめあてに、わけもわからぬまま、あわてていい子のふりをするくせを、知らずしらず身につけさせられたのである。

もっとも、そんなわけにはいかないこともあった。このひとは稀代の気むずかしやで、子どもの泣き声をきいているだけでいらいらしてしまうこともたびたびあったからだ。十日に一ぺんぐらい、その雷はとどろきわたった。

――やかましいっ！

有無をいわせぬその高飛車な憤怒のはげしさは、一瞬にして子どもたちを声なきものたらしめてしまう、まさに荒ぶる神のそれといってよかった。

＊

わたしの育てられかたは、おそらくたいへん古風で、したがってものの考えかたも、それなりにどうしても古めかしさをぬけだせないのだろう。父と娘のスキンシップなんて、おたがいに声のきこえるかぎり、まなざしのとどくかぎりにいっしょにいるということ、それだけでもうけっこうという気がしてならないのである。

おさないころのわたしは人一倍ひよわで、しょっちゅう病気をした。そんな夜、熱にうるんだまぶたをふっと見ひらくと、そこにはいつもとうってかわった父親の無言のまなざしがあった。おまえがさきにこの世からいなくなってしまったら、おれはいったいどうすりゃいいんだといった、むきだしのさびしさをのぞかせて、じぶんのつくりだしてしまった不細工ないのちのかたまりを見まもっているその目。その目にであうたびに、小さなわたしは、ふだんの父親との切ったはったのおつきあいが、結局はおたがいにすこやかなればこその、一種のお遊戯みたいなものにすぎなかったことをたしかめた思いで、ほっとしてふたたび眠りにおちるのだった。

（一九六九年）

くすんだ聖家族図

　直径三十センチほどの円いパネルである。用材は何だろうか。厚さ七、八ミリのその円板にぴったり紙をはり、壁掛けに仕立ててある。描かれているのはある三人家族。といってもこれはただの家族ではない。中央にいるのは母マリア、その後ろに幼子イエスを抱いた大工のヨゼフが控えている。正面にこちら向きで横坐りにすわったマリアは、なかばのけぞるようにして右肩ごしにわが子に手をさしのべているところだ。ふくよかな女人というより、むしろ男性的なものさえ感じさせる、うら若くたくましいマリア——

　この絵がミケランジェロのいわゆる聖家族図の複製であることを、美術全集か何かで知ったのは、いつ頃だったろう。

　この絵はじつはわたしの生まれるまえから、わたしの育った家の壁にかかっていた。記憶にあるかぎり、わが家の茶の間にはいつもこの絵があった。ものごころついた家でも、その後に引っ越した家でも。家族の食卓を見下ろすかたちで、それは長押（なげし）の上に掛けはなしにされたまま、時とともに古び、蒼然として、もはや壁の一部のように目立たなくなり――、ここに生い立つ子供たちにとっては、すでにしてそれは心象風景の一部と化していて、いまさら由来をたずねるまでもなくなっていた。

戦後の混乱期に家はますます荒れ、すすけ、親たちは老い、子供たちもてんでんばらばらにこの家から出て行ったり戻ったりした。

そして十数年まえ、両親の老人室をつくることを条件に中の妹がついにこの家屋の建て替えにふみきったとき、わたしは取り壊しまえの手伝いに行ったついでに、母にたのんでこのわすれられたような壁掛けをもらいうけてきた。その際はじめて母の口からこの品の由来をきかせてもらったのだった。

これは昭和二年に両親の結婚祝いに、母の親友のH夫人から贈られたものだったのだ。母より一足さきに結婚したH夫人は、歴史学者の夫とともに外遊したさきでこの複製板をみつけて持ち帰ったのだろう。

この絵はいまもわたしの生活している空間にそのまま掲げられている。いかにも大正教養主義とプロテスタンティズムの洗礼をうけて育った少女たちの交友ぶりをしのばせるのにふさわしい、この泰西名画を時折横目で見上げながら、わたしはふと思ったりする。これは聖家族というより、聖の名に仮託した原家族、ほとんど家族というものの原像ではなかろうか、と。

古色蒼然たるこの壁掛けがなんとなく捨て難いのは、おそらくそのためではなかろうか。家族というもののはじまりはどこでもそうだろうが、次女であるわたしの目に最初にうつった家族――父と母と、初子である姉との三人のかたちづくっていた構図も、たぶんこれと似たようなものではなかったろうか。

この秋、友人にさそわれてイタリアを旅したことで、この話には思わぬおまけがついた。有名なフィレンツェのウフィツィ美術館で、わたしははからずもこの絵の原画にお目にかかったのだけれど、それは思わず声をあげ目をそむけたくなるほど、わたしの見なれた壁掛けとはちがっていた。

なによりその色彩がまるで昨日描かれたもののように生々しく鮮やかだったことだ。その上おそれいったことに、ぐるりを大きくかこんだ金ぴかの仰々しい額縁からは、唐草模様ならまだしも立体的な人面が五つも首をもたげている。

傍らにはわざわざ、つい数年まえに修復の手が加えられた旨が注記してあった。

わたしは六十余年のひまに彩褪せて服の色もわからなくなったわが家の複製板がしんじつなつかしく、売店でおなじ絵葉書をもとめてだれかに知らせたかったけれど、この話をいちばん面白がってくれそうな人々は、両親もH夫人も、すでに悉く故人なのだった。

（一九八九年）

小さな夏の思い出

あれは五つか、せいぜい六つのときか。ものごころついた家のつい目と鼻のさきに、母の母校でもある某学園のささやかなキャンパスがあって、そこで毎夏二三度、関係者の子供たちを集めて早起会がひらかれるのだった。

ふだんは立入禁止のその中庭の、手入れの行届いた美しい芝生が、そのときだけは集いの場として開放される。わたしも二つ違いの姉に手をひかれ、おそろいの服をきてその仲間に加わった。まだ六時か七時頃だったろう。芝草は朝露をおび、風はさわやかで、すべてがすがすがしく、美しかった。

子供たちは全部で三、四十人もいたろうか。同窓会のひとたちが司会や世話にあたり、みんなにうたをうたわせたり、おはなしをきかせてくれたりした。芝生の上には蓄音機も持ちだされていて、やがてみんなで簡単なスクエア・ダンスのようなものをすることになった。

芝生の両側に二組にわかれて向きあって、端からひとりずつスキップして真中まで出てゆく。悲劇はこのときはじまった。順番がきたのに、わたしはなぜかどうしてもスキップができなかったのだ。さあ。あなたの番よ。どうしたの。出ていらっしゃい。いわれても、わたしは一歩も踏出せず立ちつくしたまま、気がついたときはとめどもなく泣きじゃくっていたのだった。

みんなができるのに、自分だけできない。それどころか、みんなのせっかくのお遊戯を台無しにしてしまった……。この悲しみを子供はいったいどう処理すればよかったろう。こまったわね。泣かないで。見ていらっしゃい。わたしをみそっかすにして、ダンスはふたたびつづけられた。

おかしなことだ。あのとき集っていた子供たちのなかで、わたしだけがとくべつ幼くてスキップというのを知らなかったのか。でももう幼稚園には通っていたし、同年輩の友だちだってたしかに居合わせたはずなのに。

涙でぼやけた目にうつるその朝の情景は美しかった。はれやかな夏の朝、緑の芝生にいそいそと跳びはねる子供たち。それらは自分がそのよろこびにあずかれぬことによって、いよいよ美しくかけがえなく思われた。

たのしかるべき人の世の門出から、わたしはこんな思い出をひっさげていまに至ってしまったらしい。

（一九七七年）

子どもの美・おとなの美

自然を美しいと思い、ありのままのすがたを美とみなす考えかたに、ちいさい頃のわたしはなかなかなじめなかった。

もちろん、天然自然の美、海や、夜空の星や、いわゆる花鳥風月に、おさない胸がゆりうごかされなかったはずはない。

問題は、ヒトであった。自然の一部である生物の、そのまた一部であるはずの、ヒト。そして、そのヒトの一員にほかならないわたし、――とそこまでくると、きまってわけがわからなくなってくる。なぜ、ヒトはありのままであってはいけないのだろう？

排泄のしつけからはじまって、子どもの受ける教育はことごとく、自然にそむけ、おのれに逆らえ、とさとしていた。

わがままは罪であり、好き勝手は悪徳でしかなかった。なぜ？　そんなことをすれば、他人にめいわくがかかるから。

素直にふるまえ、正直こそ第一、とおとなたちは教えながら、そのじつ子どもたちのほんとうに素直な欲求をたえず圧し殺す方角にしか、美のありかを呈示してはくれなかったのだ。

いまのわたしは、もちろん、こうした矛盾を矛盾とは知りつつも子どもたちにおしつけなくてはならないおとなたちの哀しみを、身をもって味わっている。

この矛盾こそが人間にとっての自然であり、この悲哀もまた大きくいって美のひとつにほかならないことをようやく悟るまでに、それにしてもなんと時間のかかったことだろう。

（初出未詳）

目白の怪

駅をまんなかにして南北にのびる線路と、その上をまたいで東西に走る大通りと。立体交差する二つの線によって、目白というまちははっきり四つに区切られています。地図の上では縦の、いわばX軸にあたる山手電車と、Y軸ともいうべき横の目白通りとの交点そのものがすなわち駅。ということは、つまりこの駅は一見地上にあるように見えながら、じつは宙にうかんでいるわけです。なにしろ駅舎そのものが、線路にかかった大きな陸橋の一部にすぎないのですからね。この駅は、いうなれば架空の存在なのです。目白通りを渋滞・混雑しながら進むくるまの乗客たち、もしくはドライバーたちは、この事実にほとんど気がつきません。ただ横目で駅舎をにらんで、ああやっと駅まで来たなァなどと思うだけです。駅の向い側にそこだけ街並がきれてぽかんと空がひらけていて、二三分おきに上り下りの電車がもぐりこんだり出てきたりしていることなど、めったに意識するひとはいません。

Y軸に沿って行きかうくるまの人々が無関心なのと同様、X軸上をがたごとはこばれてくる電車の乗客たちだって、まさか自分たちが架空のステーションについたなどとは思ってもみません。なぜってプラットフォームそのものはちゃんと地上にあるのですものね。自分たちの頭上をかすめて一時間に千台ものくるまが通過しているだなんて、わざわざおりて改札口までのぼって行ってみないかぎりわかりゃしません。

まちの中心自体がそのような、いわば空中楼閣だとすればです。このまちの住民たちがどこか根無し草的な非現実の相貌をおびているのもやむをえません。そうですとも、たぶん昔からそんなふうだったのでしょう。

目白の原住民なる方々を、わたしは寡聞にしてぞんじません。もちろん上り屋敷の名ぐらいはのこっていますけれども、それ以前はというとせいぜい狐塚のキツネあたりがわがもの顔に跋扈していたはず。ムサシの野辺にふきよせる開化の熱に煽られて、彼らがいつのまにか人間に化け了せたということとだって考えられなくはない。こうなるとますますこの土地柄が幻めいてきてしまうけれど、仕方ありません。X軸を境に狐塚の反対側には広大な雑司ヶ谷の墓地がひろがっているし、またY軸を西へ辿ればごていねいにも哲学堂という妖怪学の総本山みたいな一廓にゆきあたる。とすれば、これはもうさっさと観念するし

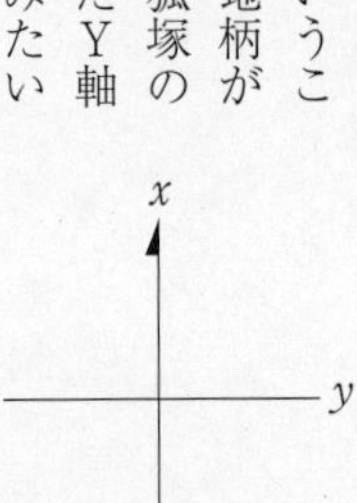

かない。くりかえします、目白はたぶん歴史的にみても山手随一の浮世離れ（シュル・レアリスティック）したまちだったのだ、と。

井上円了師がいつからここにお堂を営まれたかは知りませんが、おそらくは明治の末か大正のはじめ頃だったのでしょう。まあ円了師ならずとも、少くとも電車の開通と前後して求めてこの地に居を卜(ぼく)したような人びとは、みんな暗にこうした土地柄の妖異をかぎつけ、もしくはそれに魅せられたご連中。いうなれば己れのうちなるカオスとこの風土との曰くいいがたい因縁を感じればこそ、わざわざここへ集ってきたにちがいないのです。

そんな一風変った趣味の持主、いってしまえばやや偏窟屋の世間知らずどものなかに、たとえばここに隠居所をたてて先代、先々代の姑をちゃっかり愛妻から隔離してやった医師大塚某があり、またたとえば白金御殿の安逸をとびだしてはるばるこの地に愛の巣をかけた宮崎白蓮さんがあり、またたとえば郊外の草深さを好んで移ってきたという「婦人之友」社の羽仁夫妻、ならびにそこに出入りする一連の人びとがあったのでした。

「谷間の小駅の閑散とした姿で、切絵を組立てたように立っている目白駅、柵の波斯(ぺるしゃ)菊(ぎく)の群生が、何となく濛気をふくむむさし野の空を、気も萎えて遠々と仰いでいるという気配、そのまま夢二のこま絵の中に来た心地」、そして「学習院側の石崖の上の何処か空からのシルエットのようにはかない杉林、その杉林の彼方に大東京の空があり、その空を大方渡りつくしたところに、鳥ならば下りてゆくべき郷があるという心地――」

と、そんなメンバーのひとり、酔茗夫人島本久恵が大正初めのこのあたりを回想しています。じっさい京都の町なかで生い立った島本女史にしてみれば、ここは首都とはい い条あまりにも鄙の地であったのだ。田舎というよりこれはもう原野とよぶ方がはるかにふさわしかったかもしれません。とすればここにすすんで橋頭堡を築いた羽仁一族や婦人之友社の面々はいいとこ開拓者？　そう、まさしく新世界アメリカのピューリタンまがいのその手合いだったのでしょう。

ともあれ、爾来七十有余年。つい先年までご健在だったその島本女史が夢二や河井酔茗、北沢楽天などとともに創った雑誌「新少女」を、医師大塚某の息女タミちゃんはご近所のよしみでさっそく愛読し、やがて社屋とともにあたらしく建った学園の生徒になり、さらにそのタミちゃんの娘たちはフランク・ロイド・ライト氏の大谷石のその建物を最初の心象風景として育ち、これまたご近所のよしみで「子供之友」のモデルなどつとめたり、といったぐあいにして戦前の昭和の暦はおもむろに移ろい――

そしていま、医師大塚某の孫娘のひとり、タミちゃんの遺児のひとりは、久方ぶりに訪れたこのまちの、その名も目白倶楽部という、妖しくもいかがわしげな空間で、旧友たちとビールのジョッキを傾けながら、にわかな酔いにひきずりこまれてゆく自分を見出すのです。

なんだ、ここは。いくら駅そのものが架空の砦だからといって、こんなところに千人も屯（たむ）ろする夢みたいなすきまが見つかったなんて、これではビヤホールどころかまるでブラックホールじゃないか。蒼古たる学習院の森をバックに、鉄路を川に見立てれば、ここはほんの河川敷ともよべないせせこましさだったのに、目白の神よ、よくぞご健在でした。あなたの猥雑きわまるマジック。いまここに現（うつつ）をぬかす何百の老若男女のうちに、かつてのキツネの裔がはたして何人いることか……

（一九九一年）

私空間

皮袋の問題

私空間とははたしてどこを指すのだろう。自分ひとりの占有するスペースとして、わたしがまちがいなく呈示できるのは、せいぜいこの皮膚というひとつづきの皮袋によって外界から隔てられた、肉体の内側だけではなかろうか。体積にしてもたかだか数十リットルほどを、この世の一角に占めているにすぎない。ただそのささやかな空間のかぎりで起こることは、それこそよそごとではなく私事として、たえず心にひっかかっている。昨夜のみすぎてしくしく胃が痛んでいるにしても、ひそかな情事の企みに鼓動がはげしかったにしても、どうして傍目にはうかがい知れようか。月の裏側はのぞけても、他人の心のなかは見えはしない。ひとの痛みは三年耐える、というのが、昔あるご老人の口ぐせだったけれど、痛みばかりか喜怒哀楽のいっさいが、ただこの皮袋の内側のできごとであるがゆえに、ひとさまの目にはつかないように仕組まれている。

とりわけ女の内側で起こることは見えにくい。男女のまぐわいひとつとってみてもそうだ。

生命の種子の授受という、もっとも原始的なことが行われるとき、男はふだんよりもこの皮袋そのものがのびて、頭脳からは遠いところで種子蒔きをするのにひきかえ、女はみずからの皮袋の内側へ、ほとんど心臓のまぢかまで、他者の侵入をゆるしてしまっているのである。

この違いをわすれるわけにはいかない。いくら人工授精やクローン製造のはやる世の中になっても、女の子宮がお払い箱にならないかぎり、この差は簡単にはなくならないだろう。

生家にいた頃

わたしという皮袋は、ひとつところにじっとしているわけではない。生きているかぎり、動くためのスペースもすこしは必要だ。ある意味ではそれも、私空間とみてよいのでないか。

方丈。明窓浄机。子供の頃にはそんなことばが、ひとつの憧れだった。「野原ノ松ノ林ノ蔭ノ小サナ茅葺(かやぶ)キノ小舎」とうたった詩人もいる。

子規の『病牀六尺(びょうしょう)』を読んだときは、その「号泣」をも含めて、方六尺に君臨する誇らかな魂のありように感動したものだった。あれはたしかどこかの文学全集で、北村透谷と正岡子規がおなじ巻に収まっていたのではなかったか。当時のわたしには、近代人の先駆として恋愛をうたい自死に走った透谷よりも、わがままいっぱいな病者の子規の方が、はるかに圧倒的に思えた。

娘時代の私空間(のつもり)だった、生家にいた頃のことである。姉妹もいたし、その頃の子供たちはいまみたいに個室など与えられていなかったから、わたしがのびのびと、家全体をわがもの顔に支配できるのは、主として深夜、家族がみんな寝静まったあとに限られていた。そのときばかりは、茶の間の掘り炬燵の広々としたテーブル全体が、わたしのものとして占有できるのだった。

戦後とよばれる混沌の季節、十代の娘はどれほどのひまをそのようにして、大人の書架から持ち出してきた本に読みふけったり、心にうかぶよしなしごとをノートに書きつけたりしたことだろう。時には寝つかれぬままにお菓子を焼き出して、早朝起きてきた父親をびっくりさせたことも一度ならずある。

ホームとハウス

若いひとたちはいつのまにか自分の住むところをイエとよぶようになってしまったらしい。わたしたちの幼い頃は、そこはきまってウチとよばれていたけれど。イエといわれると、なんだかホームというべきところをハウスといっているみたいで、そぞろ淋しくなる。

アト・ホーム。いいことばではないか。ビー・アト・ホーム。遠慮せずに、のんびりなさってね。私空間とはもしかしてこのホームを意味するのであって、まちがってもハウスではない。

ひとりの人の子が、子宮もしくは胎内から外へ放りだされ、いままでとは打って変わった境遇に戸惑いをおぼえながらも、あらたなウチもしくはホームの感覚をしだいに身につけてゆく過程は、いつみても感動的だ。もっとも昨今では、この世の最初のやどりが病院の保育器だったという場合も、往々にしてあるらしいけれど。

子供を受け入れる環境が、胎内とおなじ安らぎと温もりを与えてくれるのであれば、その子は幸せだ。のびのびと、くつろいで、屈託のない子供に育つだろう。反対に、オヤたち自身が心うちとけず、ぎくしゃくした関係をもてあましているとすれば、敏感な嬰児の魂はたちどころにそれを嗅ぎつけてしまう。

むかし神谷美恵子氏の文章にふかく共感させられたことがある。神谷氏は人生最初の記憶として、乳児期に感じた「飢え」を率直に語っていらしたのだ。一見、恵まれて何不足ない環境に生まれ落ちたかに思われるお嬢さんに、そのような体験があったとは。いまのわたしにはあのような告白を記された神谷氏の心境が痛いほどわかる。

仮住まい人生

戦後、わたしという十代の少女が、わが家が昔日のおもかげを失ったと切実に思ったわけのひとつに、ここはもはやお友だちを歓待できるところではなくなってしまった、ということがある。友だちとは自分にとってかけがえのない人たちであり、家人にもそのように扱ってほしいのに、主食にも事欠く窮乏のさなか、それはほとんど不可能といってよかった。

姉妹も多いことだし、母だってわたしの友人だけを特別扱いしてくれるわけにはいかないだろう。とは知りつつも、自分のだいじなお友だちのことを思うと、わたしはほとんど義憤をさえ感じたのだった。

お友だちと心ゆくまで遊びほうけられるスペース、というのが、知らず知らずひとつの理想みたいになってしまったのは、その頃の苦い思い出がいまだに尾をひいているからかもしれない。幸か不幸か、いまの居住空間には、家族というものが見当たらないので、出入りする人びとは私以外のだれにも気を使わなくてよい。これはたしかにかなりのメリットではある。

お客さまの泊まる部屋は、いわばうちのなかのよそだ。ときには○○家になるかと思えば、ときにはシングル女性数人の割拠する梁山泊だったりもする。空き家の日には、ふだんのベッドにあきた女あるじが、こっそり仮眠をむさぼったりもする。

トルストイだったか、「人にはどれだけの土地が必要か」という寓話があった。あれはたしか、お墓の広さだったけれど。いずれにせよいつかは無に帰する身の、しばしの仮住まい。それにしても傍目を気にしないでいいとは、なんたる極楽か。　（一九九八年）

一九五X年・夏

1

少年はその日、まあたらしいシャツを着て車中の人となった。

ピンクの地にこまかい白いストライプの織綾のうきでた、上質のコットンのワイシャツである。まえからこんな感じのがぜひ一度着てみたかったのだ。もちろんオーダーではないし、小柄な少年には少々袖丈が長すぎるけれど、どうせ夏だし、まくりあげてしまえば気にならない。近頃流行の開襟シャツなどは、死んでも着る気のしない野暮ったさだ。

半月ほどまえにめずらしく少しはまとまった金を手にしたのに、こうした買物をしたり、母に渡したり、本屋のつけを払ったりで、もうあらかたなくなってしまった。だからまたしても一時凌ぎのアルバイトをもとめて、今日も出かけてゆくのだ。

卒業と同時に定職にありつけた連中には、この苦労はわからないだろう。おまけに少年の場合には、父親の無収入と自身の肺患という悪条件まで重なっている。

厄介なのはこのあとの条件だった。

その頃の若者たちにとって、結核がどのような意味をもっていたか。いまとなっては説明するのもむずかしい。この病菌を抑えこむにはまず、安静。一にも二にも安静なのだ。ストマイ、パスなど、いわゆる三薬による化学療法が開発されるまでは、患者はただただおとなしくしているしかなかった。あとは気胸、そして外科手術。それも手術に耐えられるだけの体力があればの話である。

さしあたってこの少年の肺はその気胸によって、いちおう癒ったことになってはいたが、無理をすればいつ再発するかもわからなかった。現にこのところ、どうも全身がかったるく、ひどく疲れやすいのは、あながち暑さのためばかりともいいきれないことに、少年は気づいていた。二年まえの発病の頃もちょうどこんなふうだったのだ。

暗いことを考えつづけるのはどうも苦手だった。少年は本質的に楽天主義者だったのだ。お金も病気も、なるようにしかならねえじゃねえか。それより今日は、この暑さの中をはるばる出かけてゆくんだから、なにかひとつぐらいいいこと、たのしいことが起ってくれりゃいいんだが。

夏休みにはまだすこし早く、昼近い上り電車はがらがらだった。スピードにつれて快い涼風が車内をふきわたり、あたらしいシャツのカラーや袖口からしのびこんでは、あらゆる鬱陶しさを掠めとってゆく。駅頭におりたったとき、少年はすでにいっぱしのプレイボーイ気分だった。

ダンディの、さわやかな足どりだ。

所用をすませ、ふたたび街へ出て、いくらもいかないうちに、彼は向うから顔見知りの女の子が交差点をわたってくるのに出逢った。

おなじバイト先で知り合って、いままでに二、三度、お茶をのんだりしたこともある。

「やあ」

二人はほとんど同時におたがいをみとめあった。少女はもっていた日傘をかるくふりあげて合図さえしたのだった。

「これから行くところ?」

「ええ、遅くなっちゃって」

「じゃあ、そこの喫茶店でまっていいようかな」

「そうね。でも、あたし、今日はしいて顔出さなくたっていいの」

この子ならかんたんに口説けそうだ。久しぶりに自信のようなものがわいてきた。

日盛りを二人は喫茶店と書店ですごし、晩方、お濠と国電の見える土手の上の暗がりのベンチで涼みながら、はじめてのキスをした。

少年の手がスカアトの膝元をまさぐりはじめても、少女はだまって相手のなすがままにまかせていた。

電車の終る刻限がそろそろ迫っていた。

「帰りたくないな。ずっと一緒にいたい」

懐具合を思うと、それ以上はいえなかった。

「お金なら、あたし、持ってる」

少女がささやいた。

2

「ごめんね。ぼく、くたびれてるとだめなんだ」

そういわれても、男兄弟もなく、なにもかもはじめての少女には、なんだかわけがわからなかったのだ。わからないままにそのときはすぎ、二人は抱きあったまま眠りにおちた。

朝がやってきた。

「このつぎ、いつ会える？」

別れぎわに少年がいった。

「そんなこと、決めちゃうつもり？」

まぜっ返したのはむしろ少女だった。

その夕、少女は湯槽に身を沈めながら、昨夜の一部始終を思い返していた。いままで起るべくして起らなかったことが、とうとうわが身の上にも起ってくれたのだった。それも偶然、天からふってわいたようにして。

この歳にもなって、いままでまったく未経験だったことの方が、むしろふしぎともいえる。男友達だっていなくはない、女友達よりよっぽど多いくらいなのに、なぜか一度もそうした機会にはめぐまれなかった。

街角であの少年を見たとたん、少女はとっさに悟ったのだ。あのひとならば、軽薄だから、あたしをひっかけてくれるだろう、と。いままで漠然と思い描いていた異性なるものが、にわかにひとつの像として現前したのだった。少女の直感はあたっていた。重苦しさは軽薄でも軽快でも軽妙でもよい。要するにそれは、かろやかさだったのだ。重苦しさはわが身ひとつでけっこうだった。

少女は長いことかけて丹念にからだを清めた。いままでどおり何の変哲もなく見えるこの身、この肌が、相手の指さきがわずかにふれただけで敏感このうえない楽器のように、あんなにも総毛立ち慄えだすなんて。

それにしても、肝腎のわたしのその器官には、いったいどのような変化がもたらされたのだろう。

少女は指をもってゆき、目ではたしかめられないその部分にむりやり指先をすべりこませるようにした。と、かるい痛みとともに、指さきと湯殿の床をそめて二、三滴、したたりおちたものがある。経血ではない。もっと色あざやかな赤であった。

少女は首をすくめた。このさきいつの日か、このことを相手の少年に報告する折があるだろうか。

「そろそろ出てよ」

廊下で妹の声がしていた。


（一九八七年）

おにいちゃん

その家にいるかぎり、少年の呼名はきまっていた。だから少女もそれに倣ったまでだ。おにいちゃん。

父、母、それに妹三人という家庭では、ごく自然のなりゆきだったろう。この子が生まれ、夫婦が互いにお父さん、お母さんとよびあうようになったのとおなじく、やがて妹が生まれてきて長男はおにいちゃんになった。その日から三十年近く、いまでは母親だってよほどのことでもなければ、わざわざ少年の本名を口にすることもなかった。

小づくりで華奢な体格ながら、おにいちゃんの権威はこの家では絶大だった。

一ばん上の妹は、年も近いだけに、お砂場のすみっこでシャベルをにぎりしめて、横暴なおにいちゃんを殺してやりたいと思った、幼い思い出をもっている。

二ばん目の妹は、大学も兄とおなじ専攻に進むことになった。

顔立ちからいえばいちばん兄に近いのが末の妹だけれど、十以上も年が離れているのでいっしょに遊んだり本気でけんかしたりした記憶はない。それでもおにいちゃんのお碗にはごはんのお焦げもなるべくよけるといった心遣いだけは、母親から素直に受継いでいる。

一人息子は万事につけて特別扱いされてのびのびと育った。ある意味ではいかにも男の子らしく、ある意味ではかなりわがままに。

身内の妹たちは次々に学校を出て、それぞれに相手をみつけてこの家を巣立ってゆく。少女はちょうどそんな頃に少年と外で知り合って、この家に出入りするようになった。引込思案の少女にははじめのうち、少年をどうよんでいいかわからなかった。でも、親しむにつれて思いついた。ここでは全員がおにいちゃんとよんでいるのだから、自分もそうよばせてもらおう、と。娘ばかりの家で現実におにいちゃんを一度も有ったことのない少女にとっては、このことばを口にすること自体、ひそかな快感でありスリルでもあった。

妹たちが減ってさびしくなってゆく家で、少年はこうして親身の妹以上の妹を代りに得たのだった。年下の女の子をたえず身近に従えていた幼時の習慣はそのまま引継がれた。

いまではもう少年も子供ではないし、あらたな専属の妹としてはおにいちゃんのためにすることがいくらでもあった。少年はその頃、病気で定職もないところへ父親の急逝が重なって、たいへんな苦境に立たされていたのだ。

さしあたって読みたい本は妹が買えばよかった。見たい映画もいっしょに見ればよかった。その意味ではまたとなく気の合った同士、さればこそ急速に親しみを深めたのでもある。

それでも少女の小さな捧げ物どころでは到底埋めつくせないほどの巨大な闇が、俄か家長の少年の行手にはひろがっていて、それを思うと一睡もできずに朝を迎えることも屢々らしかった。とはいえ少年の口から女々しい泣言の洩れたことが一度でもあったろうか。

おにいちゃんであることはたいへんなことなのだ。少女は尊敬のまなざしで少年をみつめた。二人はどんどん精神的になっていった。

月日は流れ、やがて病の癒えたおにいちゃんと少女は十年間を共に過した。

二人だけで外で暮しはじめたのならば、また別の呼びようもあったかもしれない。でも少年は終始生家にとどまり、母親にとっても頼もしいおにいちゃんでありつづけたので、少女もついに呼び改める機を逸してしまった。

それからいろいろなことがあって、少女はある日、ふいにその家を去ることになった。おにいちゃんにとっては寝耳に水の、度し難い裏切りであったろう。話を冷静にききわけられる状態ではなかったので、妹としては何もかもそのままにして、だまって遠ざかるしかなかった。

それもこれもすでに遠い昔の思い出である。

いまは知命をすぎた少女のもとに、彼の重病の知らせが人伝てに届いた。手遅れの喉頭癌ですでに声を失っているという。見舞いに行ってやれよ、と昔をなつかしむ友人はいった。あんなに仲のよかった二人じゃないか。このままではお互いにきっと悔いをのこすよ。

いわれるまでもなかった。

病室に入ったとたん、少女はふたたび昔ながらのおにいちゃんをそこに見出した。未来に望みのない状況に陥ったことで、かつての日々の緊張を少年はふたたび取戻していたのだ。別れも、その後の気まずさも、結局はおたがいにすこやかなればこそのすさびにすぎなかった。病いがわたしたちを仲直りさせてくれた、と少女は思った。

立会う人々の手前、筆談の紙面には「よくきたね」の一言こそ記されなかったけれど、まぶしげな目顔だけでことばは不要であった。小さな痩軀にはユーモアがあふれ、時折、声にならない咽喉でくしゅんと笑ったりもした。

いったん小康を得たかに見えた病人は、半年後やはりいけなくなった。もう旬日のいのちだという報せをうけて、少女がふたたび病院を訪れたのは、彼が世を去る五日まえ、はげしい夕立のあとの夏の夕暮れだった。

痛み止め以外のよけいな処置はなされていないらしく、彼はますます平静で晴朗な面持だった。そう、晴朗無上。このひとは昔からこのことばが好きだった、と少女は思った。

こちらがしゃべれば彼はたちどころに筆で応じる。おたがいにこれが最後なことはわかっていたけれど、でもやはり長居は無用だった。

辞意を告げると、彼は点滴の移動スタンドを押しながらエレベーターのところまで送りにきてくれた。別れぎわ、二人はおのずと握手しあっていた。顔と顔がすこし近づいた。少女はとっさにのび上って、ささやいた。

「もう一度だけ、おにいちゃんとよばせてね」

くしゅんと、声にならない笑い声がした。

あれはほんとに最高のあかるいたまゆらではなかったか。少女はいまでもそう思っている。

（一九八八年）

《神話》の日々

その部屋のことを記すのに、いったいどんな文体がふさわしいのだろう。

Iはいまだに答えを見出せないでいる。

鎌倉市小町、もと四一〇番地。滑川のほとり東勝寺橋のわきに、件の家はいまでも現実に建っている。昔、青砥藤綱がここで川に落した十文を拾わせるのに、人足代に二十文を費したとの逸話ものこる、由緒ある橋だ。橋と二階のその部屋とは斜かいに見上げ、見下される位置にある。

おかしなことだ。二十二年まえ、ひとつの表札の外されたあと、この建物は当然地上から消滅することになっていたのだ。少なくとも住人たちはそのようにきかされていて、されればこそ立退きを汐に、できれば今度は持家を、と思い立つことにもなったのだから。家主の方にその後どのような都合が生じたかは知らないけれど、ともかく家そのものは取壊しをまぬかれ、西・北の二方の壁にあたかもトタン板のギプスをほどこされたかかたちで、縦長のあぶなかしい姿を道行くひとの目に相変らずさらけだしている。

玄関わきの大欅が枯れ朽ちてからは、よけい道傍にむきだしの感じが濃くなった。あれはまだ一家がここに住んでいた頃のことで、人間の腰掛にでも十分役立ちそうな巨大なサルノコシカケはのこったものの、梢近い洞に住みついていた梟のまだ目も見えないらしい雛鳥は、倒れた木とともに路上にたたきつけられて死んでしまい、それから数日、留守のまににわかに巣を失った親鳥は、二階の窓際にとまってはこちらをのぞきこむようにしてポッポー、ポッポーとしきりにわが子の行方を問いかけていた。

あの木はとくべつの老木だったのか。川沿いの東面に何本かあった大欅も、いまは無残に切りつづめられ、乙女椿だけがかつての面影をとどめている。それでもこちら側は、下見も二階の張出しの欄干も黒ずんだ昔の色のままだ。

Iは久方ぶりに橋の上にたたずみ、見るともなしに部屋を見上げては、河面を翳らせる四囲の新緑に目を移す。

水深はわずかに二、三十センチ。ほとんど平らにも見える河床のなめらかな岩盤をゆるやかに流れ下るだけなのだが、それでいて程快い水音がたえず部屋まで上ってきていたのは、対岸の排水口から一定の水が常時そそぎこんでいたためだった。河向うのその邸はなぜかいまは住むひともなく、いたずらに朽ちるにまかせられ、その分だけ庭園の木々が鬱蒼と思うさま生い茂っている。

そろそろ戻ろう。あまりこんなところでぐずぐずしていては、なかのひとに怪しまれそうだ。踵を返すまえにIは橋の逆側にうつり、家に背を向け、川上の緑にいましばらく見入る。こちらは楓が主だ。

「東勝寺橋のあたり紅葉最も美しって、神西（清）さんの日記にも出てくるよ」はじめてこの橋にならんで立ったとき、部屋のあるじは得意そうに教えてくれた。

磨硝子の内側に人影らしきものが動いたような気がして、Iはようやく橋をあとにする。でもべつに恥かしがることはない。のんびりした散策者の出没にはいちいち気を遣うこともないここは土地柄だ。あれから二十余年のひまに借家の住み手はもちろん、近隣の地元の人びとにしてもおそらくは代替りして、いまでは昔ここに澁澤という表札が二十年にわたって掲げられていたことを記憶する人の数だってほんのわずかだろう。ましてやその家族にいつのまにか後から加わってほとんどの時を二階で過したひとりの娘の顔を、覚えているひとがよもやあろうとは。

時のヴェールに安んじて身をゆだね、透明人間になりきっていられる自分を思い出して、Iはふたたび余裕を取戻す。そう、アイデンティフィケイションなんて単に主観の側のあまりにもちゃちなドラマにすぎないではないか。いったいIはほんとにあの部屋で、幾千の日々と夜々を彼とともに送り迎えしたのだろうか。

先に逝ったひとは幸せだ。問うても答えの返ってこない空しさからだけは、少なくとも免かれていようから。

Ｉのことはあえて透明なままにとどめよう。問題は故人である。五十九年の在世中を彼は大きくわけて三つの屋根の下で、ほぼおなじほどの長さずつ過したのだった。ひとつはものごころついてから戦災で焼け出されるまでの、東京滝野川の家。ひとつは晩年の終の栖ともなった、北鎌倉の家。件の小町の家はその中間にあたっている。十代の末にはじまって二十代三十代の実り多い日々が大方ここで明け暮れた。そのひまに無名の一仏文学生は胸を病み、父親を見送り、翻訳をし小説を書き、被告として罪に問われなどするうちに、いつのまにか澁澤龍彦として世にまかり通るようになっていたのだ。もちろん、その他にもたくさん、語りつくせないほどにいろいろなことがあって――

ここまでくると、Ｉの眉にかすかな翳りがうかぶ。Ｉはやはりここで王妃シェヘラザアドのように「つつましく口をつぐむ」に越したことはないのか。でも、それではかえってこのさき千夜も続きを語らなくてはならないことになってしまう。Ｉの気遣っているのはもっとべつのことだ。

彼はかつて「精神のストリップは性に合わない」といい、これ以上記すのは苦痛であるとして、自作の年譜を二十六歳で打切ったのだった。Ｉがこの家に出入りしはじめたのはたまたまその翌年、彼が二十七歳の時にあたっている。

不幸には顔がない、といったフランスの女性哲学者のことをIは思いうかべる。幸せには人びとは好んで目をむける。しかし痛ましい出来事からはだれしも本能的に目をそむけたがり、その相貌を見究めようとすらしない、と。

年譜があのようなかたちで断ち切られたのは、とすればもしかして彼の上に何らかの不幸がもたらされたためか。

まさか。——と、Iはここで透明の衣をかなぐり捨てて名のり出て、故人の名誉のためにも声を大にして言いたい衝動にかられる。不幸ではなかった。不幸どころか、こよなく幸せな、甘美で充実した日々だったのだ。早晩だれかの嫉みをうけて崩れ去らなくてはならないほどの幸せな——といったら、あまりにも不遜にきこえようか。しかし——

架空の庭のおうちごっこ、とかつてIはその日々のことを記したことがある。あれはたしかに家庭ではなくて、仮りの世のおうちごっこにすぎなかったのだ。それでよかった。なぜならそれこそが、彼とIとの唯一共通の理想でもあったのだから。

敗戦このかた十年、それぞれに多くの不如意をかかえこみながら、にも拘らず自分だけはさいごまで遊びつづけようと孤独な決意をかためていた二人の子供が、お互いのうちに共犯者を目ざとくみつけあい、そしてひとつの時代がはじまったのだ。

人並みの幸せを追い求めるのはやめようね。あの頃彼の最も好んで口にしたせりふを、Ｉは限りないなつかしさとともに思いだす。Ｉにとってあれ以上の口説きがまたとあったろうか。家庭をつくる？　まさか。そんな日常の茶飯事に心囚われる者は、はじめからこの神聖自治領の一員としては失格なのだった。

「あの頃のことを想うと、茫漠とした夜の彼方に、何か燐のような精神の鬼火がめらめらと燃えさかっているのを見るような気がする。」――と、彼は彼で十年ほど後にある紙面を藉りて記してもいるのである。「ややオーヴァーな言い方をすれば、私の六〇年代は、加藤郁乎をはじめとする何人かの友人との交遊によって明け暮れた、と言っても差支えないのだ。時あたかも安保騒動の二年後であったが、私たちの神話的な交遊には、そうした埃っぽい現実の断片は侵入してくる余地が全くなかった。そうだ、私たちは酒宴に次ぐ酒宴を重ねながら、ひたすら神話を創造していたのだと言えるであろう。」

ほんとうだろうか。Ｉは思わず苦笑せざるをえない。ややどころか、これではあまりにもオーヴァーすぎるのではないか。読者をどこまでも意識した、彼なりにせいいっぱいのユーモアではあろう。だがそれにしても、この記述をそのまま受取ってよいものかどうか。

Iはふりかえり、かつてのその部屋での明け暮れにふたたび思いを馳せる。酒宴の席はもちろんここばかりではなかったけれど、よそではいざ知らず、少なくともこの二階の八畳一間に関するかぎり、神話はつとに五〇年代からはじまっていたはずである。詩人の登場は正確には一九六三年、とすればこの創世記も終章に近く、さいごの装飾楽句(カデンツァ)に華やぎを添えるのに辛うじてまにあっただけのことであろう。

そう、〈生活を絶対の死活とする〉わざにかけては、むしろこの部屋の住人たちにこそ一日の長があったかもしれない。彼らはたくまずしてその道の専門家だった。なにしろこの二人にとっては、児戯のかぎりをつくして命がけのおうちごっこに耽けること以外、あかるい将来への見通しなんぞどこにもありはしなかったのだから。それればかりではなかった。世を忍ぶ「半神」や「英雄」は加藤郁乎以前にも、土方巽や松山俊太郎の名を藉りてつとにこの領域に出没してもいたのだ。

his cottage love――むかし読んだホーソンの小説に、たしかそんな表現があった。神話の成立の舞台はいつの世にもできるだけ簡素でなくてはならない。上り下りのたびに家中がゆらぐ階段をのぼりつめた二階の八畳間。窓外の緑だけがとりえのその部屋は、たしかに必要最低限の小屋でしかなく、いっそ神話の書割にこそふさわしかったろう。

神話の世界はいつからその輝きを失いはじめたのか。通いなれた宝戒寺への道筋をふたたび透明人間に戻ってゆっくりと辿りつづけるIのなかに、一条の光芒だけが相変らずまぶしく灼きついている。鬼火か、それとも燠火か。酒盛りの日々に先立つ五〇年代の半ば、たたなわる闇をまえにIだけが垣間みせてもらったひとつの精神（ガイスト）の産屋の火だ。この光を見失ってはならない。これだけがIの手にのこされた彼の貴い形見かもしれないのだから。

（一九八八年）

静かな終末

世田谷の一隅で、アパートの仮住いがはじまって六度目の秋が、そろそろ訪れようとしている。生家から婚家へ、さしてひろくもない空間で、終始家族と顔見あわせてすごしてきた身には、名実ともにここが生まれてはじめての完全なわたしひとりの部屋であり、これほど自分自身との対話に心ゆくまでふけれたのも、短くはないいままでの生涯に最初のことだ。このさきいつまでつづけられるか、そればかりは神ならぬ身の知るよしもないが、やがてこの年も暮れ、ふたたび春のよみがえる頃には、わたしもせめて自力更生学校の初等科修了生ぐらいには、世の中をまかり通れるようになっているだろうか。

＊

こうして日夜みずからとおしゃべりをかわすほかは、誰はばからず、何気兼ねなく、勝手なときに起きて、勝手なときにたべる。寝るのは疲れたときときまっているから、不眠に苛まれるようなこともない。あらゆるストレスは解消された。人恋しくなれば、適当に友だちにも会おう。もちろん、それだけでは生計の成立つわけもないので、外国のお話を読んで訳しなどして、お金に代える。そのためには締切などという約束ごともあって、その前後は多少がたがたする。

それでもこの、横のものを縦にするという作業、原稿用紙の枡目を埋めるいとなみだって、考えてみればもともときらいではなかったことだ。何より、お話のなかには、現実の世界よりも、よっぽど心の通いあう友だちがそここに見出せる。彼らはけっして相手に無理難題をおしつけてこない。こちらのつきあいたいときだけつきあっていれば、それですむ。その意味では、物語のなかの人々は、どんなわからずやのワルだって、現実の大人たちよりもはるかに老成した、節度ある子供たちばかりではないか。

そういえば、三十年まえだって、わたしはこんなふうに、もっぱら彼らを相手にすごしていたのだった。おうちのなかで、お部屋にこもって、おとなしくご本をひろげてる女の子。〝おんもへ行けば、こわいこと、おそろしいことがいっぱいあるから……〟

この子ってほんとに、どこまでべんりに生まれついているのだろう。ときどき、われながらふっと笑いだしたくもなる。脛かじりの昔とちがって、いまではささやかながら自給自足経済もいちおう成立っているし、いってしまえば、世の中ぜんぶわたしみたいな女の子ばかりになれば、それこそ天下泰平なものだ。喧嘩も諍いも、人の心を傷つけいたませるようなことは、少なくともいまの世界ほどには起らないはずである。

＊

わたしってやっぱり、かなりへんてこな女なのかしら。ときどき、そんなふうに首をかしげたくなることもある。欲望欠乏症ではないかと人にもいわれたことがあるが、たとえば、深沢七郎氏のおっしゃることで、ひとついまもってわたしに解しかねるのは、〝女はすぐ子供を生みたがるからね〟ということだ。はたしてほんとうにそういうものなのか。わたし自身に関するかぎり、結婚生活中にもそのあとさきにも、子供を生みたいと思ったことは一度もなかった。子供というものは、ほっとけばいつのまにか出来てしまうものであり、むしろそれをふせぐのに大わらわだったのだ。

ね、そうでしょ、あなたもそうではなくって？　子供のない友人たちにひとりひとり、あらためてそう訊いてみようかとも思ったりするが、これればかりはやはりプライバシーに関することではあり、正直な返答を期待できないので、実行せずにいる。相手はもしかして、ほんとは生みたくてしかたないものを、ついに授からずにいるという苦い秘密の持主かもしれないからだ。自分としては無理してでもつくらずにすます、ということをはっきり打明けてくれたのは、わたしの知人では富岡多恵子氏ぐらいなものだ。

それでも、子持ちの友人たちにしたところで、生みたくて生んだというよりは、できちゃってそうなったというケースがかなり多いらしい。わたしの交友範囲はよくよく限られており、世間一般の常識からかけはなれた変り者ぞろいでもあるのか。

わたしの思うのに、〝すぐ子供を生みたがる〟ことが女としてあたりまえであるのならば、男というものは当然、〝すぐ種子をまきたがる〟ものでなければならない。射精と分娩とを等価に見做さないかぎり、生物界のバランスはたちまち崩れ去ってしまうだろうからだ。これもしかし、体験的にいってよければ、はっきり〝まきつけるために〟この身をもとめられた覚えは、あとにもさきにもただ一度きりだ。おたがいのエロティシズムの充足というものは、もっとほかの次元にあったはずである。これも、わたしの知りあったその人々が、よほどの横紙やぶり、変り種に属するといわれてしまえばそれまでなのだが。

*

要するに、このわたしという一生命体のなかに、ある種の終末への準備はすでにしてととのっているということだ。わたしにかぎらず、この身と似たりよったりの、ひよわな都会っ子、根無し草の衰弱した獣たちのなかに。よろこぶべきことなのか、悲しむべきことなのか、本人にはわからない。

わたしにこのうえ欲しいものがないって？　さあ、それぱかりはあまりかんたんにきめつけていただくのも考えものだ。わたしの心惹かれるもの、のこりのいのちの火をかきたててくれるものは、何かこうこの世ならぬ、光そのもののような、……などと、またしても夢みたいなことを口走りかけたところで、さいわい紙面も尽きた。

（一九七三年）

第二章 存在の世界地図

左から、研子、澄子、仰子。
リンパ腺の手術をした後で、首には包帯を巻いている。
世田谷区新町の自宅庭にて。1938年、父親の矢川徳光撮影。

大人にはきこえぬ笛

一九七四年十一月のある夜、阿部謹也氏著『ハーメルンの笛吹き男』なる書物を前にして、一ディレッタント読者の胸に去来したさまざまなことども……

むかし何かの論文で、こんな話を読んだおぼえがある。

何でも、ある心理学関係の学者先生ばかりが寄り集まって研究討論をかさねている最中のことだった。何を間違ったか、一人のおかしな風体の男が前触れもなしにその席上にとびこんできたのだ。闖入者は、もちろん、邪魔者として早々に追い立てられ、議事はまたもとのように続行されたが、さて、それが一段落したところで、全員に紙がくばられ、いまの男の服装を克明に記せということになった。じつはこれこそ、主催者側の巧妙な演出で、人間の記憶力というものの雑駁さをたしかめるのが狙いであったのだが、結果は果せるかな、服の形といい、色といい柄といい、各人の主張するところは千差万別で、並居る先生方のうち一人として正確に答えられる者はいなかったという。

事実は厳として一つしかないはずである。そのおなじ客観的具体的事実が、それを受けとめる各個人の主観によってさまざまに脚色され解釈をほどこされて、当初とは似ても似つかぬすがたに捏ねくりあげられてゆく。たった数分まえの出来事が、目撃した専門科学者たちの間においてすらこのていたらくなのだ。ましてやこれが、目撃者の証言ひとつのこされていない数十年数百年まえの突発的な事件であったとすれば、その結果はどうなるか。推して知るべしである。

それとも学者先生たちは、何か故あってわざと心にもないことをいってのけ、たがいに自己韜晦を競いあっていたとでもいうのか。

いや、そんなはずはない。何しろ相手は詩人でも哲人でもない、自他ともにゆるす科学の徒であらせられるのだから、そんなことは想像するだに不謹慎というものであろう。

それでも、とわたしは悪ふざけに走りたくなる心をぐっとひきしめ、能うかぎり虚心に帰ったつもりでわが身をふりかえるのだ。

幼児のわたしは一頃、これと似た問題に、かなり真剣にこだわっていたおぼえがある。

他人とのずれということである。たとえば、わたしが黄色と思い、黄色とよびならわしているこの色は、もしかしてXちゃんにとっては全然べつの色、黄色どころか、ひょっとしてわたしが青とよび、青と思いなしている色のことかもしれないのだ、と。それでも、そのずれをたしかめることだけは絶対にできはしないのだと、その点に関してはこの子ははじめから悲観的であった。あきらめよう、なぜなら自分はXちゃんではないのだから。目玉をとりかえっこしてみたぐらいでは、もちろんだめだし、心を入れかえ、あたまをすげかえたところでとうてい追いつかない。Xちゃんとして感じ、Xちゃんの黄色をわかつためには、自分がすっかりXちゃんになりきるのでなければならない。そんなことはできないにきまっているし、万一そうなることがゆるされたにしても、その暁にはわたしはもはや万事をXちゃんとしてしか感じられず、もとの自分の感覚を思い出すことさえ不可能なはずだから、結局、二人の感覚を同時に比較しようなんてことは、考えるだけ野暮にきまっているじゃないか。

じつは、Xちゃんとのずれだけならばまだしも、おそろしいのはもしかして世の中のひとは自分以外すべてXちゃん派、すなわち黄≠黄派ないしは黄=青派であって、自分だけが例外的にまちがって覚えこんでいるのかもしれないと思うことであったが、しかし、さびしがりやのわたしはこの懐疑をあえて不問に付し、何食わぬ顔してお友だちに立ち交わりながら、彼らにとっては青かもしれない黄色でもってたんぽぽをながめ、ほんとは醜かもしれない美でもって森羅万象をいろどりながら、自分なりの世界図絵みたいなものを人知れずせっせと補完しつづけていたのであった。

　こうして完成されつつある世界図絵は、それこそぜったい誰にも譲りわたすことのできないものであり、それどころかその存在すらも他人に気取らせてはならないものなのであった。この目くるめくばかりの孤独な作業。おろかな一人よがりのコメニウス！　とはいえ、もしかするとその頃のわたしは、おそらく生涯のうちでも最も老成した、頑(がん)迷姑息(めいこそく)なまでに確固たる独立自歩の生きものであったのかもしれないのだが。

　いまのわたしは、もちろん、そのような世界図絵が、何もこの子一人の胸にかぎって胚胎したわけではないことぐらい十分承知している。ひとはそれぞれ各人の形而下的形而上的身長ないしは恰幅にあわせ、遅かれ早かれそのような世界像を抱くにいたるものなのだろう。

　ただ、その自家製世界地図を、何気兼ねなく堂々と呈示したり、自他共にゆるす優秀品として余人にも頒布したりできるか、それともかつてのわたしという子供のように、あくまでもこっそりと、その所持すらも恥ずべきことであるかのように人目に立てず秘匿しつづけるか。そのあたりになにか大きな問題がひそんでいるような気がしてならない。

　誤解をおそれずに、あえて素人の、それも世界知らずの女の子の率直な印象を記すことにするが、どうやら科学者と詩人、といってわるければ知識人と庶民とをわけへだてるものは、一にこの己れの抱く世界像に関しての自信の有無にかかっているらしいのだ。考えてみればこれも当然のことだ。こうした自信をぬきにしてある学説に説得力を持たせることなんぞ、とうてい不可能であろうから。

　こんなものの見方は、いささか生物学主義的悲観論に毒された斜視の発言で、たちまちお里が知れようというものだ。しかし、いま目のまえにあるこの本、――終章やあとがきからもうかがわれるように、著者がこの本のなかで問題にしたかったことの一半が、ほかでもない、そのような〈学説〉とその発想の基盤である学者個人の歴史的主体的条件との相関関係であり、いままでともすれば無視されてきたそのあたりの問題（山口昌男氏のことばを藉りれば〈失われた世界の復権〉ということか）の、学界内部からする真摯な告発の試みでもあるとすれば、そこにいまひとつ生態学的視野からの反省を重ねあわせることも、あながち無駄ではなさそうだ。

　キリスト生誕後の一二八四年にハーメルンの町から連れ去られた
　それは当市生まれの一三〇人の子供たち
　笛吹き男に導かれコッペンで消え失せた（市参事会堂に刻まれていた碑銘）

史実は厳として存在する。中世ドイツにあまねく知れわたったこの伝説。その後今日にいたるまでの七世紀のまにさまざまな学者文人たちの知的探究の好餌となった、ふしぎな失踪物語。中世人アタナシウス・キルヒャーは、件の笛吹き男に悪魔の面影を見たことでもあろう。またグリム兄弟はグリム兄弟でヘルダーの弟子らしく、口伝の忠実な採録につとめたでもあろう。

わたしは本を閉じ、目をつむる。わたしのなかのかつてのコメニウス君、かたくななまでに己れの世界図絵にしがみついてひそかに生きのびてきたあの子に、あらためて問いただすために。何を？　伝説ではない、ハーメルンの笛吹き男のその笛の音を、おまえはいったいどう受けとめるかね、と。やっぱりブラウニングだよ、とその子はわらって答える。ぼく、取り残されてさびしかったんだもの、と。

そうだ、子供たちは一人でさらわれて行ったのではなかった。嬉々として連れだち、群れはしゃぎながら、笛吹き男の約束する楽園へ出発して行ったというではないか。そして、ほかでもない、この小さなコメニウス君に世界図絵を描かせていたあの頃のわたしは、じつはブラウニングの書き添えたあの足萎えの男の子とおなじ、スキップひとつできずにお友達のたのしげな集団行動をぼんやり泪ぐみながら眺めていた、小さな小さなひねくれっ子にすぎなかったではないか。

……などと、いや、またしてもあらずもがなの蛇足をつけ加えはじめてしまったようだ。やめよう。こちらはただ、あの足萎えの少年の羨望のせりふを書き添えずにはいられなかった詩人の感性。それこそが、学問の場に最も欠けているような気のすることを、一言いいたかったまでである。

（一九七四年）

わたしの「詩と真実」開眼の頃

はじめて『詩と真実』をひもといたのは、正確にはいくつの時だったろう。

ことわっておくが、ここでいう『詩と真実』とはもちろん今度の「哲学の森」の中の一巻ではなく、この書名の濫觴ともなったゲーテの《Dichtung und Wahrheit》の方である。

ついでにいえばこの自叙伝が本題の「わが生涯より」をぬきにして、もっぱら「詩と真実」でまかり通るようになったのはいつ頃からだろう。

たしかにこれはいかにもゲーテらしいタイトルで、これ以外に訳しようはないような気もするけれど、しかし、考えてみればこの《と(ウント)》で結ばれた二つの単語自体は、まだいくらも訳しかたがあったはずなのだ。たとえば「虚と実と」とか、「まことそらごと」とか、明治の文人たちのセンスを以てすればまだまだヴァリエーションがでてきてよかりそうなものを、そこはやはり他ならぬ詩聖ゲーテの作品だということで、すんなりといまのかたちにおさまってしまったのだろう。

ともあれドイツ語を習いたての十代の少女にとって、この二つの単語の対比はひとつの貴重な新知識ではあった。dichten という動詞にはもともと「いつわる、考案する」という意味もあることが字引にちゃんと記されてあったからだ。

なるほど、ほんものに対するつくりものということか。詩作とはつまり、でっちあげること。うそっぱちでかまわないのだ！

いままで日本語の「詩」ということばからは漠然としか把えられなかった「詩」なるものの正体が、これで一挙にわれてしまった。目もさめる思いといったら大げさだろうか。もう恐れる（？）には及ばない。枯尾花とはいわぬまでも、少くとも「詩」という亡霊のしっぽの先ぐらいはどうやらこれでつかめたような気がしたのだった。

それにしても、なぜまたゲーテなんぞに手をのばしたのだろう。名うての天邪鬼のひねくれっ子が、よりもよって権威の象徴みたいな文学史の大立物に？

そこまで導かれていった経過だけははっきりしている。元凶はトオマス・マンである。十代半ばのある日、たまたま手にした一冊の書物が、二冊、また三冊と芋蔓式に他の本をたぐりよせていって、よくも悪しくもその後の生涯の読書傾向を決定してしまう。そんな経験をもつひとは少くないはずだ。その最初の一冊がわたしのばあいは偶然トオマス・マンだったにすぎない。

これにはわたしたちの世代の特殊事情も多少は関係しているかもしれない。なにしろ敗戦と十五歳元服の日がつづけざまにやってきたのだった。戦時中からの文化的な鎖国状況が解消されるまでにはまだ間があった。新刊書も少く、あらたに読書人口に加わったわたしたちは、まずは親たちの蔵書である戦前の刊行物によって、当座の飢えをみたすしかなかった。そのような制約のなかで、この子のばあいはたまたまマンを見つけたのだった。

マンがあってのゲーテでありシラーであり、プラトンでありソクラテスなのであった。ニイチェ、ワグナーはいうにおよばず、ダヌンチオもサヴォナローラも、ひいては世紀末とかデカダンスとかいったもろもろの概念さえも、まずはマンの手引きによってこの娘のまえに立ちあらわれてきた。

こうしてみると、ふりだしがトオマス・マンというのは、それほど損な選択ではなかったかもしれない。おなじような事情を辻邦生氏もどこかで語っておられたが、ともかく『魔の山』ひとつとってみてもこの作家の関心領域はひろく大きく、二十やそこらの若輩にはとても渉猟しきれるものではない。おまけに当時、昭和二十年代も彼は現役作家として堂々生き長らえていて、同時代読者であるわたしのまえにたとえば『ゲーテとトルストイ』や『欺かれた女』などといった抜群に刺激的な書物をもたらしつづけてくれたのだった。

それでも、そんなふうにして読んだトオマス・マンを、だったらよほどお好きなのでしょうなどといわれると、はたと返答につまってしまう。ひとりの知的指南役としての役割は十分認めるにしても、それと好き嫌いとはおのずから別問題であろう。

わたしは仕方なしにマンに頼っていただけかもしれない。

ほんとうは知なんてどうでもよかった。ほんとうは、本なんてもう一冊も要らないのだった、――真実（ほんとう）は。

プラーテン伯のあの有名な一篇に辿りついたのは、そのようなやりきれなさの最中ではなかったか。

トリスタン

うつせみの眼に《美》を見た人は
その時すでに《死》のとりこ
世のいとなみに　倦みはてながら
《死》のかげにおののきふるえるもの

うつせみの眼に《美》を見た人！
彼を永劫にさいなむ　愛の苦しみ
おろかな心ばえならば　この人の世に
愛の成就をのぞみもしようが
《美》の矢にはたと　射あてられた
彼を　永劫にさいなむ愛の苦しみ！

心の願いは　泉のように涸れはてること
そよ風の　そよぎのままに毒を吸い
花の香を　立ちのぼる《死》のかおりとも思いなし——
うつせみの眼に《美》を見た人
ああ　その願いは泉のように涸れはてること！

トオマス・マンの『ヴェネツィアに死す』は、ある意味でこの漂泊の詩人プラーテンへのパロディックな頌歌ともみなされるという。伝説のトリスタンについては、これよりすこしまえ、ジャン・コクトオの『悲恋』という映画でかなりお馴染みにはなっていたものの、やはり『トニオ・クレエゲル』以来のマンの手引がなければ、この詩の妖しさを感じとることもむずかしかったろう。

ついでにいわせてもらえば、この詩の訳として明治以来人口に膾炙（かいしゃ）している生田春月の「美しきもの見し人は……」には、わたしとしては大いに不満がある。

ここでは川村二郎氏の世界名詩集大成版によったけれど、この訳が好ましいのは何よりまず原詩の《眼》が思いきって強調されていることだ。ただ単に「見た」のではない。じつに「眼をもって」《mit Augen》、「まのあたりに」見てしまったという思いがなければ、トリスタンの運命は狂わなかったろう。

プラーテンというひとはそれほど大した詩人ではないかもしれないけれども、少くともこの詩に関するかぎり技巧的には第一級の腕の冴えをしのばせる。ドイツ語の詩を読みなれない初学者の眼にも、字面自体がそこだけきらきらと硬質のきらめきを放ち、さながらひとつの堅固な結晶体と映った。考えてみればこれもすなわち「眼をもって美を見る」わざにほかならない。

そう、わたしはそのとき「すでに《死》のとりこ」であり、この上は「泉のように涸れはてる」しかないのであった。少くとも本人はそう思いこんでいた。世の中のひとはなぜのんべんだらりと生きつづけていられるのだろう。就中（なかんずく）、詩人ともあろう者が？

十代の半ばから二十過ぎまで。この世の詩と真実に目ざめるその頃は、美醜の弁別にも最も容赦ない年頃だ。プラーテンの純粋にくらべるとき、少女の眼にはトオマス・マンも、結局のところ保身の術に長けた、老獪な俗物にほかならなかった。『大公殿下』なんて堕落もいいところだ。市民社会への復帰？　わらわせないで下さい。あなたともあろう者が？

あの頃の稚気がいまにしてなつかしい。なぜならわたしが真実「うつせみの眼で《美》を見る」機会についに恵まれたのは、実はこれよりまだ数年さきのできごとなのであった。

（一九八九年）

《有徴》ということ──プレテクストとしての

《わたし》はこれからどうやって、何をして生きてゆけばよいのだろう。しばらくまえからそんな思いがつきまとって離れない。見るべきほどのことは見つ。《わたし》には、どうやらもうすることがなくなってしまったらしい。そんな気がしてならない。

気がするばかりではない。信ずべき筋によれば人類の寿命はこのさきせいぜい六十年程度とのことだ。諸般の事情からみてもこの末法の世に、このうえ《わたし》のこの手でなすべきことがひとつでも残されているか。与謝野晶子のうたった《劫初(ごうしょ)より造りいとなむ殿堂》はもはやこの地上のどこにも見当らなくなった。かつては《わたし》もまた、そこに《黄金の釘ひとつ》打つことをひそかにこころざしていたのではなかったか。それとも、あれはただ、例によって例のごとく、ただちょっとそんなふりをしてみたにすぎなかったのか。

いずれにせよ、空しさを口にしながらおめおめとこの世に生き長らえるほど見苦しいことはない。とすればいいかげんで見切りをつけてさっさとおさらばした方がかっこいいし、地球資源のいささかの節約にもなろう。そこまでの勇気もなくてぐずぐずと時の流れに身をゆだね、惰性で日々を紡いでいる以上、こうしたことはまちがっても人前で述懐すべき筋合いの代物ではなさそうだ。

そう。《わたし》だけではない。いや《わたし》だけがどうかしてしまっているのかもしれない。だれも口に出さないから気がつかないだけで、じつは《あなた》も《かれ》も、《あのひと》も《あのひとたち》も、そんな空しさはとっくに先刻承知ずみで、健気にも見て見ぬふりをしているだけなのか。

そうかもしれない。

不幸には顔がない、とシモーヌ・ヴェイユはいった。この虚無、この空しさからは目をそむけてそっと足早に立去るしかない。心あるひとびとはみなそのようにして大人らしく物静かにふるまっているのに、《わたし》のしていることときたらいつまでたってもまるでわからずやの子供だ。愛犬の死をきっかけに、ひとはみな死ぬというおそろしい真実に打ちのめされ、しばらくはものの味もわからなくなってしまった少年のそれだ。

——ねえ、どうせ死ぬのに、お母さんなんでそんなことやってるの？

袖をひっぱってそうきいたとしても、大人はだれもまともには答えてくれないだろう。

子供は子供なりに自分で解答を見出すしかない。

＊

——と、ここまではだれでも思いつきそうなことであり、また、もしも《わたし》の頭にあることが単にそれだけにとどまるのならば、こんな随想などはじめから誌すまでもなかった。にもかかわらず、——

そう、にもかかわらず《わたし》は現にいま、こうして何事かを書綴ろうとしている。なぜか。

この期に及んで、何を、いまさら？

それこそ資源の浪費もいいところではないか。おまえはそこまで堕落しているのか？《わたし》の頬がまたしてもかすかな苦笑いにひきつれる。だれもきいてくれない問いをこうしてみずからに投げかけ、むなしく自問自答をくりかえすだけの、この明け暮れ。まあいい。そんなことはどうでもいい。じつはこれがはたして純粋な意味での自問自答であるかどうかもあやしいのだから。

聡明な読者はすでに気がつかれたかもしれないが、筆者はここまで一度もわたし個人について語った覚えはなく、すべて有徴、すなわち《　》つきの《わたし》として取扱ってきたつもりである。

この重宝な表記法を、筆者はじつは昨年、日本列島をかけぬけたA・A旋風の置土産として手に入れた。それまでにも多分どこかで、もしくはべつの言いまわしで聞き及んでいたことばかもしれないが、こうして曲りなりにも使いこなせるようになるのには、やはりあの怜悧な少年のアルス・ポエティカの力添えが多少とも必要だったらしい。

ともあれ、この《わたし》は、《わたし》がこの《有徴》の人種であってよかったと、近頃ではつくづく思っている。なぜって《わたし》がもしも男だったならば、それこそすることがなくて今頃はとっくに死んでしまっていたかもしれないのだ。A・Aくんがわざわざ一節をさいてあげつらってくれた、その烙印つきの《女》のはしくれであることによって、これでも《わたし》には辛うじてすることが残されている、——と、そんなしあわせな幻想にひたって日々を紡いでいるのだ。

　かった[ママ]ゐのかなしみこそはしあはせか
　うらむかさありまつひかりあり

（一九八五年）

これはわたしの……

其一　うち

しばらく前のことになる。わたしはその日たまたま、友人の家のモミちゃんという小さな女の子を、たのまれて幼稚園まで迎えにいって、はからずもこのなつかしのメロディーを三十年ぶりに耳にしたのだった。

　これはわたしの　父さまえらいかた
　これはわたしの　母さまやさしいかたよ…

親指から小指までを、それぞれ自分の家族に見立てて、一本一本ふりかざしながらうたう、あのうただ。

わたしは思わずあたりを見まわしていた。郊外の午(ひる)さがり、退けどきちかい川ばたの小さな幼稚園のまえには、すでに十人あまり、出迎えのひとびとがたむろしている。その大かたはわたしと年の頃もほぼおなじ、よそおいも見たところさして変りはないふうなのに、れっきとした母さまであるらしいそのひとびとは、流れてくるわが子らのうた声をよそに、へいきで立ち話にふけったり、にこやかにあいさつしあったりしているのだった。

　これはわたしの　兄さま背がたかい
　これはわたしの　姉さましんせつよ
　これはわたしの　にこにこあかちゃん
　みんなわたしの　おうちのかたよ

うたはおわり、やがてさよならの声とともに、おそろいの上っぱりの小さなひとたちがとびだしてくる。母と子のおたがいを見つけあうまなざしの、なんとすばやいことか。しんがりに近くあらわれたモミちゃんは、すこしはなれた塀ぎわにたたずんでいたわたしをみとめると、にっこりわらってみせたものの、なんとなくはにかんでか、そのまま先にたってすたすたとあるきはじめる。いそぎ足に追いついてこちらから声をかければ、もちろんほっとしたように小さな手をすなおにあずけてくるのである。

　いま、うたによってたしかめられたばかりの、その五本の指のやわらかいぬくもりと、前をゆく幾つかの母子づれのうしろかげは、わたしをふたたびある思いへとさそってゆく。

これからこの子たちの帰ってゆくおうちは、それぞれにさぞかしちがったところであろう。親指の父さまだってそんなにおえらくはなくて、とっくにほかの人さし指とからみあっておいでのこともあろう。きょうだいだって、とうてい親切にこにこの仲どころでなく、さればこそあの子はこのお迎えのつかのまの道のり、母の手をわが手に一人占めにできるたまゆらの永遠に終わらぬようにと、ひしとにぎりしめたままなのかもしれない。

とはいえ、こうして幼稚園にかよえるほどの子たちには、帰るべきおうちがあることだけはたしかなのだ。そして、たとえ母ひとり子ひとりのかたむきかけた母子寮の一室にせよ、その「おうち」のなかでは、あのうたをうたうのはすでに子供、モミちゃんのお友だちの「わたし」でしかなく、その親である、いまのわたしとおなじ年恰好のひとびとは、かつてはみずからもうたったうたを、惜しげもなくきれいにその子にゆずりわたして、ゆるぎない「やさしいかた」の座におさまっているにちがいないのだ。とすると……

其十一　うち　ふたたび

結婚とは、そして家とは、ふつうどのようにしてできあがってゆくものなのであろう。まず、心惹かれあった男女、睦みあったどうしは、なるべく多くの時を相寄りそうてすごしたいとのぞむのが、人の世のつねであるらしい。その素朴なねがいが、それぞれ別の家に赤の他人として生い立ったはずの二人を、一つ屋根の下に共に住まわせることになる。

共に暮らすこと。ついでにいえば、この暮らすという言いまわしの独特のニュアンスをも見逃すわけにはいかないだろう。日が暮れ歳が暮れるといった自然の推移にしたがう気持よりも、ここにはよほど人間的意志的なものが、すでに含まれていてよいはずである。

それはさておき、この場合大切なのは、むしろこの共にという点の方であって、もしもその両人もしくはどちらか一方が、家というものにつくづく絶望しているか、もともとそんなものの必要を少しも感じない剛の者であれば、はじめから話は成立たない。

強い子、何でも思いのままに一人でできるすこやかな子は、どんどん家を捨てて出てゆくがよい。というより、そうしたくなるのが当りまえだ。生きるとは、そして育つとは、たえず新たなものを求め、外へむかってひろがってゆくことにほかならないのだから。かれらには、雨露をしのぐ仮のひさし、一夜の深情けの相手さえあれば事足りよう。

逆からいえば、つまり一旦でも結婚を決意できるほどの男女、共暮らしにふみきれるほどの二人は、結局はおたがいの弱みを素直にさらけ出しあったどうしか、家族というものに本当に幻滅しきってはいない、しあわせな子供たちかもしれない。なぜそれほど幻滅せずにすんでいるかといえば、そこはやはり、なつかしい母のふところにつつまれて眠った至福のみどりごの頃の思い出のせいであり、何といってもおうちはいいものだという実感を、三つ子の魂に打消しがたく刻みつけられてしまっているからであろう。

そして、その意味ではわたしも、いまだに家というものにひとつも絶望してはいない、それどころか、できれば今度こそ最後まで共に暮らせるひとがあればと切実に希っている、まことにおめでたい子供たちの一人なのだ。なぜなら、わたしの生まれ育った家も、長じてその家を去り、妻として夫とともに築きあげた第二の家も、わたしにとってはこよなくしあわせなくつろぎの場であることには変りなかったからだ。小さき者、弱き者であるわたしは、そこでたしかに、何かこう自分より大きなもの、頼もしいものに守られているという安らぎを味わうことができた。そこにあるかぎり、この身は一人ぽっちではなかった。死すべき人の身のはかなさをわすれて、たのしく遊びほうけていられたのだった。

それら二つの家に、わたしが見切りをつけざるをえなくなったのは、二回とも、その家のなかにその頼もしさ、自分より大きなものの存在を見失ったときにかぎられている。わたしがそれだけ成長して保護の手を必要としなくなったのか、それとも相手の力が萎え衰えて、この身を支え切れなくなったのか。

家族構成も生活のしきたりもおよそかけはなれたそれら二つの家で、ひとしくわたしを安らわせてくれた、その頼もしくも慕わしいもの。あれははたして何だったのだろうか。

追憶の薄明の彼方から、ひとつの後ろかげがぼうっとうかびあがり、こちらに近づいてくる。というより、わたしの方が、追いすがるように小走りにそちらへむかって惹きよせられてゆくのだ。

目のまえを、そのひとの大きな後ろすがたがあるいてゆく。がっしりしたその肩、そそり立つその頭。その背中を仰ぎ見上げながら、あとから手をとりあっていそいそとついてゆく、小さな小さな女の子たち。

ときどき、そのひとはにっこりふりむく。そのほがらかな声が、頭上から光のようにふりかかると、子供たちは待ちかねたように顔を見合わせ、くくくとわらいながら、競ってその光をぱくぱくすいこんでしまう……

そう、これはわたしの父さまえらい方の、休日のおもかげにほかならないのだった。ふだんのこのひとはむしろえらすぎ、厳しすぎて、けして子供たちにとって親しみやすい存在とは思われなかった。みずから種蒔いた生命の花をどこまでも理想的に仕立て上げようとする、若々しい庭師の情熱にみちあふれていたからだ。挫折はまだ先のことであった。

ただその父が、時たまこうしてえらい方の座をおりて、われも人の子としてののびのびとくつろぎ、むすめたちとともに高原に海辺に遊ぶとき、そこにはまたとない魅力的な友だち、仲間、兄のすがたがうかび上がったのだ。女の子ばかりの家でははじめから失われたものであった、それこそ兄さま背の高いひとのすがたが。背が高ければ、それだけ遠くを見はるかし、先々までを読取ることができる。ふざけんぼでやさしい、このすばらしい兄さまは、次々に妹たちのよろこびそうなことを思いついては、颯爽とした足どりで先に立ち、みちびいていってくれた。その声のままに、小さなわたしたちはすべてをゆだね、ただ黙って後についてゆきさえすればよい、無言のうちによろこびを約束するその後ろすがただったのだ。

現実には、この父は終始、夫として父としてのみあって、子であるすがたを一度も家族には見せられなかった。このひとは原人アダムのように、係累というものを一切もたず、身一つで遠くからやってきて、かわいらしい妻を得、あたらしい家をはじめたのだった。

これにひきかえ、わたしの夫はわざと父親にならずに、代々つづいた古い家を自分かぎりで断とうとするところであった。その上、わたしにとっては男のひとの未知の面であった、母にとっての息子、家族制度のなかでの長男のありようを、くわしく見せてくれた。

父と夫、生家と婚家とを対比するとき、わたしはつくづくふしぎな思いにかられる。ついでにいえば、夫の家系は両親とも農村出の実業の人であり、わたしの方は僧侶、士族の裔の医者といった根無草ばかりなのだ。わたしの未開の目は、はからずもとことんまで父の反対像をえらびとっていたのか？

わたしはただ、きれいなもの、かろやかなものがほしかっただけだ。少年期に肉親の死を次々に看取らなければならなかった父が、あらたに自分の生命を頒け与えて得たものたちにそそぐいとおしみは、あまりにも大きすぎた。それが戦時中の思想上の無節操ともなり、戦後このひとが重苦しい反省に引籠ったとき、ようやく一人歩きしはじめたむすめの目に、そのすがたは、もはやえらくもなければ頼もしくもない、あわれな打ちひしがれた仲間の一人にすぎなかったのだ。黙っていることがいたわりであった。わたしはわたしなりに、かつてのこのひとに代る颯爽とした道づれを、外に求めたのだった。

十年目に一人の男を見つけた。

かるく生きたいねえ。出会いがしらにそのひとは言い、事実、その足どりはこれまでに見たどんな友人のそれよりも、垢ぬけて軽快に思えた。家では妹たちにとっての何よりの大事なお兄ちゃんであり、背というより頭の高さ、明晰さにおいて他をぬきんでていた。

かろやかさが身上であったはずの、このたわむれのおつきあいは、知り合って二月ほどの間に相手の肺患の再発と舅の急逝という不測の事態の続発によって、にわかに現実の翳りと重みとをおびはじめた。そして、この頃に至ってはじめて、わたしは自分の魂が真に求めていたもののありかを悟ったような気がする。

このひとは強いのであった。これほどの窮迫のさなかにあって、一時はペンを持つことさえ禁じられながら、お先真暗な現実にみじんも囚われず、口をひらけば駄洒落をとばしユートピアを語った。そのすがたにわたしはただただ目を見はる思いだった。かつて父のなかに兄のすがたがかいま見られたように、いま目のまえの病床に横たわる一人の兄の上には、まぎれもない父のすがたがただよっていた。

ひとりの人間のなかには、このようにして、機さえ熟せば父とも兄とも弟とも息子ともなりうる可能性がひそんでいるのだろう。見舞役のわたしにしてもその点ではおなじことであった。断じて弱音を吐くまいとする相手のすがたを娘として妹として好ましく見上げながら、一方、現実の日常茶飯の上では、心のおもむくままにふるまうだけで、そのしぐさはすべて母たり姉たる者のそれでしかなかったのだ。

わたしがこのように内なる魂の問題としてのみ異性を把えたのは、はたして間違っていたのか。その頃のわたしは、抱かれたって少しものびのびとはできなかった。何よりまず病身の相手の疲れが気遣われたのだ。自分は二の次、相手の歓びこそわが歓び。わたしの二度目の彷徨のきっかけは、どうやらその辺にもさかのぼらなければならないが、その分析はもはやこの稿のかぎりではないだろう。そろそろ紙面も尽きかけている。

（一九七一年／一九七二年）

本づくりのよろこび

つくる喜び、などという。本をつくることもまた、よろこびのひとつではあるだろう。はじめて本といえるものをつくったのは、たぶん四つ五つのころ。限定一部かぎりのその本は、父親の原稿反古を裏返しに二つ折りにして綴じ合せたもので、お話は何だったか、イラストも適当に入っていたはずである。

新聞の方は内容までおぼえている。大風で近くの家のトタン屋根がふっとんだというのが第一面のトップニュースだった。

手づくりの豆本のたぐいなら、その後も折にふれつくっては、親しいひとへの贈り物にしたりした。そのためにわざわざ材料を買うということはない。包装紙やグラフ雑誌など、手近の廃物利用でことたりる。というより、そうしたコラージュの出たとこまかせがおもしろくて、そのためにやっているようなものである。数年まえひとしきりまたその熱がよみがえったのは、複写機というべんりなものが普及して、文字を手書きでなくてもすませられるようになったためだ。新聞雑誌にのせたささやかな短文のたぐいまで、これならひとつひとつ単行本に仕立てあげられる。二段組、三段組の小さな活字が袖珍本に貼りこむのにちょうどよい。

手仕事のきらいなたちではないし、モノとしての本をつくる気は相変らず大いにあるはず、と思っていたのが、ここにきて少々あやしくなってきた。あれもやはり都会暮しゆえの手すさびにすぎなかったのか。いまではそとの緑とつきあって終日指先を草のあくで染めていたりすることの方がよっぽど多い。

私家本でなくて公けの本をつくる、——著書を出すことのよろこびも、このところ急速にうすれつつある。いくら書いても反響が返ってこないので、などといったらどこかでお叱りを招きそうだが、空しさをかみしめることの多かったのもまたたしかなのだ。ただ、わたしのばあい著書とは、古い友情をよみがえらせるよりも、むしろあらたな励ましや慰めを得るよすがでこそあることが近来ますますはっきりしてきた。このよろこびは大きい。だれかがやっぱり見ていてくれたのだから。

現金なもので、そんなことがたまさか証明されたりすると、それからしばらくは草取りをしながらも、つもりだけでいまだにつくりそびれている幾冊かのことを考えていたりする。一冊は「二人のメアリ」——メアリ・シェリイとその母メアリ・ウルストンクラフトのこと。一冊は何とよぼうか、ともかく正真正銘のポルノ……

（一九八三年）

薄暗い店で見たあざやかな赤い表紙

本について語ることはむずかしい。むずかしいというより、むしろはずかしい。何かこう身内の者のことを語らされるような気恥ずかしさだ。ましてや「青春」の思い出にのこる一冊の本などとあっては、こちらの生まれ落ちたときからの本、活字、書物その他もろもろの印刷文化との悪因縁がすべてさらけだされてしまいそうで、どうぞほっといてくださいといいたくなる。仕方がないので、ここは少女期、それもなるべく年のいかないうちのある日、一冊の本の買物をしたときの話で責をふさぐことにしよう。

昭和十九年のある秋の昼下がり、わたしはびっこをひきひき、付添いの父といっしょに東京の渋谷の街をあるいていた。一月ほどまえから患っている左足の付け根の淋巴腺炎が一向に思わしくなく、その日もつてを求めて麻布の病院に診察をうけにいったところだったのだ。おそらくは栄養失調のためもあったろう。やはり最終的には手術によるしかないことはほぼ確実らしかった。

乗り換えの私鉄の駅にむかう途中で父がきいた。「もすこし歩いてもいいかい？　大丈夫ならちょっと寄り道をしよう」

わたしはうなずいた。痛みにはもう慣れてしまっていたし、久方ぶりの外出でもあった。たよりになるステッキもあった。父が自分のお古の先の折れたのを、子供の身長にあわせて削ってくれたものだった。

道をわたって少しいった先に本屋があった。といっても、あれがはたして本屋とよべるものだったかどうか。はいると薄暗い店内の一面の書棚はほとんどがら空きで、ただ平台のあたりに申しわけばかりに商品がならべられていた。それもほんの数種類の本が投げやりに幾山かに積み重ねられたままの風情で。そのうちの一山から父はやがて一冊をとりあげた。

川上澄生、『明治少年懐古』——あざやかな赤色の表紙のその一山は、じつはわたしの目にもこの店に入ったとたんからまぶしく映っていたものだった。

わたしはなぜこんなつまらない話をもちだしてきたか。その頃の病児の心境を語りたかったのでもなければ、戦争末期の本屋のみじめな情景を記したかったのでも何でもない。じつはこれが、わたしという子供の戦前本屋というところへ行ったことの唯一の思い出なのだ。はじめに悪因縁といったのはそのような意味もふくめてのことである。

ついでながらこの本は、わたしたちの手許には一晩とどまっただけであくる日には疎開先の伯父のところに行っている妹にあてて送られてしまった。父としては妹によりもむしろ川上氏とおなじ明治少年の一人である伯父にこの慰めを頒ちたかったのかもしれないが。それにしてもあの時代、あの統制下にこんな本がよくできたものだ。

（一九七五年）

ささやかな語源学

老化ということが社会的にも個人的にも大きな問題になりはじめたせいか、近頃しきりに自分の××事始といったようなことを考える。ある物事と自分との最初の出逢いをついついたしかめてみたくなるのであって、べつに懐古的な感傷にひたっているつもりはない。ただ年とともに物忘れ、度忘れが少しずつひどくなってゆくこともたしかなので、半年まえにかなり面白がって読んだはずのベストセラーの筋はあらかたわすれているくせに、子供の頃着せられた洋服の図柄、その肌ざわりといった些細なことが妙にあざやかに脳裡によみがえったりする。そののこり具合に興味をおぼえはじめているのである。

のこっているということ自体が、すでにしてそれがこの身にとっては決して些細な問題ではなかったことの証しでもあろうか。いわれるように人間の大脳皮質は古い記憶ほど永く留めおくものだとすれば、いまさら何をその上に書き加えてみても数年のちにはもとの木阿弥というわけで、まあ暇つぶしとしては大いにけっこうかもしれないが、今後の仕事や生き方に資するところはまず皆無ときめてかからねばならぬ。体験のボキャブラリというものは、ある歳以後はほんとにひろがらないものなのだろうか。事始といったのはその意味で、今後に処するための自分の持札の総点検のようなつもりもふくまれているのである。

たとえば飢えということがある。「おなかがすいた」ということば。じつはこのことばをはじめて身をもって味わったときのことを、わたしはいまでもはっきりと記憶しているのだ。

生来よほど生命力に乏しかったためか、それまでのわたしはむしろ食べたくもないのに食べさせられることの苦痛に耐えていたといってもよい。のこしちゃだめ。たべないと大きくなれませんよ。ごはんはのこしてもいいから、おかずだけは……。

子供時代を通じて、そんなふうだった。もちろんお菓子をねだったりしたこともあるにはあったにちがいないが、少なくとも憶えているかぎりは、当てがわれたものを片づけるだけでせいいっぱいだった。

それがある日、学校に通いはじめてからのことだけれど、何かの手違いで予定の食事がひどく遅れたことがあった。半日以上も乾干しにされた胃袋の奇妙な違和感。そのときはじめてこの子は「ははあん、これがおなかがすいたということか」とひそかに納得したわけである。それまでわたしという子供の字引には飢えということばはなかったといってもよい。あったとしてもそれこそ字引の上の、せいぜいブッキッシュな知識にすぎなかったのだ。

ことばというものはある意味で子供にとってすべて外来語だということもできる。ものごころもつかぬうちに無意識、無自覚のままにとりいれてしまったごく少数の基本語をのぞき、母国語などとよべるものはほとんどないはずであり、その内外、和洋の区別だけはおそらく本人にしかわからないだろう。その意味での渡来の歴史、私的な語源学みたいなものに、いまのところ興味をそそられているのである。（一九七六年）

箱庭のイギリス

芝生の広さは、はたしてどれくらいあったのだろう。庭全体が二百坪にみたないのだから、そのうちせいぜい五、六十坪というところだろうか。いずれにせよあたらしくきた子供たちにとって、ここが「芝生のあるおうち」でもあることに間違いはなかった。ベランダとよぶ南向きの広縁から、そのまま足を土にふれずに下りたってゆけるところに、それはひろがっていた。

建物自体は手堅い木造で、昭和のはじめに東京の西郊にふえつつあったいわゆる文化住宅のうちでもかなり質実剛健の部類に属していたといえよう。ようやく育ちざかりを迎えた幼い娘たちのために、いますこしのびのびとした環境をと物色しはじめた大学予科の英語教師とその妻が、いくつかの候補のうちからさいごの一軒をえらびだすにあたり、この日当りのよい芝生が決め手になったであろうことは想像に難くない。

もちろん、こんなお庭がなかったとしても、門を出ればもう目のまえから芋畑がはじまっていた。そのむこうは農地にすら利用されない広野原で、春には猫柳、秋には芒が風にゆれた。そのさき、原っぱの崖下のさらにむこうには、見わたすかぎり水田がひろがっていて、季節によっていちめんに青くなったり黄色くなったりした。たしかにここは、それまでの目白雑司ケ谷とはくらべものにならない新天地だった。セタガヤってところはハタケがあるんですってね。お友達の聞き伝えからいろんなふうに空想していたその世田谷へ、自分たちもいよいよ引越したのだった。いままで知らなかったさまざまな田野の遊びを、子供たちはここにきてようやくおぼえた。春の摘み草から秋のいなご採り。虫の名、木の名、花の名、星座の名。まことにめぐみゆたかな新生活ではあった。

＊

夏のある晩、寝ぼけまなこでおしっこに起きた子供は、ふたたび蚊帳にもぐりこもうとしてふと外を見やり思わず目をこすった。庭のまんなかに無数の青白い火がお星さまみたいにちかちかまたたいていたのだ。

ほたるであった。隣に寝ていたねえやがわらって教えてくれた。子供たちを寝せたあと父と母が涼みがてら田圃の土手へ行ってたくさんつかまえてきたのを、夜露の芝生の上に食卓用の蠅帳をかぶせ、放し飼いにしてあったのだった。

それにしても、考えてみればまことにおかしなことだ。この家に越してはじめてのその頃の思い出が、ほとんどといってよいほどこのちっぽけな箱庭式シバフにむすびついてしまうなんて。

＊

そとの田園自然とつりあうほどの健やかさをもって生まれた子供、森羅万象と対等に交歓できるだけの野性にめぐまれた子供ならば、おそらく話はちがっていたことであろう。少なくともこの家の二番目の娘にとっては、自然はそれほどおだやかな気のおけないお友達とは思えなかった。素足で土の上におりたつのはかなり勇気のいることであった。足が汚れるという不潔感もあったかもしれないが、それよりも先立つものはわけのわからぬふしぎなおびえであった。

幸か不幸かこの家では両親にしてからが、すでにして泥まみれになって遊び呆けたおぼえもなく、土から受けて土に還すといった素朴ないとなみとはおよそ縁遠いところで育ってきてしまっていたのである。そのような家系の末裔の、いわばおうちの申し子みたいな一人の虚弱児が、おそるおそるはだしの足を踏みだしてみて、はじめてどうやらわがものにすることのできた唯一の風土が、この緑の人工の草絨毯だったということかもしれないのだが。

＊

ここに一枚の写真がある。

黒々とした木立をバックにひかえ、そのまえの対照的にぽっかりあかるい芝生の上で、三人の女の子たちが一列になって、順ぐりに前の子のスカートの裾をつかまえ、わらいはしゃぎながら跳ねまわっている。

当時カメラマニアであったこの家の父親の快心の一枚で、これもある晩子供たちが寝静まってからの夜更けに、母親を助手に現像し引伸し焼付けたものだ。子供たちの年齢は九つ、七つ、五つ。

写真の効果でうしろの森はさながら夜のように暗く、手前の子供たちだけが妖精のようにたのしげにひかりと戯れているのだ。

だれいうともなく「真夏の夜の夢」と名づけられた、わが家のこの一枚……そこにはすでに三十余年もまえのはるかな思い出の一齣となった、失われた芝生の面影とともに、初々しい大正教養主義がせっせとはぐくんでくれたもろもろの舶来の夢が、いまだにそこはかとなく漂うているのである。

（一九七五年）

わたしのなかの北欧

わたしのなかの北欧。

それは、たとえばアンデルセンのなかのいくつかの名前。

何よりもまず、カイちゃん。悧発で、色白で、おそらくは小柄で、貧しいけれど身綺麗な少年のカイ。せっかくなかよしのお友だちだったのに、悪魔のガラスのかけらがとんできて目につきささったとたん、むらむらと意地悪にふるまいだして、小さいゲルダをくるしませる、あのカイちゃんだ。

カイちゃんのつれてゆかれる雪と氷の世界。その白さ、さびしさ。心まで凍らせる雪の女王のつめたいキス。

カイちゃんはもしかすると、わたしが読書事始めの頃にめぐりあった、いちばん心惹かれる少年だったかもしれない。

カイちゃんはそれでも、わざとして意地悪なのではない。何かがカイちゃんをしてそうさせるのだ。その悪はまさしく天からふってきたもので、ほとんど無垢の悪そのものといってよい。

それに翻弄されるしかないゲルダの悲しみ。そこにはあたかも、そのような天与の魔性を抱いた少年（といってわるければ、男という名の子供）にやみくもにひきずりまわされるのでなければ何がなし物足らないといったような、ある種の女の業みたいなものを思わせるところさえあって、それがあの「雪の女王」の一篇を、数あるアンデルセンのなかでもすぐれて際立たせているのかもしれない。

わたしのなかの北欧。

そこは、ふしぎに人気が少なくて、なぜかしらしんとして、ものさびしい、薄明の中にぼうっと閉ざされた世界――

といった感じが抜けないのも、「雪の女王」の印象があまりに強烈だったからだろうか。そればかりとはいいきれないような気もするのだが。

フィヨールドで区切られ、さらでだに雪で冬場は往き交いもとだえてしまう、小さな集落や孤立した家々のなかで、ひとは、おなじ地平の上におなじ人間たちがおなじよろこびやかなしみを味わいながら棲息していることすらも、ともすればわすれさせられてしまう。

あたかもベルイマンの映画中の人物たちのように、ひとはこの隔絶された世界にあって、外の自然の暴威に対するのとおなじく、みずからの内なる自然、内なる神とすらも、めざめながら、ひとりひとり、対決しなければならない。運命は、ここではあくまで個人個人のものであることを、いやおうなしに悟らされてしまう。

わたしのなかの北欧。

そこにはもちろん、花咲きみだれる美しい五月もあるだろう。村人の群れ打ち集うにぎやかな祭の宵もあれば、都会的文化的な諸設備の行き届いた、あかるい福祉社会もあるだろう。

とはいえわたしはやはり、さいごまで、その寒さ、厳しさゆえにこそ北欧に心惹かれる。ストリンドベルイもアンデルセンも、イプセンもブリクセンもベルイマンも、そしてあの稀有のひとラーゲルレーヴも、すべてはおなじ孤独の宿命的産物であろう。

そうだ、やっぱり、わたしのなかの北欧とでもしかいいようがない。それは、「近代的自我」とか「浪漫的心情」とか、「北方的内面性」とかいったことも何ひとつわからなかった幼女の日々に、すでにして精神と自然との相剋なるものをおぼろげながら悟らせてもらった郷愁の地、いまにしてなつかしいわたしの魂の世界地図の、だいじな一部分でもあるのだから。

（一九七五年）

手

果物は熟れ過ぎないやうに手で考へながら　郁乎

手について少しく考えなくてはと思ったら、のっけからこんなお洒落な句が記憶の明るみにうかび上ってきてしまい、どうしても離れていってくれないのです。

だめだめ、いまは手で考えているひまはない。ともかく早急に手について考えなくては――と、押しのけ払いのけ、振り捨てようとしても、心はすでにしてこの句の擒(とりこ)――などと思いつくままに書きつけながら、ふと見直せば、なんだこれは、いつのまにか手偏の文字ばかりわざとみたいに並べたてて――

仕方ありません。そもそも外来の漢字などはじめから持ち出さなければよかったのでしょうけれど、かといって平かな調の倭ことばで一切を取り仕切ろうなんて、いまどきほとんど不可能ではありませんか。

なにしろ問題は〈手〉なのです。手とは人体の各部のうちで最も尖鋭かつ先進的な部分といってもよい。人間を他の動物から画然とわけへだてるもの、それが手です。直立して手の自由を得たことによってすべてははじまったのですから。はじめに手ありき。そうです、今日のグローバルな国際交流も、手がせっせと働いて最初の丸木舟を海にうかばせなければ、各民族はそれぞれ生まれ落ちた大陸もしくは島国の偏狭な闇にとりのこされて、ぼんやり蠢いているだけだったでしょう。

手が先進的だという証拠はまだ他にもあります。芸術の分野をごらん下さい。言語や観念に頼らざるをえない詩・文学よりも、造形美術や工芸など、直接に手の関わったジャンルの方がはるかにインターナショナルな普遍性をかちえているようには見受けられませんか。

手は口ほどにものを言い、でしたっけ？　そんな次元がたしかにあるのです。最もフィジカルなものこそ最もメタフィジカルであるという——たとえば握手。これは人間どうしですけれど、合掌、そして十字を切る手となると、これはもうまさしく超越者とのコミュニケイションを、魂だか心だか脳だかにさきがけて司る大任にある。

はじめの引用句が少々前衛的すぎたのか、話がどうも前へつんのめりがちです。ここはやはり地道な大和歌あたりから拾いあげるべきだったかもしれません。

働けど働けどなほわが暮し
　楽にならざりぢっと手を見る　　　啄木

古典はいざ知らず、少なくとも日本近代文学史上、このひとほど意識的無意識的にこの働く〈手〉の存在にこだわってみせた詩人もめずらしいのではないでしょうか。たわむれに母を背負うその手、白砂の浜におなじくカニとたわむれるその指。いずれも陰に陽に、有形無形の手をうたって余すところがありません。

考えてみれば、それはひとり啄木の手にとどまらず、古来のあらゆる大和民草の手でもありました。そう、有史このかた、ついほんの数年まえまで、そのような手によってこの国は営々と築かれ支えられてきたはずなのに、世の中、変れば変るものなのですね。手はいまや日ごとに怠け者になりつつあります。ほんとに、果てはいかにかと気遣われるくらい、とどめを知らぬおそろしい勢いで。いつからこんなことになってしまったのでしょう。

古い方々は横井庄一さんをおぼえていらっしゃることでしょう。二十年まえ、高度成長の一途を辿りつつあった日本に、ジャングルの中から突然舞い戻ってきた元皇軍兵士は、必要とあらば衣食住のすべてが自分の手ひとつでまかなえることを、あらためてわたしたちに思い出させてくれました。

あれほどの今様ロビンソンぶりとまではいかなくても、少なくともわが同世代の昭和一桁生れぐらいまでは、戦中戦後の窮乏期に多かれ少なかれおなじようなことを経験させられているはずです。かくいうわたくしの手だって、あの非常時にはいっぱし焼夷弾の火をくいとめるのに役立てられたわけなのですから。

さあ、手よ、こんなに閑なご身分になっちゃって、このさきどうする気？

尤（もっと）もその反動として、うずうず働きたがっている手もなくはないようです。手づくりの高級一点品志向ばかりではなく、たとえば若者たちの朝シャンとか、ロック・バンドの器楽演奏とか、まだありました、近頃ではあの臓器移植手術。こればかりはまだ当分ロボットやらの手には、委（まか）せられなさそうですものね。

話がまたまたつっ走りそうなので、自戒のため手もとの古語辞典をひいてみましたら、たまたまこんな一行にぶつかりました。〈手と身とばかりになる〉——無一物になること、だそうですが、なるほど、これでみると手は身体の一部とも一概にいいきれないらしい。〈心と身と〉というならまだ話がわかるけれど、してみると、手はもしかして心でもあったのでしょうか。

（一九九一年）

「きりっと」の功罪

きりっとしていらっしゃい。

幾度かそのひとにいわれた。

きりっとしていること。おそらくそれは彼の他人をはかる最上のものさしだったのだろう。

あのひとはきりっとしていますからね。

つきあっている女性について、一度彼がそのようにほれぼれと洩らすのをきいたことがある。

彼自身ははたしてきりっとしていたかどうか。傍目にはお世辞にもそういいかねる点のままあることを、みずからいたく感じているだけに、他人のきりっとしたすがたがそれだけよけい美しくその眼に映じていたのかもしれない。

それでもこのさき、もしかしてわたしと彼とが幽明を異にしたとすれば、わたしはやはり最終的に耳にのこるそのひとのことばとして、この戒めをどれよりもなつかしく思い起すことだろう。そういってわたしをたしなめたときの、彼のその声、そのアクセント、そこにいたるまでの二人のあいだのいきさつ、その他もろもろひっくるめて。

きりっとする。手だれの翻訳者ならば、これをどのように横文字におきかえることか。

*

きちんとしなさい。

きりっとしていらっしゃい。

子供たちはたえずそういわれながら育つ。

少くともわたしなどの幼い頃はそうだった。

きちんとして、きりっとしてあること。はじめはそれはずいぶんむずかしかったかもしれない。しかし、たとえば「洟をかんで」とか、「スリッパをそろえて」とか、「ひとの枕上（がみ）を通らぬこと」とか、そうした日常の些細な躾けの底には、さらに高次な一貫した要請のあることを、子供たちはおもむろに理解しはじめる。

具体から抽象への発想の転換。日本語のオノマトペはこんなとき抜群にべんりなのではなかろうか。響きひとつで十分魅力的なのだ。

見苦しいざまを人前にさらけださぬように、どこまでも「きりっとして」あること。

そのように躾けられた子供たちが、かつては武人の妻、軍国の母として、夫や息子の死を涙も見せずに耐えぬいたりもしたのだった。天命ではなく人為による災厄をさえも、怨まずに通してしまったその心情。ここはやはり「自若として」よりも、「端然として」よりも、「きりっとして」いたかったからと解するのがふさわしい。彼女らはもしかして「きりっとしてあること」の美しさに淫してしまっていたのだろう。

自分だっておなじ境遇、おなじ状況におかれていたとすれば、だらしなく泣きくずれるよりはつとめてきりっとしていたろうと思うと、いささかおそろしい。

＊

きりっとしていらっしゃい。

ひとにむかって、なかなかそうはいえない。考えてみると、まだ一度もいったことがない。これはやはり目上から目下へ、「きりっとして」いることの徳ないしは得点をこころえた経験者から、未熟で無知な後輩へのアドヴァイスであろう。命令とはいわないまでも、そこには当然彼我の力倆の差と、おのれの優越についての明らかな自信がともなう。

きりっとしていらっしゃい。いったそばからいわれた方が、あなたこそきりっとしていらっしゃい、と立ちどころに切返したらどうなるか。

いや、そんなことは起こらない。起こりえないことを前提とした上での、教え諭す者と諭される者との関係なのだから。

教育好きという人種も世に多いけれど、教育され好きというのもけっこうあるようだ。わたしがそのひとのせりふをなつかしむというのも、案外そんなところかもしれない。また、こちらも人の子の親にでもなっていれば、二度や三度は当然くりかえしていたかもしれない。

＊

なぜこんなことにこだわりはじめたのか。

自堕落に寝ればすずしき夕べかな

子供の頃、夏休みに姉の友人のよこした葉書にそんな文句が記されてあって、幼な心にひどく感心したものだった。あの頃からわたしはそうしたすずしげな生き方に潜在的に憧れていたのかもしれないが。

いまならできる、思いきりだらしなく。そんな気もする。いや、それはすでにもうはじまっているかもしれない。いずれにせよ、もうだれもいまさらわたしに、きりっとしていらっしゃいといってくれはしないのである。

（一九八五年）

わたしのおしゃれ哲学

おしゃれですって？　そんなものは、目立ってしまったらもうおしまいでしょ？　だれにも気取られないところでじつは凝りに凝ってってのが、最高の、ほんもののおしゃれではなくって？

少女の一頃、そんな生意気をいっては、せっかく褒めてくれたひとを困らせたりしたものでした。若さの驕りとでもいうのでしょうか。その頃の常として、こちらはごく単純にただただ成熟をねがい、こくとか渋味とかいったものに、やみくもに心惹かれていただけなのですけれど。

知るひとぞ知る。秘すれば花。そう、絹よりは木綿、きんきらきんよりは黒。

詩人や作家など、多少とも芸術家めいた道を志す人々にしても、作品の上でこのひとならと思っていたところが、いざ会ってみるとその指にあらずもがなのダイヤモンドとか幅広のかまぼこなどが光っていたりして、とたんにげっそりしてしまうようなことがよくありました。そうなるといま一度、きびしく辛辣な眼で、そのひとの作品を再検討してみずにはいられなくなる。するときまって自分のはじめの見方の甘さが露呈され、そうだ、こちらはもっともっと凜乎としたものを求めていたはずだったのに、と自らを鞭打ち、ふたたび極北をめざしてひた走る。そんなことの繰返しのうちに一時期は明け暮れていたようにも思われます。

生きかたの上でもおしゃれということがはたして成立するものかどうか、わたしにはわかりません。ただ、いまのわたしはその頃よりはるかに寛容になってきてしまっていることだけはたしかのようです。かっての伝でいけば、たとえばおしゃれについて語れだなどとご指名をうけるほど目立った生きかたをしてしまったとすれば、それだけでもう野暮天もいいところであって、罪は万死に値するものだったはずなのですが。

そう、死ねばいいのかもしれません。生まれてすでに生きてしまっている人間にとって、生を芸術化する手段がどこかにのこされているとすれば、おそらく死にかたに凝ること、しゃれた死にかたを心がけることしかないのかもしれません。

おしゃれというのは本当はこわいものなのです。どうやらそう思われます。おしゃれに徹すれば、少くとも他人の視線など気にしてはいられなくなるはずです。なりふりかまわぬおしゃれ、というのもおかしな言いかたですが、現にそうした生きかたをしてしまっているひとが、わたしの周囲にも幾人かはいます。好むと好まざるとにかかわらず、おのずとそうなってしまうのです。それこそ髪ふりみだしておしゃれに憂身をやつしているようなその人々の、みずからそれと意識しないところに滲みだす美しさ。その天晴れないじらしさこそ、いまのわたしの眼には時として最高のおしゃれと映って見えたりもするのです。

（一九七六年）

気取りの周辺

気取りにもいろいろある。

あなたは気取っていますか。そうきかれて、わらってイエスと答えられるひとが、はたしてどれだけいることだろう。

少しまえ、だれだったか、たしか高名な噺家(はなしか)が、自分の臨終の床に親しいひとびとにあつまってもらい、みなさんさよなら、あの世で待ってるよ、とにっこりわらって恰好よく挨拶してはみたものの、肝腎の往生の時がなかなかやってこなくって照れくさい思いをしたとかいう話をきいた。

あつまったひとびとも、おそらくは仲間や弟子たちなど、わけ知りの心やさしいひとびとだったろうから、師匠、なにもそんなに気取らなくたっていいんですよ、苦しければ苦しいっておっしゃって、それこそお楽になすって、などといたわり、なぐさめてやったにちがいない。その間がどのぐらい長びいたのかは知らないけれど、この世の生の幕切れにたくまずしてそのような人情話の一席を演じてみせてくれたなんて、わるくはない一生だなと思いながら記事を読んだおぼえがある。

これがもし、さよならをいったとたんにすうっと息絶えたなどというのであれば、これほど余韻をのこす話にはならなかったろう。

何もそんなに気取らなくたって……

他人をみていて思わずそういいたくなることは往々にしてあるものだ。ただそれを直接ご本人に伝えるかどうかとなると、これはまた別問題で、多くのひとは見て見ぬふりをしてすませてしまう。

気取りはそれほど恥ずべきことなのだろうか。そうかもしれない。少くともいままでのところ、この国の風土では、いたずらに見栄や体裁をとりつくろうよりも、胸襟をひらき、腹をわって、裸のつきあいをすることの方が、はるかに人間的なこととみなされてきたらしいから。あの高度成長とかいう異常な一季節はいざ知らず、少くともわたしあたりまでの戦前生まれの日本人の受けた教育は、大むねそうした価値観にもとづくものであり、それはまた、贅沢を敵とみなし、お洒落や化粧といったあらゆるゆとりや遊びを罪悪視する戦時の風潮とも、きわめて容易にむすびついていたはずである。

気取りやお洒落をけなし、いやしめるのはやさしい。しかし、かといって素朴、自然そのものが人工に優るという保証がどこにあるというのか。

自分のありのままのすがたを人前にさらけだすということは、ある種のひとびとにとってはかならずしも容易ではない。そして、考えてみればあのようにして物質的次元での遊びがいやしめられた時代は、一方、精神的な面では逆に最高度の気取りが要求された時代でもあったはずである。

武士は食わねど高楊枝、だ。もしも自然が尊いのならば、素朴がのぞましいのならば、だれがあんな下らぬ痩我慢に甘んじたのか。家郷を離れ、夫や子を奪われ、わたしたちはなぜもっと泣き叫び、喚き怒らなかったのか。

だれでもどこかで多少は気取っている。そんな気がする。もちろんその表れかたは、それぞれの美意識のありようによって千種万様ではあろうけれど、人間は本能的に見苦しさを忌み斥けるという悲しい性向を賦与されているらしいことは、ああした戦時の人心操作ひとつをとってみてもわかるではないか。

まったく気取りのないひとなんて、めったにあるものではない。みずからのもって生まれた自然に何ら疑いを抱かず、羞らいもなく人前に出られるなんて、そんなひとはよほどの神さまの寵児か、でなければそれこそアダム以前の先祖返りのおめでたい人間でしかない。

気取りは、つまりひとそれぞれの恣意にゆだねられた、まことに罪のない芸術行為なのだ。だれにたのまれたのでもない、まさしく自分の満足のための、ほほえましいお遊び……

いや、かならずしも自分のためばかりではない。ほほえましい、などと思わず書いてしまったが、じつは近頃、高齢化に伴なってめっきりふえてきたご老人のすがたを見るにつけ、やはりある種の気取りや洒落っ気はさいごまで持ち合せていてくれた方が、見守る側の方も楽だろうなと思わせられることがままあるからである。

それは、時には気取りを通りこして、むしろ悲壮な気取りとして痛々しさをそそる向きもなくはないけれど、人間さめてあるかぎり、ひととの連帯のなかにあることをわすれるわけにいかないとすれば、死を目前にしてさきほどの噺家みたいなことができるなんて、やはりわるくない。気取りもきわめれば他に功徳を及ぼすこともありうるということを、彼はその芸人魂でつとに悟っていたのだろう。

（一九八一年）

目を疑うということ

目の不自由ということをわたしはつい最近までほとんど知らずにきた。目だけは人並みのつもりだった。小学校一年生の身体検査表に「視力、右一・二、左一・二」と書きこまれたその数字は学校時代のさいごまで変らなかったし、その後は調べる折もないままにほうっておいて、それですんだのだ。

だから、見るということに関するかぎり、世界と自分との関係は七つの子供のときもいまもそのままおなじなのであって、きのう赤かった郵便ポストが今朝はもし白かったとすれば、変化はあきらかに相手の側におこったにちがいなく、この目がきのうの赤を今日は白と見誤まるなどということはけしてありえないものと、かたくなに信じこんでいたふしがある。わが目を疑うなどといった表現は、まさしくものの譬えとしてしかわたしには理解されていなかったのだろう。

それが一月ほど前おもしろい経験をした。戸締りをしながら折からの満月を見上げたところ、雲ひとつない空にうかんだその円盤がどうもぼやけて見える。はっきり見定めようと思って目をこらせばこらすほどますます事情はいけなくなるようで、たしかにまるいあかるい月が真中にありながら、おなじ大きさの複像がその周囲にすこしずつずれてあたかも梅の花のように五弁か六弁重なりあって見える。ためしにしばらく目を閉じてまた開いてみても、月はあいかわらず梅の花だった。

その夜はよほど体調がおかしかったのだろうか、翌晩からまたもとの見なれた月のすがたが戻ってきてくれた。そこでわたしは当然この現象を目の疲れのせいにしてしまったけれど、しかし考えてみればかりにもしこの目が幼時からあの晩並みにわるかったとすれば、わたしは終生満月とは梅の花状のものと信じつづけていたかもしれないのだ。

年相応かもしれないが、ここ一、二年のまに目の衰えは確実に進んでおり、はじめは面白半分につくった老眼鏡がいまでは仕事のさいに欠かせぬありさまだ。仕事をやめて素直に老いにまかせれば、またどんなあらたな視野がひらけてくるかもしれないのに、みみっちいことだと思いつつもしかたがない。

目はやはり人間の感官のうちでいちばん大切なものだという考えをわたしは捨てきれない。目の不自由ではなくて、目にとらわれることの不自由さからわたしはついに脱けだせない。これはやはり美をつねに視覚的なものとむすびつけてしまうこちらの美意識とも関連していることだろう。古めかしいといわれたってしかたがない。プラトンのと

いうよりプラーテンのどこまでも愚直な弟子ということか。マンの『ヴェニスに死す』の通奏低音ともなった有名なソネット、

「目もて美を見しそのひとは
すでに死の手に委ねられ……」

というあの詩の視覚的端正に一度でも打たれたことのあるひとならば、このあたりの事情をよくわかってくれるだろう。

こんなことをいいだすのもじつはわたし自身、いまから十年まえのある日、たしかにまのあたりに美を見たという思いがあるからだ。あのときこの目で見たものがたとえ梅の花状のお月さまにすぎなかったとしても、自分なりに納得できたのだとすれば、それでかまわないと、いまではわりきっている。これで一生全うできるとすれば、この子はやはりどこまでも疑うことを知らぬ、よくよくしあわせな人種だったということになるのだろう。

（一九七八年）

広場と旅びと

旅に出ると、方々で、いろんなかたちの広場に行きあわせる。たいていは中世このかたの市庁舎とか名刹の前などにぽっかりとひらけた空間で、時にはイタリアのシエナのそれのように貝殻型に石畳が広がっていたり、ヴェニスのサンマルコみたいにきちんと長方形だったりする。時にはプラハのヴァーツラフ広場みたいに幅広の大通りがそのまま広場とよばれていたりもする。

毎日、市の立つ広場もある。ぐるりを昔ながらの建物にとりかこまれ、まんなかに古井戸がのこっていたり、そのかたわらで大道芸人が得意の技をご披露におよんでいたりもする。一郭に立つ教会の鐘楼から、そんな広場の風景を一望のもとに俯瞰することもできる。

広場はべつにそれほど広くなくともかまわない。両側のレストランが二、三軒テーブルや椅子を戸外に並べたてようものならたちまち車の通行もままならなくなってしまう小さな町かどの広場もある。

ともかくそこは誰のものでもない、みんなが行きずりにとけこめる場なのだ。若者たちがにぎやかに談笑にふけっているとなりでは、テーブルにたどりつくのも危かしげだった骨董品並みの老夫婦が二時間も無言でお互いの顔を見つめあっている。毎日決まった席で決まった時間に新聞を読んでいる亡命者風の紳士もいれば、今日かぎりの滞在者である旅びとがせっせと絵葉書に筆を走らせていることもある。

ヨーロッパの、といわず世界のそこそこで日々繰り返されている、いかにも平和な風景。同じこの場でかつては火刑台の火が焚かれ、何十年前には市街戦の激しい応酬があったなどという、血なまぐさい歴史を当分忘れ去ったかのような——

絵葉書を書き終えた肌色の違う旅びとはコーヒーの残りをすすりながら、子供の頃に教わったある広場の名を思い出し、改めて考えにふけるのだ。オーケストラでもお酒でも何でもあるという広場。だいいち、そこへ行くと誰でも上手に歌えるようになるというカタカナ名前のその広場——そんな所へ行きつくためには、この先自分はどこをどう旅してゆけばよいのだろうか、と。

（初出未詳）

（フランクルトの内藤礼展）

六年まえ、はじめて内藤礼さんの作品に接したときのことは、いまだにわすれられない。会場にわたしを待ちうけていたのは、白いフランネルでできた、奥行き十数メートルほどの楕円形のテントだった。中は一度に一人ずつしか、見ることをゆるされないという。

順番がきて、やわらかい布幕をおしわけ内側に入ったとたん、この身はすっぽりと、さながら大きな繭のなかにでも閉じこめられたかのように、白一色の世界に包みこまれた。白ずくめの床に、左右相称にセットされたいくつかの光源が、あたりを静かなあたたかいひかりでみたしている。卵のなかにいるひな鳥も、もしかしてこんなほのかな明るみのなかでまどろんでいるのではなかろうか。

目がなれてくるにしたがって、この空間に置かれたさまざまなオブジェ——針金や竹ひごの小さな細工物だの、ガラス片や植物の種子だのといった繊細きわまりないモノたちがひそやかに息づきはじめる。このようにして交わされる作家と観客との、こよなくぜいたくな一対一の会話……

「地上にひとつの場所を」と題するこの作品は、今年のベネチア・ビエンナーレの日本代表にも選ばれて、多くの話題をよんだ。その内藤さんが、この夏フランクフルトのカルメル会修道院で、「たくさんのものが呼び出されている」というあらたなインスタレーションを発表した。たまたま会期中にここを訪れることのできた幸せな観客のひとりとして、わたしの見たかぎりをここにご報告しよう。

用いられたのはもと修道僧たちの食堂に使われていたという、かなり大きな長方形の部屋だ。天井は五本の太い石柱によって支えられており、大壁の一方には十六世紀初頭のはげ落ちかけた壁画ものこっている。その壁面を祭壇に見立てたかたちで、作家はここに半円形の垂れ幕を二重に張りめぐらし、そのゆるやかな円弧に沿って、独自のこまやかなモノたちからなる世界を築いてみせたのだった。

このたびもまた、観客は一回一人かぎり。ゆるされた持ち時間は最高十五分まで。

幕をくぐって入ると、まず七個の板桟敷が目につく。その円座一つ一つの右手前方には針金で編んだ籠。左手にはコマかなべのつまみ状のものに、レース糸で編んだカバーが着せられている。その内側には小さなガラスの円柱、こまかいビーズの集積。光源はやはり床だ。

さらに目をひくのは、壁面にいちばん近いあたりにおなじく半月の弧を描いて並べられた、白いオーガンディの方一寸ほどの四角いオブジェである。その数、三百有余。

作家自身の説明によれば、これは壁面に描き出された人びとの鎮魂のための枕だという。ここを会場と定めて構想を練っていたある日、内藤礼は突然、壁面の人びとはすべて死者であることに思い当たったのだった。そして、画中に描かれた人びとの数を、丹念にかぞえあげたという。

そこには旧約の預言者エリヤや、その後継者エリシャや、初期カルメル会の殉教者たちをも含めて、三百人あまりの、かつて世にあった人びとが描きこまれていた。内藤さんはそこで、それらの故人ひとりひとりに対して、安らぎのための枕を贈ることにしたのだった。

素材自体のもつ張りのゆえか、仕上がった枕はミニアチュールながらふっくらと、空気とそしてひかりをはらんで美しく透けて見える。わたしは内藤さんのほっそりした指が、これらの枕を次々に縫い上げてゆくさまを思い浮かべた。手仕事。それは古来女たちのもっとも身近な領域で、ひそやかに守り伝えてきたものだ。

内藤礼の作品を、一口に胎内瞑想とか子宮願望とかいってしまう男たちの意見に、わたしはかならずしもくみしない。もっと別の意味でのしなやかで聡明な女性性の発露が、ここにはたしかにあるのだった。

（一九九七年）

秘すれば花——ある「魔女美学入門」

赤いロシヤの産科病棟の愛すべき『女たちのデカメロン』にも、古くはイタリヤの『ペンタメローネ』の賑やかな女フリークづくしにも、幸か不幸か連なりそびれた私でございます。いずれこの国でもどなたか奇特なお方が似たような座を取り持って、こうしたこぼれ話を拾い集めて下さるとよいのですけれど。その時まではとても長持ちしそうにないこの身の、これぞと思うとっときのお話を、ここらでひとつご披露しちゃいましょう。

なんの話かって？　ええもちろん、ご所望の魔女の話でございますよ。そんなもの、わが日の本にいるのかなって？　莫迦おっしゃいますな。魔女はところを択びません。なにしろ、女、ですものね、魔女だっても。そりゃ殿方には血筋だのお国柄だの、お道具そのものの大きさだのと、あれこれうるさい物差しがついて回るんでしょうけれど、そこが男と女の断然ちがうところ。わからないんですよ、魔女は、二重の意味で、いたっていなくたって。

そもそも女の花そのものが内に深く秘められて傍目にはつかないうえに、そこへさらに魔がかかってるんですもの。魔。これはもうはじめからお天道さまにそむく闇の領分と相場がきまっているじゃございませんか。どうです、女の陰、に重ねて魔の陰、ときた日には、いやでも陰々滅々――

おや、滅々はどうやらよけいでしたこと。でも如何でしょう。私の申し上げたかったのは、魔女はそれほどにも目立たずに、世を忍ぶすがたで、つまりどこにでもいるってことなのですけれど。こういえばおわかりかしら。つまり、――すべての魔女はかくれ魔女である、とね。あのひと魔女みたい、などと世間にうわさされるようではまだまだ修業が足りません。目立ちたがりやは魔女として失格です。そんな者、それこそ魔女の風上にもおけますまい。

ほんものの魔女はおのれの存在をぜったいひとに気取らせません。たやすく気取られるようでいてどうして魔女の本領を発揮できようか。かくれです、どこまでも、かくれに徹することこそが、魔女の魔女たるゆえんなのでは。

いいですか、一見あたりまえの、ごく地味な、変哲もないふつうの女たちのなかに、さりげなく魔女は紛れこんでいます。あなたはいつ、どこで、どのような魔女に遭遇しているかもわかりません。もしかして自分の妻が魔女だったなんて。考えてみればこわいことね。おそろしいことね。でもしかたがない、魔女ってもともとそういうものだもの。

魔女は遍在する、どこにでも――だなんて、それじゃまるで神様みたい。さもなければＨＩＶみたい。え、そういえばＨＩＶとＩＨＳと満更似ていなくもない、ですって？　まあ、どうとでもおっしゃいませ。横道もいいところです。私だってなにもこんなさかしらの講釈をするつもりはございませんでしたのに。ただねっからの話し好きとして、先頃逝った私の姉のことをこのさいお耳に入れておきたかったまでです。その姉と申しますのが、じつはほかでもない、れっきとした魔女だったのですから。

魔女のなかの魔女。そう、あれほどの魔女はめったにいないと、仲間うちでは評判でしたよ。ええ、もちろんかくれです。かくれもないかくれ魔女。なにしろ姉のばあいは念が入っていて、生涯ついにだれにもその素姓を見破られず、ということはその手練(てだれ)の魔女の技をついぞ実際に用いることなしに、六十余年の日々を全うしてしまったのですもの。

そりゃおかしい、ですって？　うたわざる詩人、描かざる画家がありえないように、魔法を実践しない魔女がいるものか、ですって？　やれやれ、そんな幼稚ないちゃもんをおつけになるようでは、それじゃあなたの考えていらっしゃる魔って、いったい何なの？　せいぜい詩や絵と同列に論じられるたぐいのものでしかないの？

とんでもない。そんな他愛もないお遊びごとと神聖な魔女の技とをとりちがえるようなまねだけは金輪際やめていただきたい。いいですか、魔女の技とは、いやしくも人の生死に関わるものなのですよ。必殺の剣。つきつめればそういうことよ。そんな剣呑な武器をどうして伊達にふりまわす必要があって？

そうです、そのいのちがけの技を、姉はものごころついてこのかた血みどろの修業によって学んだのでした。人知れぬその苦行を知る者は妹の私ただひとり。こうして姉はみごと免許皆伝になったのでしたが、まあ呆れますよ、それでいてついに一生かくれ了せたんですから。

刻苦の末に身につけたその技を、さいわい姉はその後の生涯に一度も実地に役立てませんでした。人を呪ったり恨んだりするような目にはたえて出会さずにすんだってわけ。どうしてかって？　あたりまえでしょ、姉はその後半生を通じて愛する者に恵まれていたんですもの。ひたすら愛することにかまけて忙しく過すうちに生の火はつきて——

これ、すごい話だと思いません？　え、これが倖せでないって？　それじゃあなた、やっぱり魔女の美学ってものが全然わかっちゃいないんだ。無駄なお耳汚しで、なんだか唇がそぞろ寒くなってきました……

（一九九四年）

第三章
高原の一隅から

黒姫での冬。書庫として増築された黒い建物の前で。
この年は雪も少なかった。1998 年 1 月、広瀬勉撮影。

高原の一隅から

長野県、といっても北信のどんづまりの黒姫高原に暮すようになって、いつのまにか十八年も経ってしまった。

ひとつところに十八年も住みつづけたというのは、いままでの短かからぬ生涯でもあまりない。戦中戦後の娘時代を過した世田谷の家にそろそろ匹敵するほどの長さである。べつに地縁があったわけでもない。東京生れの東京育ちは、二十代から三十代にかけてのしばらくを神奈川県民として暮しただけで、またぞろ東京に舞い戻ってしまったけれど、いざ暮しの根城をとまじめに考えはじめてみると、東京はもはや昔日の東京ではなく、何をするにもお金のかかる馬鹿々々しい巨大都市になっていた。そこへちょうど七十年代末からこの黒姫山麓に住みついた友人から一度遊びにこないかと声がかかり、来てみるとこの辺には坪一万円にもみたない土地がいくらでも残っているという。そのまえによく遊びにいっていた群馬県北軽井沢あたりと比べてもここは格段の安さではないか。しがないもの書きの細腕でも、ここなら世田谷の実家の庭先一坪分の値段で三百坪が手に入るのだ。

——というわけで、一九八〇年からわたしの黒姫暮しがはじまった。これはちょうどこちらの知命の齢にあたる。建築にたずさわった大工さんたちは、よりもよってこんな寒冷地に暮そうなんて、物好きにもほどがあると言いたげだったけれど、さいわいよい設計家の協力を得て、雪のなかの一人暮しでもいちばん手のかからない住居が落葉松林の一郭に建ち上った。

以来十八年。わたしはだいたいこの選択に満足しているといってもいいだろう。なによりいいのは季節のメリハリがはっきりしていることで、春は雪どけの喜び、夏は快適な涼しさ、秋は全山の紅葉、冬は白銀一色の世界、と、年により多少の差こそあれ、これだけはいくら感謝してもし足りないほどだ。

住みはじめたのは初冬の、雪になる直前だったけれど、ある日床を拭いてみて愕然とした。雑巾が黒く汚れないのである。着くのはせいぜい衣類のわたぼこりくらいなものだ。

空っ風の東京では、アルミサッシも何のその、こまかい塵埃がいつのまにか忍びこんで、家具だの床だのにうっすらと取りついているのが当りまえなのに、ここではなるほど冬の三、四ヵ月というものは、土埃がいっさい舞い立たないわけである。

この効用はまだ他にもあって、わが家の白いモルタルの外壁は十八年たってもほとんどず黒くならず、一度も塗り替えをしないで住んでいる。もっとも、そのおかげで晩秋のある日、界隈中のテントウムシやカメムシがあかるい白壁めがけてやってきて屋内で越冬をたくらむといった難点もあるのだが。

そして雪どけの五月。庭をひとまわりすれば、あの木この草の新芽、若葉など、たちどころに十数種類の山菜がそろってしまい、天ぷらにしてお客様のもてなしなどお茶の子さいさいだ。

夏は日照時間がすこし足りないほどで、半袖や袖なしを着ることはめったにない。ひっこした最初の年に、居間から見えるところの落葉松をぜんぶ広葉樹に入れ替えてもらったおかげで、秋はまた格別の彩りがたのしめる。年々落葉焚きも忙しくなってきた。

十八年まえになかったもので、いまその恩恵をフルに味わっているものが二つある。宅急便とファクスだ。近頃では郵便局も宅急便勢に遅れじとサービスにつとめてくれるので、少くとも昔のように速達一通出すためにタクシーをよぶなどという無駄はなくなった。

なんだかいいことだらけみたいだけれど、もちろんマイナス面もある。

第一にこのあたりの人口がふえたこと。別荘地の林を切り拓いてやたらにペンションばかり増えている。まえは家から一歩出れば全山緑のまっ只中だったのに、近頃では新築中の建物や犬に連れられた人間などが目ざわりで、朝晩欠かさなかった散歩の機会もだいぶ少くなってしまった。

新幹線や高速道路で東京が間近くなったというのも考えものだ。まえは車中の三時間余をあてこんで、そのひまに一眠りもできればエッセイのひとつも書き上げられたのに、一時間半足らずではどうも時間がこまぎれになった感じで落着かない。日帰りできる距離なのにこれこれの会合に出てこなかったなどと、恨まれることもふえそうである。

わが家の東も北もぜんぶ借景で、素通しのガラス越しに見えるものは落葉松ばかりといった状況もすでに消滅している。しかたないので数年前にすりガラスに代えたけれど、しかしオリンピックをあてこんでの開発もあと一月でおしまいだろう。その先が思いやられる。けれどもわたし自身だって、このさき何年長野県民でいられるかどうか。一九三〇年生れの身には二十一世紀と七十代とは同時にやってくる。少くともそれまではここにこうしていたい。

（一九九八年）

トルコ桔梗という花

今年もトルコ桔梗の花があちこちで見かけられるようになった。

毎年、この花の季節のうちは、部屋にかざるにしても、よそへ贈り物をえらぶときも、あれこれ迷ったすえに結局はこの花ということになってしまう。莫迦のひとつおぼえみたいだけれど、しかたがない。

夏のはじめから半ばをいろどるこの花と、それから、こちらは花屋ではほとんど見かけられないが、夏の終りから初秋の高原に咲きみだれる松虫草と。数ある夏の花のなかでもこの二つは、とりわけ好ましく思われて、たっぷりながめるゆとりもなくて過した夏は、なんとなく会いたいひとに会いそびれたような気持がのこる。

トルコ桔梗。知らないひとはこの名からどんな花を思い描くだろう。由来をたしかめてみようと思いながら果さずにいる。

色はなるほど桔梗に近い。しかしすがたはまるでちがう。リンドウ科のはずだよと物識りの知人に教わったが、花のかたちや花びらのやわらかさからいえば、むしろナスターションあたりに近く、ねじれたつぼみがほどけてゆくさまは朝顔などをも連想させる。上手に保たせれば、すこしアール・ヌーヴォ調に蔓草めいた茎の先からあたらしいつぼみが次々にのびあがってきて、ほのかに咲き出しては目をたのしませてくれる。

トルコの山野には、こんな花がほんとに咲きみだれているのだろうか。そういえば全体どことなく唐草風で、西欧的な目からとらえたときのいわゆるオリエンタルの風情もなくはない。原産はどこであれ、しかしいまあるかたちはやはり温室のなかで、多少とも改良の手を加えられてできあがったものであろう。

そういえばこの花が出回りはじめたのも、それほど古いことではない。少なくとも十二、三年まえまでは、こんなにポピュラーではなかったはずだ。

さきほど、色は桔梗とかいたが、じつはむらさきと思いこんでしまっては大まちがいなので、濃淡さまざまの藤紫のほかに、いまでは白やぴんくのものまでも仲間入りしているのである。人工改良をにおわせるのは、ひとつにはこの色のこともあってなのだけれど、かりに桔梗とはもともと縁もゆかりもないものとして、最初につくられたのがこの白やぴんくの方だったならば、はたしていまの名前を与えられていただろうか。

それにしても、天然自生のままでないとすれば、これはまたずいぶんうまく改良できた方だ。むしろよくできすぎた、といいたくなるほど、それはいかにも自然で、むりがなく、たおやかな野の花の感じを十分にのこしている。

こんなことをわざわざとりあげてみたくなるのは、近頃花屋でみかける生花のなかに、品種改良どころかまさしく改悪としかいいようのない、みっともなくて見るにしのびぬ類いのものが往々にしてまじっているからだ。

ここ二、三年目立つのは、ミニ薔薇、ミニ・カーネーションなど、既成の品種の矮小版である。大輪をきそうのならまだしも、この発想のいじましさは、家具とか畳とかの団地サイズなどというよりもさらに寒々としており、お世辞にもきれいねといいかねるのはわたしひとりではあるまい。ほんとの話、ひとからあれを贈られたなら、とっさにお礼のことばが出てきてくれるかどうか。さいわいまだそんな機にめぐまれぬからいいようなものの、そう思うとぞっとする。ミニ・トルコ桔梗など、まちがっても出現しませんように。

＊

園芸の歴史はどこまでさかのぼれるのだろうか。食うための農作とは趣きを異にして、もっぱら鑑賞を旨とするこの領域は、おそらく古来人間の科学技術精神という魔物の恰好の跳梁の場とみなされてきたことだろう。なにしろ相手は動物とちがい、生きているとはいえ泣声ひとつあげず、苦痛をまったく訴えないで耐えしのんでいてくれるのだから。メスをふるう側にしてみればありがたいことこの上なしだ。モルモットなら注射をいやがってあばれることもあるだろうのに、植物というのはつくづくふしぎな種族ではある。

彼らはだまって運命を受容れているかわりに、家畜のように調教されるようなこともない。水とひかりと風と、いのちの存続に欠かせないそれらいくつかのものをたよりに、しかしまちがってもそのために人に媚びることはない。

花屋でもとめたトルコ桔梗にしても、高原で採ってきた松虫草にしても、部屋に活けておくときまってその首をすこしでもあかるい方へ動かしてゆく。だから、もといた部屋のように南のふさがったところでは、その向きは午前と午後とでまったく逆になり、二三日もするとかわいそうに花の茎はくねくねとうねりはじめて、あたかも揺れうごく花のこころをそのまま物語るかのようないじらしさだった。いまの住居ではそのようなことはないが、それでもこちらとしては花たちをあまり困惑におとしいれないように、水をかえる折にもこころして元の向きにもどしてやっているつもりなのである。

（一九七七年）

雪・こぶし・兎

兎にあいたかった。一目でも、そのすがたをたしかめたかった。それが果せずにいた。おととしの秋、この黒姫山麓にささやかな地面を手に入れたときからたのしみにしていたことだ。もちろん、木には小鳥、草には虫。りすだって当然見られる土地柄である。ただ彼らはあまりにも小さかったり、樹上に巣くったりしているために、地表にそれほどの確たる居を卜さない。もぐら、いたち、たぬき、むささび？　それもそうだが、しかしこの一郭にもし先住者というものがいるとすれば、それらの小動物のうちでいちばん確実なのが兎であった。

昨春、雪どけとともにはじまった普請を、兎たちはどのような奇異の目をもって眺めていたことだろう。まず人がきて、草を刈り、木を伐り倒す。それならばまだよいが、当節のことだ、小規模ながらブルとかいうものがやってきて、あっというまに林を根こそぎにして、地表を平らにならしていってしまう。彼らの隠れ家の一つや二つ犠牲にしなかったとは誰にも断言できない。

それから柱がたち、屋根がのっかった。いままであった落葉松の梢をしのぐ四、五メートルの高みに、亜鉛板とかいうなんだかまぶしいのっぺらぼうなものが、八の字形に朝日夕日を反射しはじめたのだが、これはまあ、むしろ鳥瞰にかかわる問題であって、兎の視点にはたいして妨げにならなかったかもしれない。

長い梅雨とつめたい夏を通して、小鳥の声をかきけす電動鋸の音が断続的にひびき、ようやく入居にまでこぎつけたのはすでに秋も終りだった。その間、月に、一、二度しかのぞかぬ身には、もちろん彼らと出くわすことはなかった。

住みはじめて半月で雪がやってきた。暮から正月にかけてまたたくまに二メートルを越した雪は、いやでも彼らの消息を明らかにしてくれた。

まず足跡である。ここは斑尾をのぞむゆるやかな東斜面の林を出外れた一郭で、目の下にはふだんはのどかな田園風景がひろがっている。雪のふりやんだ朝、いまはいちめんの白銀にうずもれたそのスロープを二階から見下すと、裏手の林からあの木立へ、そこからまたべつの木蔭へと、雪原を縦横に往復したあとがはっきりと見える。時には家のまわりの落葉松の疎林をこえ、壁から三歩とへだたらぬあたりまでやってきている。音でかけばケンケンパか、ツーツートトか。このパもしくはトト（正確には卜卜）は後足ふたつの左右にならんだあと、ケンケンないしはツーツーは、両の前足がほぼ一直線上に等間隔で縦の点々をつづるのである。玄関から公道まで雪をふみかためてつくったわたしの通い路の、きりきりまで直角にとんできて、困ったように回れ右して引返していることもある。

次には糞だ。晴天がつづいて足跡はうすれても、親指の頭ほどのやや扁平な松露みたいな玉ころは、雪のおもてにそのままのこり、次の雪化粧でいったんはかくれても、日が照ればふたたび顔をだす。だから冬も終りに近づくにつれ、その玉ころは、彼らの行きつけの木々の根方などにめだってその数をます仕儀となる。

おしっこもある。はじめて見たときは何だかわからず、首をひねったものだ。まっしろな雪の上にぽっちり、オレンジ色のかわいいしみができている。

もうひとつ、三月に入って雪の上を歩きまわれるようになって教えられたことだが、そこここの立木の皮がかじられて白い木質をさらけだすまでになっているのである。今年の豪雪には彼らもさぞまいったのだろう。ピークには雪は三メートルもあったから、とけたいまではその傷痕がすでに見上げる高さで、このあいだまであんなところを自分も歩いていたのかと思うとおかしくなる。

ともかく、わが隣人だか共同生活者だかが一羽ならずいることだけはたしかなのだ。それでいてなかなか、目のまえにはすがたを現してくれない。彼らのお出ましはもっぱら夜なのか。月のあかるい夜更け、家中のあかりを消してしばらく雪原のようすをうかがっていたこともあるのだけれど、果さなかった。

＊

四月二十七日、こぶしがひらき、さくらがほころびはじめ、落葉松のこずえが徐ろに赤から緑に移り、東京よりほぼ一月遅れの春がやってきた。日蔭にはまだところどころ雪がのこっているが、このところめだって存在を主張しはじめたのが小鳥たちである。イカル、ウグイス、カラ、カケス等々。

山地のこぶしは都会の庭木とちがってひっそりとつつましいが、それでも白い花は目立つ。裏の林と畑との境い目にそんな木が二本ほど。そのうしろには、ふだんは涸沢のところをいまは雪どけ水が音をたてて流れている。ひとつあのへんまで行ってみよう。

ことしの春は、七つの年に東京の目白から郊外へ引越した時にまさるとも劣らぬくらい印象深い春になることだろう。いまの齢ではそんなわけにもいくまいが、あの年おそわった木の名草の名をわたしはいまでものこらず正確に思い出せるほどなのだ。そう思うと、年頃のおさないひとが傍らに居合せないのがもったいない。

そんなことを考えながら、半月まえまではノルディックのスキーで自在に歩きまわれた枯笹藪を苦労しいしいふみわけてすすむうち、ふいに三メートルほど先の足もとからとびだしたものがある。紛うかたない兎であった。一冬お目にかかりそびれていたわが隣人は、予期せざる訪れにめんくらったのか、一瞬こちらをふり返り、それからくるりと背をむけると、いっさんにとんでいってしまった。灰褐色の上衣に、足のさきとふりたてた尻尾のうらは、雪の色こぶしの色とおなじ、まっしろの伊達姿だった。

（一九八一年）

にしひがし

移動書斎

いまわたしがこの稿を書いているのは、長野新幹線あさまの車中である。ふだん北信の黒姫高原で暮しているてまえ、月二、三回の東京通いはどうしても欠かせない。毎度ホテルを予約するのもめんどうなので、東京にもいちおうワンルーム・マンションを借りてはいるけれど、東京の方がわたしにとってはセカンドハウスなのである。

そんなに始終いったりきたりして、たいへんだろうとはよくいわれる。けれどもこの車中の時間が、わたしはけっこう気に入っている。ここは、いうなればわたしの移動書斎なのだ。

むかしはこの一ときを読書にあてようとしたこともあるが、列車の震動のなかで細かい活字を追うのは、意外とくたびれるものだ。それよりは、こうして心にうかぶよしなしごとをぽつりぽつり、大きな字で書きつけていた方が、はるかに目のためにもよい。とりわけ今日のように、長野—東京間ノンストップのあさま4号は、自由席もガラあきだし、いったん陣取ってしまえば最後、いっさいまわりの状況に煩わされないですむ。つかれたら車窓に目をさまよわせればいい。古来、旅を愛した先人はそれこそ数かぎりなくいる。芭蕉もヘミングウェイも、ひとつところに定住していては、ああした文学さえも生まれなかったのではないか。というわけでわたしは、この移動する書斎のひとときがかなり気にいっているのである。

雪と小鳥

前回、心にうかぶよしなしごとを、云々と思わず書いた。日本人ならだれでも知っている（にちがいない）この徒然草の一節は、じっさい、随筆というものの真髄を云い伝えてあまりある。向う一年間、わたしも古人のひそみにならい、このコラムを、心にうかぶよしなしごとの吐け口として役立てよう。

目下、わたしの最大関心事はといえば、やはり雪のこと、厳冬のことである。冬のはじめに、今年は暖冬だとの予報が出ていたが、あの頃の長期予報ほどあてにならないものはない。

いまでこそ住宅事情は一変したものの、昔は建て付けも悪く、朝目をさますと襟許に雪が積っていた、などという話もきいた。この冬は久々に信越線の電車が遅れたり運休になったりすることもあり、忘れかけていた自然の猛威を復習させられているような毎日だ。

そんななかでも庭の餌台には、いたいけな小鳥たちが、わたしのまくヒマワリのたねを目あてに集まってくる。シジュウカラ、ヤマガラ、コガラ、近頃は里のスズメも常連だ。体の大きいのはカケス、ヒヨドリ、アカゲラ。いちばん憎々しいのはリスで、餌台にすわりこんではせっかくの小鳥たちのごちそうを大量に食い荒してゆく。

自分が小柄なせいか、わたしは小鳥たちの味方で、彼らがあの小さな体でよく冬をしのげるもの、と感心するばかりだ。そういえば雪どけ後でも、凍死した小鳥の死骸など見かけたことがない。冬を越せずに死んだ鳥たちは、どうなっているのだろう。

すてきなペンネーム

はじめてその名を見たとき、なんて洒落てるんだろうと思った。たぶん本名ではなく、ペンネームらしいことは容易に想像がつくけれど、それにしても何という垢抜けぶりだろう。うっかり本名のまま仕事をはじめてしまったことを、悔やんでも悔やみたりないと常々思っているわたしとしては、じつにうらやましい話ではあった。

そのひとの本名を知るに及んで、こちらの尊敬はますます深まった。なぜってそれは伊藤正子という、姓名ともにごくありふれた、変哲もない（失礼！）名であったからだ。きさらぎは生まれ月にしても、小春を名のるとは。

演劇を志すひとりの十代の少女が、自分にふさわしいペンネームをあれこれ模索しているさまを、わたしは思い描く。役者が他人に化けることによって成立する、芝居の世界。そこに徹するために、親からもらった本名と訣別することは、彼女にとって理の必然でもあったにちがいない。

変身はみごと成功した。なによりも、如月小春を名乗ったセンスのよさがすべてに行き届いていた。子の母となられてからの如月さんには堂々たる貫禄もそなわり、かつての神経症的な少女の面影はどこにもなかった。

伴侶の楫屋氏のお仕事の関係上、三軒茶屋でのおもしろい催し物のたびに、母子連れのお姿をこっそり拝見することを、こちらは楽しみにしていたのだが、その機会も永久に失われてしまった。慎んでご冥福を祈るしかない。

距離感

二十世紀をかけて、人間は距離感というものを狂わせるだけ狂わせてしまった。そんな気がしてならない。

敗戦まもない頃の大学には、まだ軍靴やカーキ色の軍服を着用におよんだ学生さえいたりして、日本全体がおそろしく貧しかったものの、戦争で余儀なくされた文化の鎖国状態をなんとか取り戻そうと、みんながある熱意に燃えていた。シラケやニヒルが流行(はや)りだすのは高度成長期以後のことで、一九五〇年代、六〇年代の日本は、いまから想像もできないほど貧しかった。

わたしの世代はその頃ようやく大人の世界に足をふみいれたのだった。大学と名のつくところに入ってみると、それこそ全国津々浦々から向学の志を抱いた若者たちが集まってきている。ある者は九州から、ある者は東北から、北海道から、といったように。当時の交通事情では、いずれも東京へ辿りつくだけで、三日や四日はかかる僻遠の地からである。

さいわいこちらは親の家が東京にあるからこそ、好きな学校へも通えたものの、わが家のその頃の経済力では、子女を他郷に遊学させるような贅沢なまねは許されなかったろう。わたしが最初にフランス語を教わった東大生は、たしか高知の出身だったが、くにではオーバーというものを持ったことがないといって、空っ風の東京に首をすくめていた。彼も何十時間がかりで上京を果たした口だったろう。いまでは半日もあれば、北信のわが家から南国土佐まで行ってしまえる。

雪どけのある暮らし

今年は三度も春に立ち会うことができた。一度はまず三月下旬の四国で。次ぎは四月初旬の東京で。三度目は、これからが盛りだけれど、ここ北信の高原で。

三月、訪れた高知の牧野植物園では、すでにトサミズキやアセビが咲き乱れていた。帰って東京では、コブシやモクレンにつづいて、サクラまでお目にかかることができた。長野市のサクラはすでにほころびかけているらしいけれど、順調に行けばこの辺の花時は連休以後である。

雪どけという現象を、わたしはここに住みつくまでほとんど知らなかった。ことばとしては知っていても、かなり観念的に理解していたのだ。ひょんなことから豪雪地に住むようになって、はじめてその意味を悟ったような気がする。

雪の重圧から解き放たれた大地に新芽のふきだすさまは、例年のこととはいえ、何度見ても見あきない。昨秋知人にもらったクリスマスローズは、二メートル近い雪の下でしっかり生きのびていてくれた。

むかし「北をめざして南へ」ということを教えてくれたひとがいる。高冷地の白皚々(はくがいがい)たる山容は、万古不易の荘厳な印象を人々に与えつづけてきた。にもかかわらず人間は快適さを求め、温暖な南の地をのぞむのだ。

少なくともわたし自身は、人生の半ばを過ぎて、雪と雪どけを知ったことを無駄には思っていないのだが。

声高な人びと

世の中には、声高に語る人びとと、そうでない人びとがいる。

声高とは、つまり大きな声の持ち主だ。これはかならずしも、図体の大きさそのままとはかぎらない。大男でも小声のひとはいる。

声高な人びとは、がいして、自分の発言を他人にきかれたがる。そうでない人びと、発言がむだになっても我慢できる人びととは明らかにちがうのである。

むかし、行きつけの飲み屋に、とくべつ声の大きなお客がいた。ほかの客たちはほとんどが町っ子で、おしゃべりもぼそぼそ声なのに、かれだけは来ているかどうか、ドアの外からでもすぐわかり、その意味ではたいへん便利だった。

そのひとの名は井上光晴という。もう亡くなって十年近くたつが、かれの声高はおそらく必要あってのことだろう。戦後のアジテーターとして、五指に入るほどのひとだったから。

反対に、まわりが聞きとれないくらい、小さな声でぼそぼそと語るのは、これも知るひとぞ知る、美術評論家の瀧口修造氏だった。あ、瀧口さんだ、きっと大事なことをお話なのだ、と思っても、たまたま隣りの席にでも坐り合わせないかぎり、話についてゆくことは難かしかった。こちらももう故人になられて久しい。

声高な光晴先生も、ささやくような修造さんも、いまとなってはそれぞれになつかしい。コンピュータで会話のほとんどなくなったこれからの子供たちは、こういうなつかしさとは無縁であろう。

木の年、人の年

おなじところに二十年も住みつづけたことなんて、いままでに一度もなかったのに、気がついてみるといまの北信の高原には、すでに二昔もまえから住みならわしているのだ。

一九八〇年にここに居を定めるまえ、この土地にはいちめん落葉松が植わっていた。それも、いま思い出してみると、そんなに大きくはない、せいぜいが十年か十五年ぐらいまえに植えられた若木でしかなかった。

わたしはその夕ダみたいな土地を手に入れて、その一画にともかくも住める処をつくった。家ができてみると、まわりが針葉樹ばかりなのはいかにも淋しい。そこで、住みはじめた最初の春、思いきって落葉松を伐り倒し、紅葉や楓、桂など、ふつうの落葉樹に入れ替えてもらった。

入れ替えてもしばらくは、苗木が育たず、日の当たりすぎる庭には山野草などほとんど根づかなくて、どれほど口惜しい思いをしたことか。

それがどうだ。二十年たってみると、いまでは木が育ちすぎて、庭中鬱蒼としてきた。四、五年まえから木の丈をつめるのに苦労している。のびすぎたウワミズザクラもドウダンツツジも、今年はだいぶ枝を払わなくてはならないだろう。

人間の一世代とはほぼ三十年だけれど、植物の成長はもっと早いのではないか。二十年まえにはひょろひょろの若木だったはずの梢に、いまではノジコが縄張りを主張してさえずっている。

暗い青春

〽♪十五、十六、十七とわたしの人生……

藤圭子(宇多田ヒカルのお母さん)の唄の文句ではないけれど、わたしのその年頃はまさにそうだった。いままでの生涯をふり返ってみても、あれほど暗かった一時期はほかになかったと思う。

だいたい世界全体が貧しかった。十五歳という大人と子供の境い目に敗戦を迎えた少女は(成人式などのできるよりずっとまえのことだ)、戦前の教育や価値基準が一挙にして崩れ去るのを目のあたりにした。それ以来、十年間の「戦後」という、苦難の時がはじまった。戦争そのものよりも、統制のなくなった戦後の方が、わたしなどの棲息していた環境ではひどかったような気がする。

わたしが東京女子大に通ったのはちょうど昭和二十年代の、戦後のどまんなかの頃だったので、女子大時代の事はいまでも思い出したくないほど、黒一色に染められている。先日その東女（トンジョ）の同窓会から声がかかって、卒業後十年目ぐらいのインタビューアーが二人やってきた。こんな仕事も、数年前だったらはじめからお断りしていたはずだ。きけば長野で生徒募集の説明会をした帰りだという。わたしの場合はほとんど選択肢がなくて、やむをえず女子大にしたのだけれど、戦後半世紀を経てあの学校も生徒募集を考えなければならないほどの苦境にさしかかっているのか。他人事ならず考えさせられた。

十代、さまざま

前回、十代を暗く過ごしたと書いたが、その当時から親しくつきあっている友人が、家族づれで夏の信州へ涼をもとめて遊びにやってきた。

ご亭主と、息子夫婦と孫たち、やんちゃ盛りの十と八つになる兄妹である。

いったい人間、どのような十代を過ごすかで、その後の人生コースは大きく異なってしまう。人一倍タフで聡明な友人は詩人としても大成し、二十代はじめに詩の上では「自然の序列に還ろう」とのたもうて、資産家へのお嫁入りを果たした。そしていまや、堂々たるおばあちゃまとして、家族ぐるみでわたしの所へも遊びにきてくれる。

こちらは、戦後の親たちの苦労を見過ぎたせいか、ついに人の子の親になることもなく、単身で人生の秋を迎えてしまったが、子供の本の翻訳など手がけている関係上、彼女の孫たちにとって、けっこう有名人だ。十代の二人を見比べたら、おそらくわたしの方が女っぽくて、すぐにも母親になりそうだったのではないか。仕事人間になりそうなのは、むしろ彼女だったが。

わたしが「少女」という存在にこだわるようになったのも、こうした体験にもとづいている。じっさい思春期のはじめのその頃に、何を考え何を求めたかによって、人生航路は大きく左右されてしまうのだ。

それにしても昨今の十代のありようは、目を蔽いたくなる。日本全体が貧しかった頃、子供たちの心はいまほどすさんではいなかったはずだ。

十代のアナイス・ニン

『アナイス・ニンの少女時代』という一冊がこの秋に出る。わたしとしてははじめての書き下ろしだけれど、ほんとうならばとっくにまとまっていたものを、新世紀にまで持ち越してしまった。

それにしても、なぜ少女時代にかぎったのか。前回、前々回と十代にこだわってきたけれど、私見によればこの頃、わが身に欠けていると思ったものを、ひとは生涯かけて追い求めるのである。

英語ではウォントという。日本では欲求とも欠乏とも訳される単語、つまり、足りないからこそ補わずにいられないというわけだが、このウォントのいちばん強烈なのもティーンの特徴である。十代のその頃、ひとはようやく自分の生まれ落ちた位置を見究め、他と比較して自分に何が欠けているかを悟らされる。わが身に美が欠けていると思った子は、その後の生涯を美しくなるために費やすだろう。名声や財力、家庭の平和、欠乏は各種さまざまだ。

くだんのアナイス・ニンは、天才肌のピアニストであった父親に捨てられたことがきっかけだった。「父に認め直させるために」彼女は才智のありったけを傾けて、おのれを磨きぬいたのだ。

彼女の残した厖大な日記が現在公けにされているが、ヘンリー・ミラーによって「アベラールや聖アウグスチヌス、ルソーやプルーストにも比肩される」と絶讃されたその日記には、彼女が問題克服のために父と相姦した事実までが記されているという。

二十世紀型「旅」の終焉

エーゲ海を一目見たくて、九月上旬、友人の主宰する小さいツアーに便乗してギリシアへ行ってきた。いままで何度か海の外には出たものの、このたびは全くのはじめての土地である。親友に幾たりか、ギリシア好き、地中海好きがいて、しばらく前にもそのツアーに誘われたものの、そのうち個人的に行くわよということで断ってきたのだ。そういえば二十年も昔に、あるドイツ人女流作家の書いた『イルカの夏』という児童小説を訳したこともあったっけ――

N・Yの衝撃的な事件を耳にしたのは、帰途につく直前のクレタ島でだった。出発前にこの報に接していたならば、おそらくツアーは不成立、とはいわないまでも、何割かの人々は不参加だったにちがいない。

思えば二十世紀後半、交通の便に誘われて人々はどれほど観光旅行に出かけたことだろう。極東の小さな島国の原住民ぐらいに思いこんでいたわたしでさえ、お金があれば物見遊山が当然と考えるようになっていたのだから。

九月十一日以来、世界は様変りしてしまった。これまでは自分の寄る年波で、いつまで海の外に出歩けるかだけを考えればよかったのだが、今度はまったくあらたな可能性を考慮しなくてはならない。IT革命に翻弄される二十一世紀の人々は、いままでのようなのんきな観光の「旅」をたのしむゆとりさえも、失ってしまうのだろうか。

秋日つれづれ

秋の紅葉の美しいなかを歩きたくて、夕方、夜来の雨があがったのを幸い、ひさしぶりに駅までの道を歩いてみた。

わが家のある高原から最寄りの駅までの道は、ゆるやかな下りなので、荷物のないときはなるべく歩くことにしている。片道、三、四キロ、ほぼ一里の道のりである。駅まで行けば最寄りのスーパーもすぐ近いし、何かと買い調えることもできる。帰りはやはり手ぶらというわけにいかないから、駅まえタクシーを頼むことにしよう。

歩くのが好きな性分だからこそいいようなものの、これで根っからのものぐさで、一歩も歩かずにすむような便宜が調っていたら、どうしよう。いま、後からきてわたしを追い抜いていった車のドライバーは、まだ免許とりたてみたいな若い女の子だったけれど、わたしのあの年頃はどこへ行くにも基本的に歩きだった。日本がこんなに車の洪水になるなんて、その頃は考えもしなかったのに。

思うに、歩くということは、直立猿人であるわれわれのいちばん原初的な動作なのではないか。今日みたいに美しい夕方は、思わず歩き出さないことの方が、わたしにとっては難しいけれど、はじめからくるまのスピードに慣れた現代の若者たちは、こまやかな自然の表情にも心動かされずに、いたずらに生きいそぎ、最後にまつもの（死）の胸にまっしぐらにとびこんでゆくのだ。

おや、あの角のさきの楓の色の美しいこと。

先のことはわからない

このコラムの担当も、あっというまにまる一年がすぎて、最終回になってしまった。ご静聴、ではないご静読（？）ありがとうございました。

兼好もどきに、「つれづれなるままに」こころにうかぶよしなしごとを無計画に書きつづってきたのだけれど、こうして一年たってみると、前の暮れには思いもよらなかった事がけっこう起っているのだ。

まず、なによりも同時多発テロ以後の世界情勢の変化。昨年のいま頃、わたしたちのうちの幾人が、アフガニスタンについて、もしくはタリバンについて、少しでも承知していたろうか。

晩秋になって、夏にはピンシャンして家族ぐるみ北信のわが家にまで遊びにきてくれた友人が、癌を病んでいるときかされたことも、かなりショックだった。ようやく電話が通じてしばらくおしゃべりできたけれど、若年から「自然の序列に還ろう」などとうたって子孫をつくった彼女にしても、「年貢の納めどき」などと達観した様子ではあったものの、家族持ちはさすがに独り身とはちがうのか、入院中の留守宅をあずかる夫にても、「ときどき電話してやってね」などと殊勝なことをのたもうていた。居合せた息子にしても、母自身よりは残される父のことが心配なのだという。

世の中の暗さをいまさら慨嘆してみてもはじまらない。暗さの最たるもの＝死を遠ざけすぎてきた近代科学の功罪が、いまこそ試される時代ではなかろうか。（二〇〇一年）

今日、いちにちの白

二月某日。今日一日の身近かな白を目につくままに拾い上げていってみよう。目ざめはすでにして白の中である。白い壁の家に住んで、さらに大きな白一色に包まれている。戸外は目下いちめんの雪景色だからだ。白いケースメントをあけて、その白い大地の上にさらに白いものが舞いおちつつあるのをしばらくながめる。

シーツは残念ながら淡い水色だった。脱ぎすてるは白いパジャマといいたいところだけれど、これが純白とまでいかないのは、先日うっかりインド製の柄物のハンカチといっしょに洗ったためだ。ごくごく薄いピンクの縞柄だったのに、いまどきまさか色落ちするとは思わなかった。白かるべきものがほんとにまっしろでないのはどうも気色がわるい。もったいないけどやっぱり捨てようかな。

洗面台。トイレの便器。いちおう白さを保っている。そういえばこの白さを取戻すのに熱心なあまり、洗剤の混用の塩素ガス中毒であっけなく一命を落した主婦があったとか。

白い冷蔵庫の扉をあけ、牛乳と、パンが切れてるので冷凍してあった一膳分のおむすびをとりだす。白いご飯に白い牛乳をぶっかけてミルク粥に仕立ててすませようというわけだ。耐熱ガラスの白い平ぺったい小鍋。スプーンの代りに白いちりれんげ、象牙の箸はもともと白とはいい難いが、先の方が近頃とみに褐色がかってきている。

十一時。近くに住む小学四年生がやってきた。自宅で飼っている白色レグホンの卵をとどけがてら、今日は学校がお休みなので、雪かきのアルバイトでもあったらさせてほしいとのこと。よかった。勝手口から三メートルほどのところにあるゴミ焼却炉を掘り出したいと思っていたやさきだった。

少年の除雪ぶりをガラスごしにながめつつ、卵を洗って冷蔵庫にしまう。十箇のうちほぼまっ白とよべるのは三つ。あとは濃淡さまざまな地玉子のいろ。この殻の色の差は大きくいって何にもとづくものなのだろう。

雪かき少年の奮闘は十分ほどで終ってしまった。丸めた原稿用紙やティッシュペーパーや送られてきた書物の梱包紙など、ここ数日分の概ね白っぽい紙反古をほうりこみ火をつける。煙突からたちのぼるこれも白っぽい煙。少年もわたしもこの山里に引越してきて九度目の冬。わたしには過去の1/6でしかない月日が、彼にとってはじつに9/10にもあたる。そのひまに片言の赤んぼは背丈もわたしに追いつき、こうして雪かき奉仕をみずから申し出るまでになった。

彼の心の余白を毎冬すこしずつ埋めてゆきつつあるもの。その雪の白さと、まっさらな魂と、どっちがより白いか。「おうちでは一時間一二〇円ですって？　でも今日はとくべつ。一五〇円あげるわね」少年は白い歯をみせてにっこりうなずいた。（一九八九年）

いづくへか

芒がゆれている。ゆれながら光っている。

目のまえはいちめんに白い芒の穂波だ。

机をおいた二階東南の窓から見わたせば、手前からまずは芒の原、そのむこうには落葉のなかばすすんだ雑木林、つぎには黒い杜影、そのかなたには国道沿いの柏原の町並がちらほら、そのうしろには低い丘陵地帯、といったぐあいに段々重ねに遠のいていって、さらにそのうえに今日はくっきり、志賀から菅平へとつづく山脈が、わたしと空のあいだを区切っている。

志賀がこんなにはっきり見えるのは、秋もだいぶ深まってきた証拠だろう。この山裾へきて三年目、一月あとの引越記念日のその頃には、あの山々もまっしろに変っているはずだ。

遠景ばかりではない。いまゆれているかろやかな芒の海も、雪国のつねとして暮のうちか、遅くとも年明けには、こんどはいちめんまぶしい白銀に蔽われる。それはまたそれなりに華やかなひとつの意匠でもある。満目蕭条といった冬枯れの風景は、このあたりではそれほど長続きはしない。

いづくへか——そんな思いがまたしても胸にうかぶ。

銀杏の色づく晩秋のここしばらくを、わたしという子供はなぜかものごころつくころから、一年のうちでもいちばん好ましい季節と思いつづけてきた。

春の芽ぶきのすばらしさを悟ったのは、ここへきて、雪どけというものを現実に味わってからではなかったか。氷も霜柱もめったに見られなくなってしまった昨今の東京では、春そのものが冬眠しそこなった不健康なけものなのだろう。だがそれにしても、このところの遅まきな春の再発見は、もしかしてわたし自身のうちに凋落の支度がすでにして調いすぎるほど調ってしまったことのあかしではなかろうか。

ともあれ、いまは秋。静かな午すぎ。この天空のひろがりと、その下で、すこし西へかたむいた日ざしのなかで、かすかにゆれやまぬ穂波。晩秋というわたしにとって最もなつかしい原風景のひとつがここにある。

与謝野晶子が思わず〈いづくへか〉とつぶやいたのも、こんな秋の一日ではなかったか。

いづくへか帰る日近きここちして
　この世のもののなつかしきころ　　晶子

いづくへか。この十年あまり、わたし自身いく度このうたをつぶやいてみたことか。つぶやくどころではない。引用も再三に及んでいる。最初に使わせてもらったのは十年まえに出した戯れ唄集のなかのバラードの一節で、〈――晶子〉を〈――アリス〉ともじったにすぎないのだが、はたして幾人のひとが気づいてわらってくれたことか。その後ギャリコの作品の解説にも、竹取物語についての論考にも、そしてとうとう、こんどの『兎とよばれた女』にあたっても、このうたのお世話になることになってしまった。

それにしてもわたしはこの一首を、どこでみつけてきたのであったか。じつはその正確な制作年代を知りたくて、手持のただ一冊の文庫版晶子自選歌集をとりだし、さっきからぱらぱらやっているのだけれど、なぜか見当らない。ここに収められているのは作者五十七歳ぐらいまでのものに限られており、それより後の作であることは十分考えられる。それでもこの集には、わすれていたが次のようなものも含まれているのだ。これは四十代の作か。

老いぬらん去年一昨年の唯ごとの

そのなつかしさ極りもなし

これよりはやはり〈いづくへか〉だ。わたしにとっての晶子といえばこの一首にとどめをさす。この澄明にくらべれば〈いよよ華やぐいのち〉云々の絶唱も、所詮女人の悲哀といった感傷の域を出まい。

それとも、このうたとの出会いは、もしかして島本久恵氏の『長流』あたりであったか。『長流』をぜひ読むようにとわざわざ貸して下さったのは、ほかでもない今度の本の産婆役でもあった筑摩のMさんそのひとだった。

筑摩とのご縁もずいぶん古いことになる。はじめて紹介された時分、まだこの世には存在していなかったMさんの一人娘がいまでは十にもなるというのだから。じつをいえば『兎とよばれた女』の序章にあたる部分は、その頃すでに出来上っていたのだった。正確にはいまから十五年まえ、一九六八年の、季節もちょうどいまごろ、ある秋の一夜に。

わたしにとって、こんどの本はいったい何だったのか。

まあいい。眼下にゆれる芒の原と、その上の空。〈人はみな草のごとくに〉ではない、むしろ草がさながら人の子のごとくにゆらいでいるのだ。そう思うと、窓いっぱいのこの静かな空のひろがり自体が、晶子のいう〈なつかしさ〉そのものにも思われてくる。

これでいい。これでよかったのだと思う。十五年もかけてようやく一冊の本をまとめて、舌足らずながら作者のいいたかったことは、もしかしてこの〈なつかしさ〉の一語に尽きるのではなかろうか。いろいろあった。女としての苦労もした。けれども結局のところ、わたしが〈生まれざりしならば〉などとは一度も思わなかったこと、それどころかいま、こうして大いなる秋の静けさのなかで、こころゆくばかり〈なつかしさ〉に浸っていること。それさえ読むひとに伝わってくれれば申し分ないのだが。（一九八三年）

たのしいキッチン

山の中に引越して、いままでよりはだいぶゆとりのある空間に住むようになってから、台所ですごすことが目だって多くなった。

真夜中にお菓子を焼いていたかと思うと、起きぬけからせっせとパンをこねていたり、つきっきりでスープのあくをとっていたりする。

いまのところは器具のおもしろさも多少は手つだっている。電子レンジだってそうだが、何といっても自分のオーヴンを持つようになったことが最大のたのしみの因だ。こんど付けてもらったのは、一、二年まえから登場した電子レンジとガスオーヴン兼用の電子コンベックとかいう新型天火で、お酒の燗からローストビーフまで、この一つでまにあう仕組みである。

このほか、冬中ほとんどつけっぱなしのストーヴも、利用しようと思えばお豆を煮たりふろふきをつくったり、けっこう忙しい。

暮しはじめて半月もしないうちにふりだした雪が、ますます食事づくりに向わせる結果となった。

ふるたびに除雪車のきてくれる公道まで、玄関から三十メートルほどの道を、毎朝自分でふみかためて路をつくる。雪かきではない。そんなことをして掘下げていたら、そのうち新雪の表との差がどんどん大きくなって、かいた分を頭上まではねあげなければならなくなるわけで、せいぜい足でふんづけるだけにした方がよい。もっともこの方法では、わたしより体重のおもいひとが通ると（ほとんどのお客さまがそうだが）、ずぼっと膝まで陥没してしまうこともよくあるのだが。

それやこれやで二、三十分、家のそとで汗を流すうちに、さすがにおなかがすいてきて、朝昼兼帯のごはんをたっぷりたべる。するとこんどは当然、目がとろんとしてきて、机にむかってもついうたたねが出る。……

冬中そんなことのくり返しですぎた。屋根から落ちた雪の山のさいごの一かたまりが消え失せたのが四月三十日。雪どけとともに、フキノトウ、ノビル、タンポポ、タラノメなど、山菜がつぎつぎに採れて、これも一通りは味わっておこうなどと思うと、ますます原稿用紙の消費枚数は少なくなってゆく。

生活を楽しんでいますので、というのだけは、どうやら締切遅延の言いわけとしては通用しないらしい。これからはもっと、引受けるまえに要心して仕事の量をへらすべきたのしんでいる、と書いたが、事実、これだけ多くの時を食生活のためにさいて、なおかつ飽きないというのは、いままでの人生でもはじめてではないか。いや、時間的にだけならばあることはあった。戦後のしばらく、戦争中よりもさらに窮乏と混乱のふかまった頃のこと、あの頃は世の中全体がまさに食べるために生きているようなものであった。

めっきり老けこんでしまった母親を手つだって、十代の娘は何でもやってのけた。牛骨のスープストックのとりかたも、生イーストの扱いかたもその頃覚えた。もちろん、うまくできればそれなりにささやかな喜びもあることはあった。しかし、……しかしそれ以上に娘はやはり、できることなら机にむかい、本に読みふけっていたかったのだ。おお、この家事という愚劣な作業！……

いまはちがう。少なくともいまのところは。体の大きさだけはその頃と変らずに、三十年の歳月をかかえこんでしまったひとりの女が、本なんかそっちのけでオーヴンのまえにすわりこみ、焼き上ってゆくパンをうっとりとみつめている。

（一九八一年）

幻のビスケット

毎年クリスマス近くになると、わたしの母は一度はきまってその道具一式を持出してきた。まず古ぼけた天火があった。それからハンドルをがらがら回す式の粉篩(ふる)いがあった。それから一枚の厚手のベニヤ板――あれはもともとその目的のためにつくられたものか、それとも手頃な蓋板かなんぞを利用していたのか。それから元と先の太さのあまりちがわない、延棒代りの長目の摺子木。それからかわいらしい星や花やツリーのかたちをしたブリキ型。そしてもちろん、卵に粉に砂糖、バター、軽量カップ、秤、……

今日はビスケットをつくる日なのだった。

子供たちは手を洗いエプロンをかけて、白いボールに母の手が器用に材料をこね合せてゆくさまを息をつめて見守っている。なめらかな淡黄色の種が仕上り、延板の取粉の上で棒がくるくると何度か往復して全体が三ミリほどの厚さにのばされると、さあこれからがいよいよ子供たちの出番である。

型抜きはいちばん幼い者たちにもできるたのしいお手伝いだ。年上の子供たちは卵黄でてりをつけたり、レーズンやくるみなどでいろいろ飾付けをする。型抜きしたあとの屑をまるめて紐のようにしてみたり、パイ車で斜にチェックの線を入れたり、工夫はいくらでもあった。型抜きより無駄がないのは四角い短冊型で、そこにたいていギョウコ、スミコなどとそれぞれ名が一枚ずつ彫り込まれ、自分専用のビスケットが焼きあがるならわしだった。時には天板いっぱいの大きなハート型もできて、総がかりで丹念なデコレーションがほどこされ、お祝いの辞が書きこまれたりした。

あんまりそんなことに凝りすぎて、うっかり火加減の注意を怠ろうものならさあ大変、異様な煙と匂が天火から流れてきて、せっかくの一皿分の労作をまっくろ焦げにしてしまうこともたびたびあった。

あの旧式ながたがたの天火はその後どうなったろう。わたし自身が黙って勝手に天火を取出し、もっぱらひとりでビスケットを焼くようになったのは、十代の終り、戦後とよばれる暗い一時期のことだ。ビスケットづくりはもはや団欒の年中行事ではなかった。わたし個人の知己の誰彼へのお見舞や友情のしるしのため、あの頃のわたしは何かといえばお菓子づくりにいそしんだのだった。

焼きあがったとりどりのビスケットを有合せの箱につめ、リボンをかける。そんなものは当時まだ町ではごくめずらしかった。

――あたし、あなたのお友達だとよかった。そんなふうに母がもらしたことがあった。敗戦をへだてて、かつてのかわいらしい母から見るかげもなく変り果てた中年の母がそこにいた。

昭和三十年、はじめてできた恋人にそんな一箱をお土産にしてひどく馬鹿にしたような顔をされて以来、娘はほとんどそんなこともしなくなった。

あれから二十年あまり。母は年とって近頃とみに愛らしさを取戻し、娘は逆にあの母の疲れた年頃に近づきつつある。尤（もっと）もこちらは自分の子供たちとビスケットづくりをたのしむような思い出も残念ながら持ちそびれたけれど。お菓子にかぎらず食物のいいところは音楽みたいなもので、食べればあとかたもなくなってしまうことかもしれないのだ。

（一九七七年）

世紀末の天ぷら

茄子やトマトやかぼちゃが四季を通じて手に入るなどという事態に、わたしたちはいつのまに馴らされてしまったのだろう。

山菜や野草にしてもそうだ。タラの芽やかたくりの花やコゴミが量産されて、都会のスーパーにまでならぶなんて。

はっきりいってこれは堕落以外の何物でもない。少なくともわたしの子供の頃、つまり二十世紀前葉はそうではなかった。じっさいわたし自身、いわゆる山野草の自生する高原に移り住むまで、タラの芽の味わいなんてもちろん知らなかったし、七〇年代くらいまではまだ空輸の外国野菜も割高で、片田舎のスーパーにまで進出することも少なかったような気がする。

二十世紀末がいままでのどの世紀末よりもことさら世紀末っぽいのは、バイオテクノロジーとかに代表される人類史はじまって以来の科学信仰のもろもろのツケが、ここに至ってほとんど等比級数的な勢いで末期的様相を呈しつつあるからだろう。パソコンしかり、インターネットしかり。

昔はよかった、などというセリフだけは、ゆめ口にすまいと一頃は思っていたけれど、こうなってくるとやはり、だれかがどこかで歯止めをかけてくれなくてはいけないな、などとつらつら考えながら、手はさっきから精進の天ぷらを揚げるのにかかりきっている。

茄子、かぼちゃ、生椎茸に新ごぼう——なるべく季節の地の物をえらんで、衣はあくまで薄く、素材の色が透けるようにして——と、ここでひとつ、そのためのコツを披露しておきましょう。魚類のときはいざ知らず、この手の天ぷらには玉子は要らない。つめたい牛乳で粉をといただけの衣は、うっすらと、とりわけ山菜や野草のかたちと色をそのまま食卓に美しく運びこんでくれる。わたしはこの方法を、こちらに引っ越してすぐ、近くの民宿のおばさんに教わったのだった。

（一九九七年）

失われた陶器

紅茶のカップというものは、浅からず深すぎず、曲線のすぼまり具合によってお茶の色がほんとに美しく映えるのと、そうでないのとがある。

じつはつい先日、愛用のひとつを思い切って捨てたばかりだ。半打（ダース）そろっていたはずが、余すところたったの二個、となると最後までとっておきたいのは山々だけれど、そのうちの一個にひびが入り、われ目に茶渋の線がくっきり目立ちはじめたとなると、危かしくてもう日常の役には立たない。残るひとつを自分の専用にして、独り居のティータイムをたのしむにしても、この日々がいつまで続くことか。茶碗とわたしと、先に果てるのははたしてどっちだろうか。

いつだったか、遊びに来ていた友人が、洗い物を手伝ってくれながら思わず声をあげた。

「わあ、ここんちの陶器、歴史物だなあ。右から左に字が書いてある。」

なるほど、わが家の洋食器の大半は戦前のもので、裏返せばこんな商標が入っている。RCは何の略か分らない。

なぜそんな時代物を使用に及んでいるかというと、いまを遡る三昔ほどまえ、つまり離婚直後に、実家の食器棚から戦前物の残りをもらってきたからだ。当時はあたらしい品々を買い調えるゆとりもなくて、両親が子持ちの妹夫婦との三世代同居に踏切ったのを幸い、昔なつかしい品々をそっくり譲ってもらったのだった。

メインはディナーセット。尤(もっと)もセットとは名ばかりで、半打そろっているのは大皿のみ。スープ皿は五枚。お茶のカップにいたってはすべて失われてソーサー二枚のみ。いかにも子沢山の家にありそうなことで、使い勝手のいいものは多用されてどんどん割れ、ふだんは重たすぎる大皿ばかり、そっくり生き残ったというわけだ。

今度捨てた紅茶碗はこのセットとは別に、お客様の時しか使われていなかった分で、薄手の白磁にほそい金線の縁取りのみ。あっさりしていていかにも好ましい。父も母もごてごて飾りたてた物が大嫌いだったので、日用品のデザインも自然こうなったのだろう。

シンプルというのは両親にとって至上価値だったようだ。そのせいかわたしも、人妻だった頃、什器ひとつ需(もと)めるにしても何かにつ

けて「ウルサイから」といって華やかなものを避けるのを、夫は、これじゃスミコにはウルサイんだろ、とからかい半分に口真似したりしていたものだ。当時は戦中の反動みたいにやたらカラフルなものが多く、シンプルで統一するのは至難のわざだった。

昭和初期の名残りの陶器はこのまま、わたしの手元で二十一世紀を迎えるだろう。大皿は大地震でもないかぎり、一枚も欠けずにさらに次の世紀まで生きのびるかもしれない。

（一九九九年）

こわれやすいひかりの器

人類がはじめてガラスを手にいれたのは、はたしていつごろのことだったのだろう。ある種の鉱物を高温でとかして急冷すると、そこにきわめてもろい、けれども硬質で透明な素材ができあがる。偶然の産物か、それとも古代の錬金術めいた実験の積重ねによるものか。いずれにしてもはじめてこの秘法を発見したひとは驚喜したにちがいない。

このもろさゆえに、ガラスは他のもろもろの実用金属とはおよそ似ても似つかぬ運命をたどってきたのだった。歴史をひもといてみても、青銅器時代や鉄器時代はあっても、地上のどこの民族がガラス器時代などという段階を経験したろうか。

ガラスはいわばはじめからアクセサリーとして人間にあたえられた、贅沢きわまる神さまの贈りものだったかもしれないのだ。

もろさ以上になにより魅惑的なのは、この材質があくまで透明なことだった。それは光をうけいれ、まなざしを素通りさせて、おのれの背後にひそむものを虚心にひとの目に伝える。不分明な肉の厚みにさえぎられて、愛する者の胸のうちさえのぞけぬ人間の、永遠の悲願である透明願望を、ガラスはさっさと先取りしてみせてくれていたのだ。

ガラス。それはひかりの器。切り刻みようによってはさながら金剛石のきらめきを放ち——

と、ここまで書いてきて思い出した。たしかコクトオの『大股びらき』に、ガラスの種族とダイヤモンドの種族というたとえがあったことを。ガラスの種族の人びとは、ダイヤモンドの種族にぶつかれば一方的に傷つくしかないらしいのだ。

ダイヤモンドはダイヤモンドどうし、おたがいぶつかりあって、それこそ切磋琢磨するがよい。しかし大方のわたしたちであるガラスの種族は、なるべくぶつからないようにいたわり合って生きてゆくほかはなさそうだ。ガラスはガラスどうしぶつかっただけでも罅(ひび)われるのだから。そういえばこんな詩句もあった。

〈あさはこわれやすいがらすだから……〉

（一九七八年）

白と、汚れと……

色にもいろいろある。いろいろな色がある。

虹の七色どころか、その七つのあいだには、ひかりと材質との微妙な組合せによって、濃淡さまざまの、それこそ∞のしるしでしか表せないようなおびただしい色たちがひそんでいるのだ。その中で、どの色が好き、などという問いに、どうして答えられるだろう。

好きこのんで身につける色というのは、たしかにあることはある。しかしそれは、悲しいことにこちらの肌色がきまっているからこそそうなるのであって、できればあらゆる色を着こなせるほうがのぞましい。

何色が好き、何色はいや、などとぱっといいきれるひとを見ていると、何かこう、こちらとまるきり精神構造のちがう異星の生物にでもでくわしたような、ふしぎな気がしはじめてくる。

わたしは寛容にすぎるのだろうか。それとも無節操なのか。大げさなようだけれど、しかし、わたしは人間である、とすれば人間にゆかりあるもの何ひとつわたしにとって無縁ではない、というあの古人の戒めは、こうしたときにこそしみじみと息づきはじめるような気がしてならない。

人間の心には刺激によって喜怒哀楽のあらゆる感情が生じうる可能性がはじめから仕組まれているように、わたしたちの脳裏には、ひかりによってあらゆる色彩を識別しうる能力があらかじめ具(そな)わっているはずである。

そのような人間にとって、いったい無縁な色というものがこの世にあるだろうか。とすればわたしにとっても、ある色を採り、ある色を捨てて顧みぬなどということが、はたしてゆるされるか。

＊

とか何とかいいながら、たとえばいま色についてのエッセイをと乞われたときに、さあ、白なら、などとうっかり口をすべらせてしまったのは何故だろう。

数ある色のなかでも白と黒だけはやはり特別な色と、ものごころついてこのかた信じこみ、こだわりつづけてきたせいだろうか。

いったい白とは色なのか。無色と空白とはたしかに別物らしい。とはいえ、たとえば小学校の科学の実験でやらされたように、円をさまざまな色で扇形に塗りわけてくるくるまわすと、全体がまっ白になってしまったこと、あれを思い起せば、いわゆる純白、空白などというときのその白が、けしてまじりけなしなどという単純な構造では成り立つはずもないことを、いいかげん思い知ってもよかりそうなものなのだが……

＊

白は汚れやすい。穢れが目立ちやすい。あんなにあらゆる色を吸いこみ、清濁併せ呑んで成立したはずの白が、あらたに付け加えられる色に敏感に反撥するとはふしぎなことだ。

そういえばはじめて出した短篇集も、戯れ唄もどきの処女詩集も、その汚れやすさを承知で表紙はやはり白にした。どちらも装幀者が無言のうちにこちらの意を汲んでくれてそうなったのだけれど。

＊

魂よおまえの世界には
二つしか色がない
底のない空の青さと

欲望を葬る新しい墓の白さと　　　　　（多田智満子）

白というときまってこんな詩を思い出す。

日本のお墓はあまり白の印象はないけれど、昨冬はじめて行った外国らしい外国のチュニジアで、わたしはそのような白く塗られたおびただしい墓石をみた。古いお墓も新しいお墓もみな白かった。そういえばチュニジアという国は、家々の壁も女たちのまとう衣もみんなまっ白だった。（一九七九年）

一九七七年・春から秋へ

×月×日

生来とくべつの風呂好きというわけでもないけれど、この頃のように二、三日は夏めいてみたり、かと思うと雨が降ってにわかに冷えびえとしたりする、不順な天候のくりかえしにもてあそばれていると、やはり数日に一ぺんはどうしても体を洗い清めずにはいたたまれないような気になってくる。

人間の汗腺の分布というものは、それほど個人差のあるものなのだろうか。わたしの友人に、お風呂なんて二、三カ月入らなくても全然平気だというひとが二人ほどいる。それでいてひとつも薄汚れた感じを与えない、まことにさらっとして垢ぬけたひとたちである。本人にそういわれなければ、だれが彼らの肌にこびりついているであろう一月もまえの汗や脂を嗅ぎつけるだろう。

風呂嫌いなのではない。ただ必要を感じないから洗わずにいるだけらしい。彼らの肌はよほど上出来なのか。毛穴がつまって皮膚呼吸ができなくて、どうしても流さずにはすまされないような思いなど、おそらくたえて味わわずにすんでいるのだろう。

清潔とは傍目の如何ではない。本人が感じるか感じないか、そこが問題だ。あのひとたちはどうやら生まれてこのかた、あるがままのわが身を不潔だなどと思うなさけない気分には、ついぞおちいったことがないのではなかろうか。

自分の肌のありようや、その内と外とのずれをほとんど意識せずにすむ、まことに風通しのよいひとたち。そんな気がする。

彼らといったけれど、男と女と、それぞれ一人ずつだ。わたしはこのひとたちをたいへん尊敬しているのである。

×月×日

きれいはきたない
きたないはきれい

マクベスの妖婆たちのあの呪文は、いったい何をいおうとしたものなのだろう。あるひとにとってはきれいなものが、他のひとの目にはかならずしもそうでないということは、よく見られることだ。

いのちの美、などと一口にいう。けれども一般的にいって、人間はそれほどいのちというものを、大事に、好ましく、美しく思っているかどうか。その辺はすこぶるあやしいのである。

白皚々（はくがいがい）のアルプスの景色と鬱蒼と繁茂する熱帯の密林と。二枚の写真をおさない子供たちに見せて、どちらがきれいかとたずねたら、彼らははたしてどんな反応を示すだろうか。もしもいのちのゆたかな光彩がほんとに好ましいものであるならば、後者をえらぶ者が圧倒的に多いはずなのだが。

皿、茶碗はもちろん、お鍋や冷蔵庫など、台所の調度の類にしても、結局は白いものが好まれ、近頃ますますその傾向が目立ってきているという。コップの水はなるべく澄んでいる方がいいし、シーツはやっぱり洗いたての方がいい。

いろどりに抗い、純一無雑や清浄をえらんでしまう、そうした無意識の心の動きがあるかぎり、人間はほろびにつながる道を歩むしかないのだろう。いろいろをゆるすこと、多種多様性をみとめること。それは不潔に耐えることでもあって、もしかするとこの方がホモ・サピエンスにとってははるかにむずかしく、高次の精神的努力を要することかもしれないのである。

×月×日

知人の結婚披露の招待状がとどいた。白い角封には金のふち取りがつき、赤地に金で寿の字を書いた扇形のシールまであしらってある。この日のお嫁さんは果してどんな衣裳で式にのぞむつもりなのだろう。

ウエディング・ドレスに白をえらぶ風習は、地球上の人間の何パーセントにまで通用するものなのだろう。西欧のキリスト的風土の、それもごく限られた近代の一時期のなごりなのか。昔の王侯貴族の婚礼の図などをみると、純白よりももっぱら絢爛豪華がえらばれていたようだ。白地に赤くなどというおそるべき純粋主義の旗印をかかげてしまったこの日本でも、伝来の花嫁衣裳は主として金襴緞子好みだった。

わたしの思いすごしかもしれないけれど、なんだか人間というものは、放っておけばどんどん白志向に傾いていってしまいそうな気がする。禁欲ということが決して嫌いではないのだ。少なくともある種の人々にとっては、いつの日からかわが身にそなわってしまった禁欲的傾向をどこかで断念すること、いわば禁欲を禁欲することの方がむしろ大事なのではなかろうか。

ウエディング・ドレスの白は、もしかすると、とり行われる事柄自体があまりに猥雑な、人間の愛欲そのものとむすびついたことなので、せめてもの白いとばりを引きめぐらしてそれを蔽いかくさずにはいられないという、いじらしい心情の表れかもしれない。

そういえばこちらは結婚だけはすることはしたけれど、式めいたことはついに行わず、したがってその日に何を着るかの迷いもなくてすませてしまった。

×月×日

たけのこが八百屋さんの店先にならべば、やっぱりたけのこご飯でもと思い、このごろのようにグリンピースが出回れば、一度はご飯に炊きこんでみたくなる。いっしょにたべる家族がいなくては、わざわざ炊いたってと思いながら、つくることはやはりきらいではないのだろう。

主婦であったころのくせがいまだに抜けきれずに、というより、むしろこれはしつけのせいで、おさないうちから衣食住のお手伝いをごくあたりまえのこととして育てられたためらしい。それにあのころはお手伝いだって、ものによってはけっこうたのしかったのだ。はじめて郊外に住んで、摘みくさということをし、じぶんの摘んできた草が、大人たちの手によって草団子に変貌してゆく過程など、見ていて思わず「わたしにもやらせて」といいださずにはいられないたぐいのものだった。

この春は宿願を果たし、ひとを招んで嫁菜ご飯を一度だけ炊いてみたけれど、さて炊きこみご飯となると、やはり白いお米を用いたくなる。見た目の美しさばかりではない。玄米や半搗（はんつ）きでは色も味わいも濃厚すぎるのだ。下地になるご飯そのものは、なるべくひっそりと無性格に、目立たずあってほしいから。

白米。サンドイッチの白パン。またしても白だ。精白ということは、食文化の上でも洗煉であり、進歩向上を意味するのか。それともこれは、そうしたものが身辺からしだいに失われ、ついにはみずからの手でお米を精白したり、コーヒー挽きで麦を粉にしたりさせられた時代の子供の感傷なのか。あのころの雑穀雑食で、わたしなどはほとんど慢性の下痢症状だった。

×月×日

あなたの話って、何でもきれいだとか、きたないとか、美意識の問題にまでさかのぼっていってしまうのね。

友人がつくづくあきれたようにいった。

しかたがない。その辺は本人も承知している。そして、なぜそんなふうになったかという質問にも、こちらはこちらなりに、とうに答えを見出しているつもりなのだ。そう、それはおそらくわたしが、出発からこの問題にこだわりつづけてきた、というより、こだわらずにいられなかったためで、つまりわたしの生まれつきの貧しさゆえにほかならないのです、と。

健康にせよ財産にせよ、もともと恵まれているひとは、そのありがたみをほとんど意識しない。胃が痛みだしてはじめて胃のありかを知るように、ひとは病気になったり、その日の糧に事欠くような破目になってはじめて、そうしたものの恩恵に気がついて、はっとするのだ。

それを美とよんでいいのかどうかもわからないのだが、ともかくきれいなもの、きれいなこと。その「きれい」ということのために、わたしという子供はたえずなやませられつづけてきた。それこそ魂の目ざめののっけから。

「きれい」は目に見える世界でのこともあれば、見えない次元のこともあった。とはいえ、つねにわたしの手のとどかぬものであることにかけて、さして変わりはなかった。わたしのこころは、その「きれい」でこの身の内外を埋めつくしてしまいたいと思っているのに、やくざなわたしのからだという現実は、いつもそのこころに追いつけず、たえずへまをしでかしてはわたしを苛立たせるのだった。

×月×日

いままでずっとテレビなるものを持たずにすごしてきた。引越しを機にようやく一台を備えてみると、けっこうおもしろくもあり、またずいぶん不便なこともおこる。

マイナスの最たるものは、少しでも気になる番組があると、そのために時間を規制されてしまうことだ。自宅が仕事場の身には、スイッチひとつで手に入るこの愉しみをしりぞけるのはかなりむずかしい。机をはなれずにがんばっていても、心のどこかでちょっぴり残念だなと思っていたりする。

そんなふうにして、子供のための本などせっせと翻訳したりしていると、時折自分のしていることがまことに空しく思われてくる。なぜってこれを読む子供たちは、すでにテレビ時代の子供で、わたしとはまるきり別種の人間なのだ。

彼らはすでに月の裏側までも、自分の目で見て知ってしまっているのだ。この世にもはやあたらしきものなし、とまでいってしまっては大げさだろうけれど、これだけ何もかも見ながら育つことのできた子供たちには、少なくとも世界のあらゆる驚異に対する無感動、刺激に対する耐性のようなものが、三つ子のうちからすでに身についてしまっているにちがいない。このずれは決定的だ。彼らにはたしてこちらのことばが通じるだろうか。

いずれにせよ、わたし個人としては、ものごころつく頃にテレビがなかったことをつくづく感謝せずにはいられない。ガラス戸のなかで本を読んでいた頃のわたしにとって、世界の森羅万象はじぶんよりたしかに大きく、たかが20インチの窓にとじこめられてしまうサイズではなかった。

×月×日

先日はじめて会った幻想文学者のA氏は、正確には身の丈いかほどなのだろう。日本の小学校などにある旧来の身長計は、一八〇センチ以上は計りきれないそうで、身体検査のたびに三角定規をあたまにのっけられたり、屈辱的な思いをしました、とのことだった。

むかしからそんなに高かったなんて！　わたしはひそかに舌をまく思いで考える。そのような少年の心にひとつの世界像がおもむろに結ばれてゆくありさまを。

正直いって、これはほとんど想像もつかぬことだ。なにしろこちらは、ものごころついてこのかた、つねに仲間うちで一、二をあらそう小粒で通してきたのだから。わたしから見れば、おおむね見上げるところにあるはずの他人の顔を、彼はつねに上から見下ろしてきたわけなのだ。掃除のときだって、ちょっと椅子にのぼっただけで、いままで見なれた部屋のたたずまいが一変してしまうのだから。

わたしがいまだに身長にこだわって、こっそり引伸し器でも使っているのでは、などと誤解しないでください。こちらはただ、そうした個体差という不条理をすなおに受容れられるようになるまでの、子供心の切なさや涙のあとをふりかえってみているまでなのです。大股のひとに追いつくのは息切れのすることだ。ゆとりはつねに大きいものの側にある。

それでも、子供のうちにああいう非力感を明けくれ味わわされたことは、いまにしてみればそれほど無駄ではなかった。あらゆる差別のさいの弱者の心情。それは幼いわたしの文字通り身をもって思い知ってきた領分でもあるのだった。

×月×日

きれいなものを見たいと思って、雨の中を出かけた。リチャード・アベドン写真展。むかしこのひとの作品には、はっきりおどろかせられたことがある。わたしたちと同時代の女の顔が、泰西名画そのまま、古典的な静けさをたたえ、不滅の美しさにまで高められている。写真が絵画を追いこしてしまった――、そう思ったのは、このひとの写真集を見せられたときのことだった。

さて、わたしの今日見せられたものは何であったか。〈時代の肖像〉と銘打ってあることからもわかるように、それはおおむねが中年から老境にいたる著名人たちの顔だ。しみひとつおろそかにせぬおそるべきリアリティーをもって捉えられたそれらの人々の顔が、ひとしなみに空白のバックの上におさめられている。

圧巻はアベドン自身の父親の顔だ。他の人々は肩書からしてその背景にあるものがしのばれるのに、彼は名前でユダヤ系のひととわかるだけ、まさしくただの老人そのものだ。その死にいたるまでの数年の面影を、息子は十数倍にも大きく引き伸ばして見せてくれている。

アベドンは年をとったのだ。わたしも年をとったように。そう思わないわけにはいかなかった。老い。それは世界がいやおうなしにひろがってしまうことでもあろう。わたしの期待は裏切られたのか、られなかったのか。会場には、かつてわたしがはじめてアベドンを知ったとおなじ年頃の、写真家志望らしい若者が四、五人たむろして、何事かささやきあっていた。彼らはこれらの作品を美しいと見たろうか。少なくともわたしには、アベドンの名は前にもまして近いものになったのだけれど。

×月×日

クーラーをそなえようか、そなえまいか、決めかねたまま七月に入ってしまった。六月中の方がいろいろお得ですよと、電機屋さんにすすめられながら、いよいよ本格的に暑さがはじまらないうちは、なかなか本気でそのことを考えられないのだ。

こんどの二階は風通しも申し分ないし、どうしてもしのぎにくい日は一夏にせいぜい十日か、半月ぐらいなものだろう。足元が冷えてからだによくないことはわかりきっているし、できれば自然にまかせた方がよい。そもそも真夏に仕事しようなどというのが人間のさもしさだ……などと思いながらも、迷っているのは、時折の来客を慮ってのことでもある。

その点、去年まではよかった。なにぶんにも一間きりの仮住まいだったので、人と会うのはもっぱら外ときまっていた。

我慢会というのがある。真夏にどてらを着こみ、こたつにあたりなどして、どこまで耐えられるかのコンテストだ。もちろん参加したことはないけれど、あれならひょっとしてかなり上位まで行けるのではないかという妙な自信みたいなものが、わたしにはある。

痛みはいやだ。痛みはごめんこうむりたいが、そこまでいかず、ある程度気の持ちようによってどうにでもなるような、おもむろに押し迫ってくる類の辛さには、相当なところまでゆずってしまいそうな気がする。まいったの一言をいつ口にするか、そのふんぎりがなかなかつけられないようなもので、あんまりほめられたしわざではない。むしろこんな習性が永年のまにどれほど思いがけない人にめいわくをかけてきたか、その辺を省みるべきだろう。

×月×日

近頃、かわいいお年よりのすがたがしきりと目につくようになった。

きのうも外出からの帰り、人かげもまばらになった道をいそぎ足に歩いていると、うしろからいきなり「あぁくたびれた、くたびれちゃったよう」という、だだっ子みたいな声が追いかけてくる。

思わず足をとめてふりかえってみると、いましがたわたしの追いこしてきたひとりのご老人が、そら、ふりむかせてやったぞといわんばかりのいたずらっぽいまなざしでこちらをみつめながら、のたまうのだ。

「ああもう、くたびれちゃった。なんしろお嬢さんの三倍も生きてるんだからなあ」

七十になるかならないくらいか。ベレーをかむったかわいいそのおじいさんは、うしろから見たかぎりではそれほどお疲れのようすでもなく、ただゆっくりとおのれのペースにしたがって歩いているふうだった。そして、じっさいその通りだったのだろう。それでもやはり、自分のわきを声ひとつかけるでもなくさっさと追いぬいていった女には、一瞬とりのこされたような思いを味わったのか。

こちらも思わず頰をほころばせたものの、とっさにはすらっとことばがでてこない。まさか、三倍だなんて。そんならとっくに百歳を通りこしていらっしゃるの？ と出かかったけれど、やはりいいそびれた。

まがりかどからそのとき、自転車をつらねて三人の女の子があらわれた。それこそまだわたしの三分の一にもとどかないような、正真正銘のはつらつたるお嬢さんたちが、夕空にあかるい笑い声をひびかせながら通りすぎるのを、わたしたちはだまって見送っていた。

×月×日

まえに詩集を出したとき、あとがき代わりに、わたしには添い寝の記憶がないという
ことをちょっと書いた。
おもしろかったのはその後の友人たちの反響だった。あるひとははっきり、「ショッ
クだ」といった。ひとりっ子としてそだったそのひとは、寝ることはすなわち母の胸に
安らうことと思い、そのぬくもりを小学校に入るまで味わいつづけていたというのだっ
た。

またあるひとは大ぜい兄弟の末っ子で、母の乳房のすこしずつしなびてゆく手ざわり
をいまでもおぼえているという。

そうじて兄弟の上の方の子は、下ができればその席をより小さいものにゆずらなけれ
ばならないわけで、ひとつの苦い断念をいやおうなしに味わわされてきたことだろう。
しかしその断念がものごころついてからか、それともまだ三歳児にもならない無自覚の
うちにおこなわれるかでは、その後の人間のできぐあいがまるきりちがってきてしまう
はずである。

ひとの書いたものを読んでいても、ときどきおなじような意味で自分には未知の思い
がけないことばにぶつかって、あらためて考えこんでしまうことがある。たとえばある
詩人の文章に、「子守の髪の匂」という一行を発見したときなどだ。

指しゃぶりにせよ添い寝にせよ、大きくいってやはりひとつの快楽ではあろう。スキ

ンシップなどという外来語をわざわざ持ち出すまでもない。ひらたくいえば人肌恋しさということだ。だれかこの「人肌恋しさ」の個人差の度合いを統計にでもとってまとめてみたひとはいないのだろうか。

×月×日

戦前、戦後の境をくぎる八月十五日が今年もやってくる。わたしたちにしてみれば、はじめて天皇の声をきかされた日だ。

戦後育ちの人々のあたまのなかに思い描かれる天皇とは、はたしてどのようなものなのだろう。

戦争を知る子供、とはいっても、こちらは焼け出されもせず、身内に戦死者ひとり出さぬ身で、口はばったいことは何もいえないが、それでもある絶対的権威の暴力を無言のうちに感じとってきた世代のひとりとして、こうした話題になるとやはりどうしても、いまの子供たちには伝えつくせない、あるもどかしさのようなものをもてあますのみだ。このもどかしさ、歯がゆさは、たとえば自分にしかわからない恋愛感情を、赤の他人にむりやり説明しようとするみたいなものだろう。

戦前派にとっての天皇制。それはおそらく身に覚えのある者だけが知る切実な何ものかだ。みずからそのために戦野に駆りだされた人々にとっては、なおさらそうだろう。

天皇を好きだの愛したのなどといっているのではない。もっと大きなところで、好むと好まざるとにかかわらず、いやおうなしにそれが個々人の進路を狂わせ、死活を支配してしまったという、そのことの由々しさをいいたいのである。

　恋愛ならば一種の生物学的必然であり、そんなものにふりまわされるおのれの愚劣さをわらって洒落のめしてしまうこともできる。しかし天皇制もそれによってひきおこされた戦争も人為のものだったのだ。世の中にいくら軽妙なパロディーがはやろうとも、これだけは茶化してもらいたくないといった気持がたしかにある。

×月×日

　この夏はじめて飛行機にのるというと、みんな、へえとめずらしそうな顔をする。ほんとうだ。いまでは小学生どうしだって、飛行機にのったなんていうのは、たいした自慢話にもならないだろう。

　べつに飛行機がいやでのらなかったわけではない。外国へ行ったことがないのも、とくに主義主張があってそうしているのではない。ただたまたま、いままで機が熟さなかっただけで、当面いちばん気にかかる仕事をつぎつぎに片づけているうちに、何となくそうなってしまったのだ。

　観光ということは、心にゆとりがあってこそはじめて成りたつことだろう。身内に煩いごとのあるときに、外の景色なんぞゆっくりたのしめるわけがない。見かたを変えれば、大きな旅行をしていないというのは、それほどたいくつしていないことの証しでもある。

それでも日本人は、どうやら世界でも有数の旅行好き人種なのではあるまいか。どうもそんなふうに思われてならない。

外国に行って、その風俗自然を見てきたというひとの話をきいていると、ときどきふっとおかしな気がしはじめてくる。彼らの見てきたパリ市民やインド人のうち、はたして何パーセントが、逆に日本のわたしたちの暮らしぶりを見にくることだろうかと。

その点、わたしなどはいわば東京の原住民みたいなもので、この広漠とした都会沙漠のなかで、まるでメキシコ人かアフリカ人のように、親ゆずりの生活様式を愚直にくりかえしているにすぎない。いかにもろもろの文明公害に荒らされようとも、こちらはこちらなりにこのふるさとをけっこう愛しているつもりなのである。

×月×日

あるヒット映画の制作者が、その成功の理由づけとしてなかなかおもしろいことを語っていた。つまりこの映画は、これこれの要素は一般受けしない、これこれを主張しすぎると損だ、とかいったぐあいに、さまざまなデメリットを次々に捨てていってできあがったものである、と。

似たようなことを、むかしわたしも考えていたものだ。といっても、ほんの子供のころの自己形成のひとつの目安としてだったけれど。

ひとのふり見てわがふり直せ、ということわざがある。幸か不幸か、おさないわたしのまわりにはいろんな女のひとたちが大勢いて、それぞれの美点に学ぶことも多かったかわり、マイナスの方もつぶさに見せつけられた。ちいさな子供は、それらを見るたびに、知らず知らずのうちにつよく肝に銘じ、あんなふうにはなりたくない、自分だけはまちがってもああいう大人にはなるまい、と、ひそかに心がけるようになってしまったものらしい。

その結果はどのような人間ができあがったか。その点はさておくとして、ただ、いまごろになってときどき考えこんでしまうのは、これがなぜ他の美点をとりいれるといった方向へむかわずに、もっぱら欠点にこだわり、せめてそれをなくそうという消極的な形にのみとどまったのか、ということだ。もっと旺盛に貪欲に生きた方がはるかにおもしろかったかもしれないのに。

いずれにせよ、映画とちがい、この道だけは取り返しがつかない。つくり直しがきかない。大人になったいまでは、そのことだけがはっきりしている。

（一九七七年）

第四章
不滅の少女

澁澤とともに住んだ北鎌倉の家で撮った
セルフ・ポートレート。
壁の絵は金子國義から贈られた《夏休み》
(1964年)。

夢と、少女と。

少女とは、はたして何者であろう。

しばらくまえに一夕、別役実、高橋康也の両氏とルイス・キャロルについて語り合う折があった。その席でわたしはふと伺ってみた。

物語の成立由来はさて措くとして、この堅牢無比な珠玉のファンタジーの主人公は、なぜ女の子でなければならなかったのか、と。つまり、ありふれた日常の世界からにわかに異次元にひきずりこまれ、ひとりぼっちの冒険にさらされる子供としてならば、何も少女アリスでなくてもかまわない。たとえば「不思議の国のジョン」でも「不思議の国のジャック」でもよかったのではなかろうか、と。現に作者は文中、少女ということばをほとんど用いず、アリスに対する呼びかけも性別ぬきのCHILDに終始しているのである。

別役氏も高橋氏も、いや、それはとても考えられないと、言下に否定なさった。

別役「（男の子では）やっぱり内実みたいなものを書きこまなくちゃいけないんじゃないかとか、内実みたいなものが信じられなくちゃ動かしようがないなんていう、そういうことがあるのかな。アリスって言えば、何もなくても、そこに居ることができるって思いますよ。なんか透明な単なるイメージ、というふうにしようとすると、やっぱり女の子になっちゃうんじゃないのかな」

高橋「男の子というのはやっぱり、ビルドゥングスロマン、教養小説の主人公にはなれるけど、一カ所にとどまれないでしょ。女の子は時間から離れたところに純粋イメージとして存在できるような気がする」

世の男性とまではいわぬにしても、少なくともルイス・キャロルの同性であり、有数の理解者であるこのお二人にとっては、こんなことはどうやら自明の理であり、こうした質問の発せられること自体が心外であったのだろう。一種の精神薄弱児童でも見るように、ほとんど憐憫にも似たまなざしをいっせいにこちらにふりむけられたのだった。わたし自身、べつにこうした疑問を長年あたためていたわけでもなく、その場の成りゆきでふと口にのぼせたにすぎなかった。だからこちらは大いに恐縮してしまい、お二人のすぐれて明晰な頭脳の中で、客体としての少女なるもののイメージが純粋透明な抽象性とかくもすんなり直結させられることに、内心ひそかな羨望さえ覚えながら、そのまま話題が他へそれてゆくにまかせたのだった。ただし、この場にただひとり居合せた現実の少女期体験者としては、何がなし一抹の疚しさを拭いきれぬまま……

＊

少女とはいったい何者か。

わたしのいちばん伺いたかったのは、いま思えばこういうことだったかもしれない。たとえば、このわたしが万が一、倖せにもアリスほどの完璧なファンタジーを書きあげられるとして、その場合の主人公の性別はどうなるのでしょうか。あなたがたのいわゆる少女か。それともここは、あくまで抽象的な存在として、そのビルドゥングの内実を顧慮せずにすむ相手、すなわちわたしにとっての異性である、少年を選ぶべきでしょうか、と。

＊

それにしても少女とは？　とくり返し書きかけて、この少女ということばに、またしてもこだわりたくなってくる。

だいたい人間としての本性に直接に根ざすことばならば、漢字漢音が入りこむまえの古来の大和ことばでほぼまかなえるはず、というのがわたしの持論なのだ。ところが欧米のいわゆるGIRLにぴたり当てはまることばが、日本語にはない。少女にせよ女の子にせよ、女から二次的に派生したものであって、彼らがGIRLといいきるときの強さには及ぶべくもない。

もちろん、むすめとか乙女とかいった純然たる倭言葉もあるにはあるが、前者はしかし同時に家族関係の中でのDAUGHTERという位置づけをも背負わされており、また後者になるとその制約からは解放されるものの、年齢的にはぐっと上にかたよってきてしまう。

あたかもLOVEが場合により愛や恋や好きに分化してしまうように、GIRLもまた、日本語の文脈のなかでは、あらずもがなの年序や血縁の桎梏（しっこく）により、幾通りもの分身を生み出すことを余儀なくされているのである。

いずれにせよ、GIRLは女より「少」でもなければ「…の子」でもない。どこまでも自足した独立一個の生きものであることをわすれてはならない。

＊

まあいい。およそ女性のうちで、いわゆる母性に係る一切を消し去ってなおかつあまりある部分、――それを仮りに少女の名でよんでおくことにしよう。

この、母なる大地に属さぬというかぎりにおいて、少女は男たちと対等であり、その孤独を頒ちあうことができる。

孤独、か。男たちはしかし、それが彼らの性に共有の宿命にすぎないことをわすれ、ともすれば生まない者の孤独をひけらかしたがる。それにくらべれば少女らは、ほとんどストイックなまでに寡黙であり、頑なに手のうちをのぞかせまいとする。

ほんものの少女が、かつて饒舌であり雄弁であったことがあるか。あったとしても畢竟、他人には不可解のモノローグでしかない。美のためには食を拒んで死ぬことさえできる、おそるべき精神主義者たち。その文法がそう易々と他人に解けてたまるものか。

夢と、少女と。この両者がふしぎな婚姻をとげるのも、おそらくこの孤独という一点をおいてほかにはないだろう。

ここでいう夢はあくまでもフィジカルな、孤独な夜の訪れとしての夢だ。理想としての夢を壮語する男たちのそらぞらしいことばほど、少女にとって縁遠いものはない。

さながら痛みにも似て、夢だけはだれにも頒ち持ってもらえないことを少女はわきまえている。少女らは今日もせっせと紡ぎつづけている。おのれにそのような夢をもたらす何者かとの神聖不可侵な対話を、ひっそりと。

（一九八〇年）

不思議な童話の世界とわがアリスとのあまりにも興褪めな諸関係について

「不思議な童話の世界」とはそもいずこを指すのであろう。手取り早くいって、そこは不思議な「童話の世界」なのか、それとも、「不思議な童話」の世界であるのか。のっけから編集者の見識を疑うようで申しわけないが、やはりその辺にいちおうはこだわらざるをえない。だいたいこの「不思議な」ということばと「童話」ということばとがあまりにも容易にむすびつけられるところに、ひとつの問題が存するようである。

＊

わたしがアリスだった頃、といってわるければ、少くともひとりの準アリスとして子供部屋の片隅にひきこもりながら、そこらへんにあるご本やお話を手あたりしだいやたらにむさぼりまくっていた頃のことを、少しく思い出してみることにする。

この子はたしかに年のわりにはよくものを読む子供であった。いままでの短かからぬ半生をふりかえってみても、この眼がもっとも貪婪（どんらん）に活字や頁を征服していった時期はといえば、結局のところ読み書きをはじめておぼえてからの数年間、せいぜい五つから十くらいまでのいわゆる幼年期だったように思う。

そのせいかどうかは知らないが、この子はかなり長ずるに及んでからも、うっかり「お話をかく」などというい方を口にしては、友人たちの物笑いの種になった。彼らにいわせれば、それは小説であり作品であったのだが、悲しいかな当人にとっては創作や読書の体験よりも、お話のご本を相手にすごした思出の方が、はっきりいって大きすぎたのだ。

*

子供の読書が成人のそれとちがう点は、多くのばあい選択の主権が読者自身にまかせられていない点にある。本をあてがってくれるのはたいてい親とか先生とかいった身近の大人たちであり、著者とか書き手とかいったそれらの本の生産者供給者にしても、ほとんどが成人と相場がきまっている。教育的配慮など抜きにして、いかにたくみに失われた時の再現につとめてくれたとしても、彼らは子供の同時代人ではけっしてない。子供はいわば同世代の声をもたない不幸な読者たちなのだ。だいたいわがアリスのいわゆるお話、不思議や夢の大ぴらに通用するジャンルのそれに童の字をむすびつけて、「童話」なる単語をつくりだしてしまったのも、もとはといえばこの大人たちなのである。

＊

「夢みがちな子」とか「子供の夢をこわさないで」とかいう。これらの表現もえてして大人の老婆心ないしはノスタルジアによることが多い。しかし、子供というものはそれほど虚実のあわいを自由にとびこえ、夢うつつをごっちゃに綯いまぜたりするものなのであろうか。もしそうだとすれば、スーパーマンのまねをして塀からとびおりて足を折るような子がもっともっと大勢いていいはずだと思うのだが。

個人的な体験がどこまで通用するかはわからないが、しかし、少くともわがアリスに関するかぎり、そのような取り違えの心配はさらさらなかった。この子はまちがっても サンタクロースの実在を信じたりするような夢みがちな子供では断じてなかった。お話好き、ご本好きであったにはちがいないが、かといって作中人物に感情移入しすぎて、身につまされて泪をこぼしたり、夜寝つかれずに困ったりしたようなおぼえもあまりない。

お話はお話、現実はあくまでも現実であった。お話の中でならどんな摩訶不思議や惨酷がまかり通ってもよかったが、現実となるとぜったいそんなわけにはいかないことは、子供心にも自明であった。

*

だいたいこの子がそのような本の虫になってしまった理由だって、煎じつめればすこぶるあやしげなものだ。

「先取りされた老境」ということを、いつぞや記したことがある。子供は一刻一刻をじつに豊富に生きる。齢四歳にしてこの子は、それまでの数々の経験により、自分が子供社会の中での完全な敗北者でしかないことを、すでにして十分知りつくしてしまっていたのである。彼らに伍して堂々とたたかってゆくには、この身はあまりにも非力すぎたのだった。

そうだ、泪にぼやける目をぐっとこらえながら、群れきそうのびやかな同輩たちのたわむれを物蔭からじっと見守っていたあの頃、わたしの耳は「なべてのもののわれに向ひて死ねといふ」その声をはっきり聞きとってしまったような気さえする、この子はいっそのまま死んでしまえばよかったのか。

にもかかわらず、この子は生きのびた。断ちがたい生への執着の結果として。というより、くりかえし身内にわきあがる一種のゴシック的志向、「わたしは小さい、もっと大きく強くなりたい」という熄みがたい思いの遣り場を、幸いにも他に見出すことができたから、といった方がむしろ当っていよう。

お話もご本も、活字も頁も書物も、そして「不思議な童話の世界」も、この子にとっては要するに鬱積した生命力のせめてものはけ口にすぎなかったのだ。そこでなら自分が唯一強大を誇っていられるささやかな自治領だ。

*

代償作用（コンペンセイション）としての人生、——とまで書いて、思わず笑いがこみあげてきた。むかし流行った「中古娘（せこはん）」とかいうはやり唄の文句を思い出したからだ。そして、どう考えなおしてみても、中古や代償であきらめるよりは、おんもで勝ちほこっている実人生の方がわがアリスにとって羨ましいことはたしかなのであった。

（一九七五年）

これからのアリス

またアリスについて語らなければならないという。

三年まえの暮、ふとした偶然のたわむれからできた戯れ唄のたぐいをまとめて「ことばの国のアリス」なる一冊を編もうと思い立ったとき、題名をきいて旧知のS君は「アリスがまだ売れますかねえ」とひやかすように首をかしげたものだった。ちょうど沢渡朔氏のアリス展のすばらしいポスターが東京の街角にも氾濫しはじめた頃で、ほかでもないS君は桑原茂夫氏などとともに、このアリス・ブームのかくれた演出者だった。

それから二年半あまり。詩集の売行きはともかくとして、キャロルおよびアリスに関心をもつ人びとの数は後を絶つどころかますますふえて、ようやくこれが単なる一時の流行ではなかったことがはっきりしてきたもののようだ。

アリスは日本の風土にも定着しはじめた。この国のどこかにも、地図にはないイーハトーヴォやふしぎの国の存在をみとめる人びとが昔から生息していなかったわけではない。ただそれが開化百年をへていまようやく、アリスの合言葉のもとに市民権を主張しはじめたということだろう。

それにしてもアリスがこんなにはやるなんて、世の中もうすら寒くなってきたものだという思いをどこかで否めない。なんだかこの島国全体が緯度にして何度分か北へ、イギリスなみの位置にまでひっぱりあげられたような、冷えびえとしたうら悲しさだ。少くとも十年まえまではこんなことはなかった。オイル・ショックと沢渡氏の写真展とがほとんど同時だったことは、ある意味で象徴的だ。そして考えてみれば、およそ何が縁遠いといって、高度成長のエコノミック・アニマルの南方進出のといった一連のイメージほど、アリス＝キャロル的世界に無縁なものがあるだろうか。

そういえばイーハトーヴォも、日本のなかではぐっと北寄りの僻地にあってこそ、はじめてはぐくまれた心象風景ではなかったか。サムサノナツハオロオロアルキという一行をはじめて耳にしたときの稚ない頭の混乱を、きのうのことのように思い出す。

正直いってこの涼しさは、わたしなどにはありがたく住みやすい。ただ世界がそれだけで終ってしまっていいものかどうか。七歳で永遠に本のなかにとじこめられてしまったアリスと、終生結婚しなかったドジスン教授と。彼らの交歓の金色の夏の午後のあとには凋落（ちょうらく）の晩秋の夕暮がつづくばかりで、明日の生命の芽生えをつげる産声はどこからもきこえてこないのだ。

ルイス・キャロルばかりではない。わたしのかねて心惹かれていた人びと、たとえばシモーヌ・ヴェイユもオラーフ・ステープルドンも、静かにこの国の読者を獲得しはじめている。いずれもそのあまりにも強靭な知性ゆえに、孤独な強者の悲哀をかみしめながら透明なひかりの彼方に消えていった先駆者たちだ。

さびしい話はやめにして、これからアリスのイラストに挑もうとする方々のために、参考になるかもしれないことを少々記しておこう。最近わたしのみつけたいくつかのたのしいアリスたちの絵すがただ。

ひとつはピーター・ラビットで知られるビアトリクス・ポターの画集にあった、「ふしぎの国」のための二枚のイラストである。一枚はハートの女王の裁判の場面で、テニエル描くところの法廷係の白ウサギが、トランプ模様のお仕着せもそのままそっくり後向きになって、ラッパを片手に羊皮紙を読みあげている。もう一枚はトカゲのビルが二ひきの天竺(てんじく)ネズミに介抱されている図の色彩画で、ほかの小動物たちが心配そうにのぞきこんでいる。そのデッサンの正確なこと、これでみてもポターというひとはあくまで科学的で、自分の目で見た以外のものはひとつも描かなかったことがよくわかるのだ。

もうひとつ思いがけなかったものにアフリカのアリスがある。先日西江雅之氏のお宅で見せていただいた世界各国語版のアリスのなかには、西江氏が現地の子供たちを教えるのに使われたというスワヒリ語だか？語だかのテキストもまじっていて、その挿絵にはなんと腰布をまいた黒んぼの女の子がウサギとともに描かれているのだった。いったい、いままでに日本人のだれがアリスをきものすがたで描くことを思いついたろうか。日本の戦後世代のなかに真にアリスが根づきはじめたとき、それはもはや単なるキャロルの作品の挿絵にはとどまらぬ、思いもよらぬあたらしい衣をまとってあらわれるだろう。アリスにかわるその子を何と名付ければいいのか、わたしは知らない。いまはただ、その子が今度は逆に海外でもてはやされるような国際性を獲得してくれることを願うばかりである。

（一九七三年）

キャロルの妹たち

先年、一連の家族論めいた随想を綴り終えたあと、余勢をかって「はらから考」とでもいった文章をまとめようと思い立ちながら、こうした問題を生まで扱うことのむずかしさにおそれをなして早々に投げだしてしまったことがある。むずかしさというより空しさに囚われてといった方があたっていよう。親子という縦の関係ならば、万人ひとしなみの共通項として締め括ってしまうこともできる。しかしこの横の関係——同胞としての他者の併存を、無意識のうちに知るか知らないかは、まさしく運命の神の恣意にゆだねられており、すべての子供が一人っ子か、もしくは孤児としてエリザベス・サンダース・ホームででものごころつくような日がやってこないかぎり、何を喋々しようと不毛にひとしい。

「はらから考」などという大それたテーマを思いつかせたものに、身内としての異性という問題がある。子供の見回す最初の環境世界、ブルトンのいわゆる未開の眼に映じた風物のなかに、両親以外の異性がどのようなありかたで存在していたかは、その子の人格形成に決定的影響を及ぼさずにはいないであろうし、それが最も赤裸なかたちで示されるのは、他でもない長じてからの異性関係、とりわけ妹背の契りの次元においてではあるまいか。

ともあれその頃から折をみて調べようと思いながらいまだに果せないでいることのひとつに、ドジスン家の娘たちの運命の追跡ということがある。チャールズ少年をのちのルイス・キャロルたらしめるのに与(あずか)って力あったにちがいないこの七人(!)の姉妹たちは、その後それぞれにどのような生涯を辿ったのであろうか。おそらくはチャールズとおなじ知的タフネスに恵まれながら、時代と環境との制約のためにひとりとして歴史上に名をとどめるにいたらなかった、その彼女らは?

ここでゆくりなくも思い合せられるのは、ヴァージニア・ウルフがその女性論『わたしひとりの部屋』のなかで想定している「シェイクスピアの妹」のことだ。シェイクスピアとおなじ天分を享けながら一行も書かずに若くして果てたこの女性は、ウルフによれば「五百ポンドの年収と、鍵のかかる部屋と、思ったことをそのままいう勇気と」さえあれば、幾度でもわたしたちの間によみがえってくるにちがいないのである。

最近わたしの心惹かれている女性像のひとつに、キャロルとおなじヴィクトリア朝の閨秀童話作家、メアリ・ド・モーガンがある。彼女は高名な数学者の娘として生まれ、作家であり画家である兄ウィリアムとの親交のもとに生涯結婚せずに終った。そして特筆すべきことに、彼女にお話をねだったのはキプリング、ウィリアム・モリスといった名だたる永遠の少年たちであったという。

ついでながら、この兄のつくったモーガン商会のタイルは、モリスのテキスタイルなどとならび、当時の美術工芸の粋をゆくものとしていまでも有名である。ルイス・キャロル自身もオクスフォードの私室の煖炉にこのモーガン・タイルの幻想的な動物たちをちりばめてたのしんでいたのだった。

メアリ・ド・モーガンののこしたお話の数々は、いずれも「昔、あるところに」式の古典的なフェアリ・テイルズにのっとりながら、万古不易の少女の魂と、その眼からする辛辣な文明批評とを交えた出色のものだ。ここにもまた当時のイギリス知識人階級の子女、いわばキャロルの妹たちのひとつの生き方が示されていよう。

そんなことを考えながらドジスン家の姉妹の面影をつたえる写真集をまたしてもひっくりかえしていると、ガーンシャイムの編んだキャロル年譜にいままで見過していた一行があった。Died at his sisters' home in Guildford. と。長兄チャールズは妹のではなく、実に妹たち、の許で、安んじてその生を終えたのであった。

（一九七六年）

イギリスが晴れると……

戦後十年目ぐらいか、ともかくまだ、いまみたいに猫も杓子も外国へ外国へと流れ出さない頃、ひとりのんびりヨーロッパをほっつきあるいてきたH氏が、どこかロンドン郊外あたりの美しい庭園のスライドを見せながら、語るともなしにこう語ってくれたことがある。

「イギリスって、だいたい年がら年中曇りみたいで、たれこめて鬱陶しくてやりきれないんだけど、ときどきそれがすうっと晴れて日のさすことがあって、そうすると、その明るいときのきれいなことといったら、いいようもないんだよ」

イギリスが晴れると……　あれから十数年たったいまでも、折りにふれ、このことばはふっとこの耳によみがえってくる。ひかりと影のいみじくも醸しだす微妙なそのニュアンス。

ふだんはどうにもならぬ灰色の重苦しい日々。そこに時としてただよいあふれる、たまさかの透明な、金色のひかり。ここではひかりというものが、身を焦がすはげしさとも、直進的なきびしさとも縁遠い、あえかないのちのはなやぎの味方として把えられるのだ。あの話をきいた瞬間、わたしはそれまで漠然と考えていた英国人気質というものを、ワーズワースのダフォディルをはじめ、その名もゴールデン・トレジャリという英国詩華選にびっしりつめこまれた数々の詩の美しさを、最もよく理解したのではなかったか。

十九世紀後半、イギリスはオクスフォードのクライスト・チャーチ・カレジで、数学と論理学の教師をしていたドジスン先生にとっても、現実の日常は終始救いがたい、陰鬱な灰色のものでしかなかった。

杓子定規のコモンセンスでがんじがらめのヴィクトリア朝時代。加うるに大学という保守的な権威のもとでの、判でおしたような明けくれ。おまけにこのドジスン氏の場合は、どもりで内向的な性格という、いまひとつよけいな暗さまでも背負いこんでいて、そのせいか終生結婚もせず、学寮の部屋住みのままですごしたのだった。

どもりと、厭人癖と。どちらがにわとりでどちらが玉子かは知らないが、いずれにせよ過度の自意識の現われではあろう。ただ、数学者という職業柄からも察せられるように、そのような不毛の泥沼にもがきつづけることだけは、この男の生来の潔癖がゆるさなかった。それどころか、その見えすぎる目を逆さに向けて、われとわが身を究めつくし、自らの救済のための処方箋をも立派に書上げ、つとに拳々服膺していたわけなのだ。最高の衛生法とは何か？　好きなことをとことんつらぬくこと、どこまでも趣味に徹することだ！

一八七二年早春のある日、ドジスン教授の薄暗い居室の屋上に、突如としてきよらかなガラスの館、浄玻璃の殿堂が忽然と出現する。俗世間を見下すこの明るい高みの部屋で、狷介な中年の数学者は、規則ずくめの学寮の時間割を縫って、ここ十数年来の趣味の領域に、いまこそ心ゆくまでのめりこむのである。

趣味？　——そう、いうまでもなく、写真のことだ。Glass-house すなわち撮影室である。

フォトとはギリシャ語で光を意味するという。チャールズ・ドジスンと写真術との出会いこそ、めぐりあいということばの真の意味にふさわしいものであろう。晴れまをねがい、明るさをもとめる心、つかのまの美をとらえようとする心情が、文字通りひかりを記しとどめる技術とむすびついたのである。一八五五年、彼が二十三歳のときだ。子沢山の牧師館を訪れた新しもの好きの伯父が、甥の目のまえで、当時登場したばかりのこの面白くって役に立つ道具をひけらかして見せたのだった。

「このおそるべき発明のおかげで、これまでの小説書きの努力は、単なる機械的作業にすぎなくなってしまった」と、青年はその直後、熱っぽく綴っている。そして翌春、教師としての収入にありつくと、さっそくロンドンにおもむいて、念願のカメラ一式を手に入れる。以来、二十五年。日記の上では一八八〇年六月をもって、写真に関する記述はふっつりきえている。

いったい彼は、この間に何枚ぐらい写真をとったものか。記録されているだけでも、ネガ番号は二千番をこえ、遺品として少くとも十二冊のアルバムが現存している。

肝腎なことを書きわすれるところだった。チャールズ・ラトウィジ・ドジスン、またの名はルイス・キャロルとして、あまりにも有名な男。「ふしぎの国」、「鏡の国」の二つのアリス物語の作者として、いまもなお世界中の子供たちに親しまれており、生前彼が最も愛した被写体というのも、アリスとおなじ汚れを知らぬ年頃のあどけない少女たちであった。

——と、ここまででこの紹介をおしまいにしてしまうのは、いささかきれいごとめいて気が咎める。少女の次に彼が追っかけまわした被写体は、テニスン、ロゼッティといった詩人、芸術家をはじめ、学者、高位聖職者、王室の人々等、いずれも同時代の錚々たる著名士であったことを付加えておこう。それから、彼がガラスの部屋での少女たちとの交歓を打切ったのも、いくぶんは世間の噂すずめの口の端にのぼるのをおそれたためらしいということも。イギリスはやっぱり、曇り日の方が断然多い土地柄なのである。

（一九七二年）

囚われの少女さまざま

ルイス・キャロルの遺したさまざまな少女たちの写真のなかに、「脱走」とわざわざ銘打たれた、とりわけ印象的な一枚がある。アリス・ジェイン・ドンキンというモデルの少女は、いましも縄梯子に足をかけ、どこかの建物の窓から遁(のが)れでようとするところだ。

窓は二階か、三階か。高さはわからないけれど、それにしてもこの少女はどうしてここに囚われていたのであろう。白い服にケープを羽織り、片手には籠か何かをさげて、少女は下目づかいに心許なげに縄梯子を見おろしている。あぶない。こわい。しかし危険を冒してでも逃げなければならない——とすれば、この恐怖を上回るさらに忌わしい、さらに戦慄すべきものが、背後の窓の奥にはひそんでいるにちがいないのだが、はたしてそれは何物か。

この窓とは大きさもちがうけれど、そういえばむかし郊外の住宅地の閑静な裏道に、ひときわひっそりとした構えの邸があって、通りすがりに見上げると生垣のかなたに見えかくれする洋館の二階の西端の窓が、いつ見てもそこだけ観音びらきの鎧戸の内側にさらに四角い頑丈な格子枠がはまっているようで、幼い目にはひどく不気味に思えたものだった。

学校の帰りなど、わざわざ回り道して相変らずその格子がはまっていることをたしかめながら、小さな小学生はその頃読んだばかりの『ジェイン・エア』のロチェスター氏の妻を思いうかべ、髪ふりみだした狂女の顔がいつかそこにあらわれることをひそかに期待していたかもしれない。狂人か。でなければ二目と見られぬ怪物か。——こちらは祖父のところで時折見る医学雑誌の口絵写真の畸型児などの影響だろう。

子供の稚なさの表れか、その頃のつもりではしかし、そのようにして囚われる者にはやはり囚われるだけの欠陥なり落度なりがあるのであって、逆に非が理を、狂気が正常を押しこめているといった事態はなぜかほとんど考えなかった。おぞましい妖怪や悪漢の跳梁する童話なら、もちろんジェイン・エアなどよりもとうの昔に読んでいて、いくらでも空想力の羽搏く余地はあったろうに、しかしお話はあくまでもお話であり、七つや八つの子供の身辺ではやはりそんなことは現実に起ってはならなかったのだ。

囚われの少女というテーマは、古来さまざまなすがたで童話や詩歌、小説にも繰返されてきた。グリムの『ラプンツェル』などは、その最も美しいひとつといえよう。身ごもった妻にとなりの畠のラプンツェル（レタス）をたべたいとねだられ、夫が盗みに入ったばっかりに、生まれてきた娘ラプンツェルは畠の持主の魔女にさらわれてゆき、大きくなるとさらに塔に閉じこめられてしまう。そこは人里離れた森の中の塔で、階段もなければ戸口もなく、魔女が訪れるときには下からこうよびかけるのである。

「ラプンツェル　ラプンツェル
　おまえの髪をさげとくれ」

ラプンツェルの髪はきらきらと黄金を紡いだように美しく、長さ十三メートルもあったという。窓から垂れ下げられたそのかがやく髪をつたって、魔女は塔のなかに入りこむ。

あるときひとりの王子が森へきて、塔からひびく美しい唄声に心奪われ、通いつめて塔の入り口をさがしているうちに、たまたま魔女が髪の毛をつたって上り下りするところを見てしまう。そして自分も見よう見まねでラプンツェルに近づくことに成功し、二人してひそかに脱出を企てる。

ところがラプンツェルがうっかり口をすべらしたことから王子の存在がばれ、魔女は怒り狂ってラプンツェルの美しい髪を根元から切り取り、荒野に追いやってしまう。王子はそれとも知らず、その晩も囮の髪をつたってのぼってきてみると、待ち構えていた魔女が「あっは」とばかにしたようにさけぶのである。「いとしい奥方をつれにおいでかね。ところがきれいな鳥さんはもう巣にゃいない。もう唄もうたわない。猫にとられちまったのさ。もう二度とあの子にゃ会えるものかね」王子は悲しみのあまり塔からとびおり、めくらになって荒野をさまようが、三年後ようやくラプンツェルに再会し、生まれていた子供たち共々、めでたしめでたしということになる。

ラプンツェルが塔に閉じこめられたのは十二の年であり、王子がはじめて上ってゆくまで、この少女は一度も、まのあたりに男のひとを見たことがなかったという。「うぬ、せっかく世間から切りはなしておいたつもりなのに、よくもばかにしやがって」と、怒った魔女のせりふにもある通りだ。

おなじくグリム童話の『いばら姫』では、姫は十五になったときに紡錘にさされて城ぐるみ百年の眠りに入ることになっている。眠りといえばおなじくグリムの『白雪姫』も、毒仕掛のリンゴをたべさせられて、結婚まえにガラスのお棺のなかで長らく死の眠りを味わったのだった。

これらはいずれも破瓜を目前にして不安に戦く処女性が、外からの力によって囚われ、隔離もしくは保護されるといった筋立てであり、精神分析学的に掘り下げればいろいろと興味ある解釈もとびだしてくることだろう。塔とはふつう男根を意味するものらしいけれど、ラプンツェルの幽閉されたそれは何になぞらえられるのだろうか。そのあたりは専門家にまかせておいて、読者としてはただそこから流れだすきらきらした美しい金髪や、浄玻璃の寝棺のイメージをたのしんでおけばよいのではないか。

少女を囚えるものはしかし、かならずしも他者ばかりではない。すすんでわれとわが身を頑なな殻にとじこめてしまったお姫さまもある。たとえばペローの『ろばの皮』の主人公だ。このお姫さまは、娘のうちに亡き妻の面影を見出した父王の道ならぬ求愛を遁れるために、みずからむさくるしい裘（かわごろも）に身を包んだのであった。

昔話ではないが、『ジャマイカの烈風』の作家リチャード・ヒューズに、『蜘蛛の宮殿』という童話がある。女の子が森のなかで蛇におびえながらひとりぼっちで暮していると、天から蜘蛛がおりてきて、雲の上の自分の宮殿につれていってくれる。そこは壁から天井から床まですべて素通しのガラス張りという世にもふしぎな建物である。パトロンの蜘蛛はしかし一週間に一度、一時間だけ、きまってある部屋に遮幕をめぐらして閉じこもる。女の子は好奇心に駆られ、ある日とうとうその場をこっそりのぞき見てしまう。蜘蛛はなんと人間の男だったのだ。蜘蛛も女の子もたがいに素知らぬふりをしているが、その夜のうちにガラスは曇ってただのあたりまえの壁になり、宮殿は地上に沈んでしまう。そこで二人は世間並の男と女として、何事もなかったような顔でいっしょに暮しつづける。

ヒューズの結びのことばが面白い。

「……でもね、地上の石の宮殿なんて、雲の上のガラスの宮殿にくらべればありふれているじゃありませんか。ですから女の子は心のなかで、やっぱりわるかったなと思うのでした」

やっぱりわるかったな――この女の子の感慨は、囚われという事態に処する少女期の微妙な心理をいみじくも言いあてている。宮殿はやっぱり雲の上がいい、ただのありふれたそれではつまらない……

まことに、無意識の闇は測り知れない。そして、考えてみれば昔話の主人公にかぎらず、囚われということが何らかの外面的なかたちで顕在化した場合は、むしろ本人にとっては、ある意味でしあわせともいえるのである。

囚われとは、そのために択ばれることであり、ひとつの聖化、聖別にほかならない。彼女は少くとも他者の何らかの関心の的として抜擢されたわけであり、そのとたんにもろもろの少女一般からは区別され、無名の闇に埋もれることをまぬがれたわけなのだ。お伽話にでてくる囚われのお姫さまは、だから当然並すぐれて美しくなければならない。

囚われという事態はまた、必然的にたえず看視の目にさらされるであろうことを意味している。あのギリシア神話の『アモルとプシケ』のように、たとえ夫のすがたは見えなくても、幽閉された館でプシケの一挙手一投足はつねに見守られているのだ。よしそれが愛ゆえの監禁ではなく、さいごには処刑台につづく悲劇の道であるにせよ、囚われという事態のつづくかぎり少女はひとりぼっちではなく、ある関係のなかに身をおいていることになる。

おそろしいのはたったひとり、だれ知る人もなく見えない檻に囚われ、こだわりつづけることだ。少女のいたいけな足掻きを知る者はどこにもいない。身近かな肉親や友人すらも気づかない。すべては少女の心のなかでおこることであり、時としては少女自身すらもその檻の存在に気づいていないことさえある。

知られざる者こそ王。いったい少女たちは何に囚われるのか。恋愛、絶望、劣等感、名前はさまざまあるだろう。それらをひとしくつらぬく孤独。それが性別を問わず思春期の男女に共通のものだなどとかるくあしらってはいけない。

心がたかまればすなわち隆起して、傍目にもしるく自らの存在を主張する男性の器官とはちがい、少女の膣はあくまでもひっそりと閉ざされたまま、一条の光もさしこまない。内なるものがどんなに荒れ狂おうとも、いたずらに闇は深まるばかりで情念のあきらかな発散をゆるしてはくれない。肉体の牢獄、そこにたたなわる闇の深さはおそらく異性の想像を絶するだろう。

少女もいつかは自分の太母（たいぼ）性に目ざめ、種子をまつ土のすがたに還らなければならないのだが、しかしここでそう易々と自然に身をまかせられると思ったら大まちがいだ。そもそものごころついてからほぼ十年、この歳月というものは専ら子供らの獣性をたしなめ、礼節の衣を身につけさせることにのみ費されたのではなかったか。この囚われの獣が、自らが慣習の囚人にすぎないことに気がついて己れを解放し、生まれたものから生むものへの回帰をなしとげるまえに、引き挘（むし）らなければならぬ囚衣や面紗（ヴェール）のいかに分厚いことか。

天然自然の摂理と、社会規制としての倫理、さらには人智の追究する論理と。相反する複数の理のはざまにあって、少女とは永遠に囚われ苦しみつづける存在でしかないのか。少くとも世界がいまのままでつづくかぎり解放の日はまだまだ遠い先のことと思われる。しかし、そうした怨みっぽい話はそろそろやめにして、さいごにひとつ、異色ではあるがこれも囚われの、哀しくも愛すべき少女の面影を思い出しておきたい。

はるかな沖合の波間にうかぶ無人の村。その幻の村で、少女はいまもなお生きている。ひとりぼっちで、おさらいしたり、手紙を海に投げこんでみたり。少女はいつまでも十二歳のまま、老いることも、いまさら死ぬこともできない。なぜならとうに死んでしまっているのだから——

フランスの詩人シュペルヴィエルの『沖の小娘』に物語られるこの少女は、じつはある甲板水夫が「さる航海の留守の間に喪った当年十二の愛娘の上を想うこころの切なるあまり、ここ北緯五十五度、西経三十五度の海原に生れいでて」永遠に成仏もならないままなのだ。だがこうなると囚われているのははたしてどちらか。父か、亡き子か。生者か、それとも死者か。いずれにしてもこの時空をこえて大海原に見えざる綾を投げかけあう父娘のすがたは、詩人の筆にのせられていかにも切々と美しい。

（一九七八年）

不滅の少女

——洋の東西は問わず、およそこれまでに少女の心理というものが真に描きつくされたことがはたしてあったろうか。数ある文学作品のなかでも、そこだけは、いまだ啓かれぬ蒙昧の境、文字通りひとつの処女地として、神秘のとばりのかなたにひっそりと閉ざされたまま、無言の魑魅魍魎の跳梁するにまかせられているのではないのか。おそらくこれは世の大作家たちが大方男性であるためでもあろう。じじつ、無垢という怪物性と、いうところの女陰の冥闇との、ふたつながらにわかちがたく縺れ絡みあったこの領域のおどろおどろしさは、いかなる巨匠の想像をも絶するものかもしれず、もしこの辺境に一ふりの斧を加えてすべてをロゴスの明るみのもとにさらけ出すことのできる開拓者があるとすれば、それは、身みずからこの少女期という特殊な一時期をくぐってきた女流作家のうちにしかもとめられないのかもしれない。

とはいえ、もの書きとはやはり、何といってもひとつの職人芸であり、ひまのかかるわざなので、この道に熟達するまでの長年月に、生きものとしての閨秀詩人たちの多くは、惜しむらくはたいてい形而下的に少女の域にとどまってはいられず、現実に人の子の母となってしまう。そして、この体験——、およそ体験と名づけられるほどのもののうちで、この、身二つにわかれ、あらたな他者を世にあらしめるいとなみ以上にかがやかしいものはまたとないらしく、ひとたびその鮮烈な歓喜と苦痛との恍惚境をさまよった身には、それ以前のどんな出来事も色褪せて興醒めたものにすぎなくなってしまうらしい。かつての曖昧模糊（あいまいもこ）とした憧れ、ないし男根羨望に、身も世もあらず苛まれた思い出は、もはやことごとしく論ずるまでもない一種の病的現象として、かえりみられなくなってしまうもののようである。

　けれども、かといってこの領分をいままでのように男のもの書きの手にまかせておくかぎり、そこには多かれ少かれ異性の目による美化、理想化が必然的につきまとう。たまゆらの美、うつろう花。はかなくほろびやすいものであればこそ、いよよ美しく思われるにちがいない、少女たちのすがた。この美化作用こそは何よりの曲者なのだ。大方の少女たちは、意識的にか無意識的にか、異性の投げかけてくれたそのすずやかな隠れ蓑のかげにかくれて、まわりの同性たちがおなじいかがわしさをはらんでいるとも知らず、おのれの内にうごめくあやしげなものをあえて究めつくせぬままに、大人の世界にまでこっそり持ちこんでしまい、さらでだに絶望的な男女間のコミュニケイションの問題を、いやが上にも複雑怪奇なものにしてしまうのではあるまいか。などなど——

銀座の画廊で偶然行きあわせた瀧口修造氏を相手に、こうしたことどもを、一夜、とめどもなく語りつづけたのは、ほぼ一年まえのことである。話がどこでどうルイス・キャロルの上におよんでいったかも、いまはさだかでないが、わたしの唐突な饒舌がさほど見当外れではなかったご褒美にか、氏はその後、日ならずしてわたしの手許に一冊の写真集をおくりとどけてくださったのだった。

ヘルムート・ゲルンシャイム著『写真家ルイス・キャロル』。一九六九年ドーヴァーの新版で、原著は四九年にロンドンで刊行されている。キャロル自身の手になる六十三葉の肖像写真をはじめとして、日記の抜萃、写真に関する述作のすべてが解説とともに収められている。ゲルンシャイムについては詳しくはわからないが、ヴィクトリア朝から現代までの写真史に関して数々の著作があり、夫人のアリスン・ゲルンシャイムとともに斯界の権威であるらしい。

ここに紹介された写真の大半は、少女というより幼女、もしくは童女とよばれるにふさわしい、小さな女の子たちのすがたであり、それもたいていはある演出のもとに撮られた、いわば物語のなかの少女たちなのだ。もちろん、テニスン、ロゼッティ、マクドナルドら、キャロルの知遇をえたヴィクトリア朝の名士たちの肖像も収録されており、ここにのせられなかった知名人らの写真のリストも記されている。キャロルの写真狂は一八五六年、二十四歳のときからはじまり、以後四十代の終りまで、四半世紀の長きにおよぶ。

このプレゼントには、じつは瀧口氏自身の手になるすばらしい付録がそえられてあったのだが、いまは省く。いずれにせよ、この一冊の写真集のもつ意味は日ましに重たく、贈り主の思いもよらぬところで、わたし自身のもっとも隠微な部分にひそむいくつかの問題を、はしなくも啓示してくれているもののようだ。それとも、もしかすると、この超現実の彼方をかいまみる詩人の、それこそプリミティヴな無垢の眼は、十年をミセスとして過しながらふたたび振りだしのミスに舞いもどってしまったdas Phänomen SUMIKOなるものの本質を、つとに見通していてくださったのかもしれないが。

ルイス・キャロルにこの手の少女たちの写真がかなりあるらしいことは、かねて雑誌Duのエクセントリック特集号で教えられていた。

少女たちはいずれもおそろしく生まじめな表情で、それぞれふりあてられた活人画の主役を演じている。写真術初期の宿命として、やむをえずこのような固定したポーズばかりにかぎられたのであろうが、その静止の緊張感がいっそ美的効果をたかめ、一葉一葉がそのまま完璧なタブロオとも見紛うほどなのだ。

ただ、あの頁を見たとき、わたしの何より心捉えられたのは、見開きいっぱいにレイアウトされた数々のアリスたちのすがたと、なかにひとり紛れこんだ三十男、すなわち作家キャロル自身の肖像との、あざやかな対比であった。かつてわたしが幼い胸にひそかに思いえがいた二つの理想像、おのれのあるべきすがたが、ここにまのあたりにならべられていたのである。

かたや、耽美的な少女誘拐者のまなざしをいやでも惹きつけずにおかないほどの、現実の美少女。かたや、その少女らの幼い魂をはげしくゆすぶり蕩（とろ）かさずにおかないほどの、物語の作家。そのどちらにでもよい、小さなみじめったらしいみそっかすの女の子は、なれるものなら一足とびになってしまいたいものと、日夜思い暮していたのだった。

どちらにでも、といってしまってはまちがいになる。おなじ年頃の仲間として、この子には、きれいな同性たちがただただうらやましかったのだ。ただ、いかにはげしく憧れようとも、現実にそのような美少女に変身することだけはぜったいに不可能であり、さればこそ第二の夢、ある程度までおのれの分をわきまえた、いわば反少女の成れの果てのすがたとしての「お話をかくひと」がうかびあがったのでもあろう。この第二の夢は、何かこうひどく後めたくて、口にだすのさえ憚られる陰気な快楽であったが、その意味ではじめの「おお、きれいに、きれいに！」もおなじ、恥しくてとうてい人前に出せるしろものではなかった。

ついでに記せば、そのような「お話をかくひと」を夢みるとき、おかしなことにわたしは、無意識のうちにつねに女であることを忘れ、一個の人格として、男としてふるまっていた。この男は、少女の夢想のなかでしだいに成長して、ついには架空の恋人役をも兼ねるにいたる。ルイス・キャロル゠ドジスン教授にせよ、ポオのウィリアム・ウィルスンにせよ、ドッペルゲンガーはほとんど同性の相似のすがたであるが、わたしの場合はセラフィータなみに、両性具有の願望をもどうにかして叶えようとしていたものか。少女の夢は所詮夢にすぎず、当時のわたしはすでに一介の人妻として、いつかこの家を出てもの書きを身すぎに世をわたる日があろうなどとは思いもよらぬふぜいの明けくれであった。ただその頃、あるグラフ雑誌で、成人後のアリス・プレザンス・リデル、自分とおなじ人妻の身のハーグレイヴズ夫人の写真を見たことがある。それはまあ、およそぱっとしない、どこでもお目にかかれるような、ふとりじしの中年婦人にすぎなかった。物語のなかの少女、写真の美少女は、少女であることをやめると同時に、美の世界からもさっさと遠ざかっていってしまったのであろうか。

アリスははたして、真に、道行くひとをはっとふりかえらせるほどの、抜群の美少女であったのか。のこされた二、三葉の写真ではたしかにかわいらしく見える、おさないアリス。年齢もいかないこの子を、ドジスン教授に身のほど知らずの求婚を決意させるほどの美女たらしめていたものは、もしかすると、より多く教授の主観の側にあったのではなかろうか。

ともあれいま、二冊のアリス物語を傍らにひろげながら、あらためて写真のなかの少女たちとの語らいをつづけるうちに、この胸によみがえってきたものは、あのときよりさらにひそやかな深みからのささやきかけのようなものだ。

All in the golden afternoon......

——そう、ほかでもないこのわたし自身、そのような金色の日々に、ひとりの三十男のつきせぬ興味の対象として追いまわされ、あくことない貪欲なカメラ・アイの餌食になっていたころの、数々の思い出である。そういえば、アリスとおなじ次女のわたしをはさんで、女の子ぞろいであったわたしたち姉妹は、その男に幾度おはなしをねだっては飽かず耳をかたむけたことか。その男は宗教家の息子として生まれ、当時は大学の教職にあり……

もうやめよう。じつはこのアマチュア写真狂は、この姉妹をこの世にあらしめたひと自身、つまりは父親なのであった。どこの親でもする家族アルバムのためというにはいささか凝りがすぎていて、山岳写真などでは国際コンテストにもいくつか出品している。しかも、筆名で。そして、である、——世間さまにはお世辞にも美少女とはいわれなかったわたしたち姉妹でも、ふしぎなことに、ひとたびそのひとのまなざしにとらえられ、トリミングを加えられると、時としてかなりの芸術的効果を達成することができてしまっていたのであった……

どもりの独身男。中年のニンフェット趣味。世俗的な眼にはたしかに奇矯な存在であったにちがいないドジスン教授の生きかたに、どのような精神分析学者流のメスを加えるもよい。ただわたしには、ルイス・キャロルのすべてが、何かこう、知恵の悲しみとでもいったような、透明な悲哀のいろをおびてしか映らないのだ。

伝記によれば、ドジスン家のチャールズ・ラトウィジ少年は、じつに十一人兄弟の長男であり、七人の姉妹と三人の弟のためにさまざまな遊びや玩具を考案し、滑稽なつくり話を語りきかせ、家庭新聞をも発行してその記事をほとんど一手にひきうけていたという。怜悧（れいり）な少年は、そのあふれるばかりの才智をぞんぶんにはたらかせて年少のものたちをひきいてゆく快感、一種家父長的な男のたのしみを、若年にして味わってしまったのではなかったか。

ただ、その多感な魂は、そうした男のありかたにかぎりない喜びを見出すと同時に、理の当然として、いわば鏡の逆側として、そこにつきまとう数々の煩わしさをも、いやというほど嗅ぎつけずにはおかなかったであろう。さらでだに類いまれな聡明な頭脳の持主のことである。この大家族の人間関係のなかで、この少年がひそかに血を恥じ、親を否み、猥雑なけもののぬくもりからの脱出をねがわなかったとしたら、かえってふしぎであろう。知性とはそのようなすずしさ、土離れを必然的に求めるものではなかろうか。チャールズに妹が多かったということも考えるに値する。兄＝妹はそのまま、妹背のかたちにもなぞらえられる。

十九歳で母を失ったことも、うつし身のはかなさをいたく思い知らされこそすれ、彼の場合、けしてマイナスにははたらかず、あらゆる血縁関係のしがらみをきっぱりと斥ける決意を少年の胸に培うのに、かえって力あったようにも思われる。それにまた、家をいとなまず妻をめとらなかったからといって、ドジスン教授が生涯不犯（ふぼん）であったなどという証拠はどこにもないのである。

明断を好む数学者の生活設計は、かくして厳密な計算のもとに打ち樹てられた。ガラスの殿堂は確立され、そこでこの堅実な一ヴィクトリア朝人は、あまたの娘たち妹たちを相手に、父たり兄たる者のよろこびの面だけを、ほがらかに、貪婪（どんらん）にむさぼりつづけたのであった。

森茉莉氏のいわゆる「甘い蜜の部屋」は、ここにひとつの、ほぼ完璧に近い実現をみたのだ。――いうまでもなく、あるきわめて理知的な断念にもとづいた上での。

この断念を痛ましく思うことも、あるいは滑稽に考えることも世人の自由であろう。

現実のアリスにたいする失恋の傷手すらも、かかる透徹した知性の支配下にあっては、観念の操作によって比類なく浄化され、きよらかな鏡の奥に封じこめられることができたのだから。

アリスは不滅である。うつし身のハーグレイヴズ夫人はほろび、そのつかのまの、かりそめのすがただけが、いまもなお、かがやかしい永遠の少女として、あらゆる童話の主人公を尻目に、百年後の今日も生き生きと遊びつづけている。そうだ、もし、鏡の国の詩人がくりかえし問いかけるように、life とは dream にすぎないとすれば、dream こそ life であろう世界が存在することもまたたしかなのだ。

そして、さいごに、——これがわたしのいちばんいいたかったことなのだが、少女とは、おそらく、そのような厳密な論理の支配下、明澄な知性の君臨する保護領で、冴えざえとしたよろこびのまなざしに支えられてこそ、もっとものびやかに精彩を発揮するにちがいない、可憐な生きものなのである。

（一九七二年）

あるアリスの終焉

1

それはあまりにも思いがけない出来事だったので、アリスはとっさに机の裾にかがみこみ、両手を床についてぐらぐらする上体をささえてやらなくてはなりませんでした。まるでこの不意打ちな動揺が、たとえば大地震かなんぞのように突然よそからふりかかってきた災難ででもあるかのように。

地震だなんて、もちろんそんなはずはないのでした。外は相変らずしんしんと音もなく雪がふりつづいていますし、下の居間からはわかい客人たちの、おそらくは今宵も夜っぴてつづくであろう和やかな宴のさざめきがたえまなく立ちのぼってきて、そのさまはさきほど、三分ほどまえに電話のベルをききつけてアリスが席をはずしたときとすこしも変ってはいませんでした。

そうです、受話器をおいたばかりのアリスの脳裡にいましも閃めいた突拍子もない想念とは、そうした外界の動きとはまるで無縁の、いうなればほんのたまゆらのコップのなかの嵐みたいなもので、当のアリスさえだまっていればだれにも気づかれずにすんでしまうことはわかりきっていたのです。

コップもコップ、ＫＯＰＦのなかの——と、ふだんのアリスならばさっそく洒落てみたいところですけれど、それにしても——

天啓とはおそらくこのようなことを指すのでしょう。閃めきかたも突然なら、内容もまた突飛というか、完全にアリスの意表をついていました。なぜ今夜、そしていま、この時に、よりもよってこのような考えがふってわいたのか。それにはやはりそれなりの理由があるのでしょうか。なにしろ思いだせるかぎり、アリスはいまだかつてこれほどにも積極的な死への誘いなど、一度も受けたことがなかったのです。

もちろんアリスだって人の世のさまざまな節目には、いっそ死んでしまいたいほどの思いを味わったことも幾度かはあります。とりわけ大人になりたての頃には失恋とか挫折とかいったお定まりの通過儀礼を一応は経てきたわけで、また長じて後も時として生傷に荒塩をすりこまれるような痛い目にあわされたことだってないとはいえず、そんなときにはそれこそ死んだがましと思ったりしたこともなかったとはいえません。けれどもいまにして思えばそれらは畢竟、単なることばの綾か、物のたとえのかぎりを出なかったのでしょう。死ななくたって忍んでいればいつかはやり過せるであろうことは、子供にだって本能的にわかるものですし、だからこそこの年まで長らえてもこられたのです。

ついでに、物のたとえという観点からいえば、この死にたいというせりふはべつに苦難に際してとはかぎらず、逆に歓喜のきわみの表現としても用いられます。そのことだってアリスはむろん身に覚えがなかったわけではありません。ただしこのばあいは死に賭けるといった切羽つまった心境よりは、いっそ死んでもいいけれどそれよりは生きてこの恍惚を持続できればといったさもしい根性がどこかで透けて見える――いや、失礼、これはほんとうの歓喜を知らない者の僻言でしょうか。だって、さもなければどうしてもっと甘美な情死の例が、絶望による自殺の数を凌駕するにいたらないのでしょうか。

死はひとつの解放ともみなされます。人間、やはり苦痛からの解放は求めても、歓びからの解放をねがうほど愚かではないということかもしれません。愚かか、でなければ狂っているかです。そもそも生ある身でありながら死をのぞむこと自体がすでにして狂気の沙汰といわれてしまえばそれまでですけれど、まてよ、個体保存本能はいざ知らず、ものの本によれば種族保存本能とやらのためにある生命体がみずからの破滅に向って正気で突進してゆくことだって、ままあるそうな――

ごめんなさい。作者の知ったかぶりもいいかげんにしないと、せっかくのわれらの主人公アリスがあきれて首をすくめているようです。ほんと、こんなこと、どうだってよかったんだ。なぜっていま、アリスの脳裡に電撃のごとく閃めいたものとは、作者のこうした老婆心からのおせっかいなどとは断然次元を異にした、まったくあらたなひとつの悟りにほかならなかったからです。

アリスは、本気で、こう思ったのでした。――いま、この瞬間に死ねたら、最高だな、と。

この瞬間って、そう、受話器をおいた瞬間です。階下のにぎわいをぬけだして、ひとり、階上でその親友の訃報をきき終えたとたんに、この思いがけない覚醒はやってきたのでした。

そうです。考えてみれば、自分はもうこの世に思いのこすことなど何もないのでした。ほんとに、いつのまにかそうなっていたのです。気がつかなかったけれど、いつのまにか――

死者を惜しむつもりは毛頭ありませんでした。それどころか、その旅立ちを羨み、それに自分もあやかりたいとねがい、そして不意に、およそ考えられるかぎりの冷静さを以ってはっきりと自覚したのでした。――汐時というものがあるとすれば、今宵、今夜がその最高だな、と。今宵、このひとつ屋根の下に、有為の若者たちの明るいさざめきがあふれ、彼らとアリスとの遊びごころが渾然とひとつになったこの刻にこそ――

2

読者のみなさんにはまことに申しわけありませんが、この小説にははじめから無理があることをここでぶちまけて、お詫びしておかなくてはなりません。

紙数の制約？　そう、もちろんそれもあります。こんな大それたテーマを短篇の枠におしこめること自体がどだい無茶なのです。でも、仕方ありません。のりかかった船をともかく強引に港までこぎつけてやらないことには。

唯一の救いはわたしたちの主人公がアリスであることです。あらゆる説明を無用にするこのアリスというネイミング。但し、わたしとしたことが、このネイミングの七光りに頼りすぎて、わたしたちのアリスの特異性について言及を怠ってきたふしがなくもない。たとえばわたしたちのアリスがすでに還暦をすぎた齢であることだって――

そう、たしかまだ申し上げませんでしたっけね。彼女がふだんこの家に一人住いであることも。でもそんなこと、どうでもよいほどに、アリスは断固アリスとして普遍的に通用してしまうものです。けれどもし、いささかの蛇足をここで付加えてよいならば、もしかしてひとりぼっちの老女（たち）は自分で思っている以上に少女そのものなのかもしれませんよ。彼女にはまなざしが必要なのです。

「……少女とは、おそらく、そのような厳密な論理の支配下、明澄な知性の君臨する保護領で、冴えざえとしたよろこびのまなざしに支えられてこそ、もっとものびやかに精彩を発揮するにちがいない、可憐な生きものなのである」

もう二昔もまえのあるアリス論集に、だれかがそんなふうに記していましたっけ。少女の原像ともいうべきアリスのことです。聡明でしかもゆとりある男たちのまなざしがあるかぎり、アリスは今後の老人社会でこそ、地上の津々浦々どころか、宇宙にも反世界にも識閾（しきいき）下にも無限に自己増殖をつづけてゆくにちがいありませんけれど、さて、そんなところまでつきあっていてはとても身が保たない。この中途半端な物語を作者としてはどのように締め括るべきか。これからが正念場というところでしょうか。

3

一体ぜんたいどのような結末がふさわしいのか。百通りもの可能性のなかから、思いつくままにいくつかのプロットをずらずらと並べたててみましょうか。そんなふうにして書いているうちに、ひょっとして、これぞと思う名案がうかばないともかぎりませんしね。

プランⅠ

階下の少年たちは、やがて、アリスが二階に上ったまま戻ってこないのに気づく。

「どうしちゃったのかな」

「つかれて先に寝ちゃったんじゃない？」

連日連夜、さいごまでつきあってくれていた女あるじが先に討死してしまうなんて。お夜食もまだだし、不審がすこしずつひろがってゆく。

階段口からおそるおそる声をかけても返事はない。日頃アリスといちばん親しくしている娘のひとりが、意を決して先に立って階段を上ってゆく。そして、アリスが床に崩れて、ことされているのを見出す。

「死んじゃってたんだ」

「ぼくたちが殺したんじゃないよね」

「ぼくたちに殺されたかったのかな？」

少年少女たちの名を、かりに「遊ぶ七ひきの子ヤギたち」とでもしておこう。たまさかのこの冬の休日を、彼らはただ、遊ぶためにこの家にあつまってきたのだ。それはとてもよいことだった。迎えるアリスはアリスで、ふだんからそんなお母さんごっこの相手役に潜在的に飢えていたらしいし、それになによりこの子ヤギたちはそろってとてもいい子たちだったのだから。

「どうしよう、ぼくたち」

「このままここにほっといてもいいのかな」

何でも遊びにしてしまうことにかけては天才的な閃めきをもつ子ヤギたちのことだ。やがて顔を見合せ、だれいうともなくいいだす。

「みんなでお葬式をして、このまま天にのぼらせてあげようよ」

凍てつく夜更け、雪のなかに方一丈ほどの祭壇が築かれ、煖炉の薪が積み上げられる。二階の窓からおろされたアリスの亡骸は、その上にのせるとほんとに小さくて、まるでお雛さまみたいだ。

マッチがすられ、小枝が爆ぜ、やがて全体が炎につつまれてゆく。

雪のなかの篝り火。林のなかの燔祭。

いとしい子ヤギたちの見守るなかで、アリスのもっとものぞましい、理想的な終焉。

プランⅡ

アリスはゆっくりゆっくり階段をおりてゆく。そして子ヤギたちに向っておもむろにいいだす。

「ねえ、ちょっときいてよ、ぼうやたち。お母さんはあした、ご用ができて、ちょっと出かけなくちゃなりません。お病気だっただいじなお友だちがとうとう亡くなっちゃったの。みんないい子でお留守番していてね。お土産もって一晩で帰ってきますから。昼間は外で橇あそびしてもいいけれど、夜はしっかり戸締りに気をつけて。となりから腹黒いオオカミが雪にまぎれてやってこないともかぎりませんもの。それから朝は、餌台に小鳥のえさをやるのをわすれないで」

プランⅢ

みずからもアリスのひとりだったアリスの友人は、天に還る路をゆっくり辿りながら、自分の来しかたをかえりみるついでに、親友アリスの住む雪国の小さな山荘にもいま一度目をむける。

先導の天使がたずねる、――なに見てるの？

――なかよしだったお友だちの家。

――ふうん。

――あのひと、いつ旅立つのかしら？

——さあ、わからないねえ。神さまにでも伺ってごらん。

プランⅣ

作者のわたしは欠伸をして、ようやくうたた寝からさめました。とたんにせっかく書いたお話も、原稿用紙もろとも、きれいに消え失せてしまいました。なぜってこれはわたしが夢のなかで書いた、夢でしか存在しない夢物語だったからです。ですからみなさまも、ゆめ、覚えていてくださってはいけません。それでは、さよなら。

（一九九二年）

無用の用をもとめて

ひとはいったいどういうときに、どういうきっかけで手紙を書くのだろう。もちろん、一生にただの一度も書かなかったひともあれば、また生涯用事以外の手紙なんぞしたためたことがないというひともいよう。しかし相手が詩人や作家ともなれば話はまた別だ。ひとりの特定の読者にむかって心をひらき語りかけるこの形式は、ある種の物語衝動を病む人間にとってはきわめて手取早い衛生法であり、なかには作品よりも書簡の方が全集の半ば以上を占める作家だってめずらしくはない。また手紙のそのような性質を逆手にとって、古来書簡体小説というジャンルもりっぱに存在し、『ウェルテル』や『危険な関係』など、幾多の名作を世にあらしめてきたのだった。

アリスの作者ルイス・キャロルも大きくいってそのような、いわば腹ふくるる人間のひとりだったのか。彼にまつわるさまざまな逸話のなかでとりわけ興味をそそられるのは、このオクスフォードの先生が生涯に十万通もの手紙を書いていたということだ。しかもこれは記録された後半生三十七年間のものだけだというから、それ以前の二十八年間、幼少時代の分まで含めればはたしてどれほどの数になることだろう。

こうしたマニヤックな性格の常として、この手紙魔ぶりは老いるにつれひどくなっていったらしいし、またその大半はおそらく何の変哲もない事務的なものだったにちがいないが、それにしても十万という数字は只事ではない。彼もまた天才の例にもれず、おそるべき旺盛な生命力の持主だったのだろう。

このたび高橋康也氏夫妻の手によって紹介された『少女への手紙』一巻は、その彼ののこしたおびただしい書簡のうち、イヴリン・ハッチ女史の編んだ少女あてのもの百六十余のなかからさらに七十篇ほどを選りすぐったものであるだけに、全篇まさに『アリス』の凝縮版ともいうべききらきらしたかがやきにみちあふれている。

訳者のあとがきにもあるように、少女が相手であるかぎり、「実際的な用事などなきにひとしい。この現実的必要の不在がキャロルの精神的エネルギーのバルブを〈全開〉にし、公的生活の仮面のかげにかくれていた内的人間の魂の声が全音域にわたってよみがえる」のだ。

はじめに衝動ありき。ルイス・キャロルはこれらの手紙を、まさに書きたければこそ書いたのだった。推敲などはおそらくみじんも加えられなかったにちがいない。オクスフォードの数学教師がそれほどつれづれをもてあましていたとは思えないが、ともかくひとりの読者が存在していてくれる、それをたよりに、ふとしたきっかけから筆をとりあげ、心にうかぶよしなし事を書きつらねてゆくうちに「あやしうこそ物狂ほしき」世界へみるみるひきずりこまれてゆく、そのさまが目に見えるようだ。わるのりといえばこれ以上のわるのりがあるだろうか。ここまで行くとまさにデモンのしわざとしかいいようがない。

無用の用をみごと用向きに仕立ててしまうキャロル一流の空転式書簡作法の最たるものは、たとえば一八八〇年のアデレイド・ペイン宛のものだろう。ここでは、「かわいいエイダ（あなたの名前を縮めるとこうなるのでしょう？ アデレイドというのはとてもけっこうな名前なんですけれど、おそろしく忙しくてそんな長い単語を書くひまがないときがあり……」にはじまって、「……と、まあざっとこんなふうにいろんな面倒がかかるので、縮めて〈かわいいエイダへ〉と書いても許して下さるでしょうね）」と結ぶまで、訳文にして一頁半もの言いわけが延々とつづき、あとはたった三行で写真を送る旨が申しわけばかりに書きそえられているのである。

また少女たちにむかって手紙の効用や書きかたなど、手紙そのものについての講釈をしている部分がかなり多いのもいかにもこの作家らしい。何気ない書き出しや結びの挨拶の愛とかキスとかいった常套語も、彼にかかってはひとたまりもなく、みるみるその常套を剝奪されて数理パズルの素材になってしまう。

もひとつ興味ふかく思われたのは、偶然かもしれないがこの書簡集がまずアリス執筆以前の妹ヘンリエッタにあてたものにはじまって、晩年未知のアメリカの複数の読者たちに向けたもので終っていることだ。ルイス・キャロルの成立に不可欠の条件であった「妹」の存在が、あらゆる少女たちの背後に原像として大きく影を曳きつづけているのを、はからずもまざまざと見せつけられたような気がするのだが、はたしてこれはわたしの思い過しだろうか。とすればこれは、かつてある男の口からもれた「ぼくはちっちゃいちっちゃい女の子とあそぶのが好きなんだよ」ということばを、わたしのなかの少女がいまだに信じつづけているせいかもしれないのだが。

ルイス・キャロルは無意識のうちに妹を浄化していたのであろう。兄と妹、もしくは妹背の絆から、この男はつとに猥雑なけものの温もりや煩わしさを能うかぎり斥けていって、ほとんど透明な少女そのものの原像にまで到達し、さればこそかくも数多の複製像と自在にたわむれる自由をも享受していたのだ。これはもう、色好みというよりむしろひかり好みとでもいうべきソクラテス並みの知者賢人のたくみといってよい。

これでいいのか。ふとそんな疑問もわく。しかしアリスがその地下の冒険や鏡の裏の彷徨のあいだ、ひとりぼっちでいながら一度もさびしいとは思わなかったように、この男もまた生涯ついぞさびしがらずにすんでいたとすれば、凡百の読者が何をかいわんやではないか。もしかするとこれは少女自身よりもむしろ最高に硬派の男のための読物であり、アリスとおなじく永遠に堅牢無比な形而上学的相聞歌なのである。

（一九七九年）

わたしのなかの tiny victorienne*

あそぶアリスの声きけば
わが身さへこそゆるがるれ

行分けされ活字化された詩というものにたいし、わがアリスは終始いわれない畏怖の念を抱きつづけてきた。詩書の扉に手をかけるときの全身のおのずからなるこわばりを、どうすれば払いのけることができたものか。ここは聡明な先哲の打建てた、ことだまの霊鎮まるお寺であって、ちっぽけな女の子などのとうてい出入りできるところではないはずだ。事実、たまさか行のはざまや紙のうしろにこっそり紛れこんでみても、あるときは余白の傲然たる沈黙に打ちのめされ、あるときは凄絶な綺語（きご）たちの角逐におびえあがるかして、早々に尻尾をまいて逃げ出すのがつねであった。

この子が安心してつきあえるのは、ごくあたりまえの、うたやおはなしやおしゃべりのための、素朴な道具としてのことばにすぎなかったのだ。詩ではなくて詞だ。詞はたえず、ひびきを伴い、ふしやしらべにのって、この子の耳によどみなく流れこんでいた。

アリスはうたを愛した。

おはなしはともすれば退屈でやりきれぬこともあり、おしゃべりは時として諍(あらそ)いに変じて、手酷(てひど)い火傷を負わせた。そういえば叱言や命令のための、はじめから一方的なおそろしいことばというのもあった。

ただし、うただけは……

うただけはつねに全き浄福のあかしとして、そこにあったのだ……

アリスは目をつむり、そっと耳をすませる…… 薄明のしじまの奥のひそやかな深みから、静かに匂うようにあふれだす、ひとつのしらべに。たゆたい揺らぐひかりか、空間そのものの息吹きともまがう、甘やかな忍び音のそのしらべ…… しらべか、それともささやきか?

Sweet and low, sweet and low,
Wind of the western sea,

Low, low, breathe and blow,
Wind of the western sea......

　夜ごと母と子とのあいだで執り行われる、おやすみのあいさつ、昼と夜とのあわいをわたるささやかな式典のお定まりの奏楽だ。sweet に、そして low に……　しらべとささやきとはここで渾然とひとつにとけあい、夢ともうつつともはや見分けのつかぬ、やわらかいかぐわしいその息吹きにのって、子供たちは闇へ、彼方の国へ、なつかしい眠りへとふたたび拉し去られるのだった。添寝という習慣は、いつごろ打切られたのか。それとも、この家でははじめから行われなかったのか。記憶にあるかぎり、子供たちは一人ずつばらばらに寝かされていた。寝ることがそのまま肌の温もりの求めあいにも通じるといった意識だけは、すくなくともこの環境では育たなかったろう。真冬でも、自前の熱でつめたい床の中があたたまるまで、子供たちはけなげにこらえるのだった。

　テニスンの子守唄はしだいに遠のき、やがてグンナイの合唱がこれにつづく。

Good night, ladies! Good night, ladies!

We're going to leave you now.
Merrily we roll along, roll along,
O'er the dark blue sea.

……………………Farewell, ladies! Farewell, ladies!

……………………Sweet dreams, ladies! Sweet dreams, ladies!

下の居間の両親のまえでこのうたをうたいおえると、子供たちは手をふって farewell をつげながら、二階の寝間につづくはるかな暗い波路へ merrily に船出してゆくのである。取残される両親は ladies であり、子供たちは雄々しい冒険好きな海の男たちなのだ。

子供たち——姉とアリスと妹と、それぞれ二つちがいの幼い三人どうし。まわらぬ舌でグンナイとロラロンをくりかえしていた妹。まだ三つにもみたぬこの子も、仲間はずれだけはいやだったのだろう。姉はこの頃からたのもしく、かしこく、年下の者たちの先に立って進むわざをてきぱきと身につけて行った……

merrily に水面をわたるためのうたは、ほかにもあった。

Row, row, row your boat,
Gently down the stream.
Merrily, merrily, merrily, merrily,
Life is but a dream.

この世ははたして夢か。life は dream か。
Sweet and low をささやきかけ、グンナイを教えこんだ若い母親は、このほかにも、娘時代に習いおぼえた数々の英詩のうたを口ずさんだ。このひとはたえずうたっていた。このひとそのものが、当時はひとつのよろこびのうただったのだ。朝な夕な、それらのうたは、誰にきかせるともなく、おのずと口をついてあふれ出た。もちろんそれは、発音もすこぶるあやしげなもので、ふわふわとした、いかにも捉えどころのないソプラノではあったが、しかしそれだけに、あえかな透きとおるようなそのうたごえは、聴くひとの耳ざわりになることもなく、ごく自然に、あたりの空気にしっくりととけこんでいた。うたは遍在していた。このうたのあるところが、子供たちにとってはおうちであった。

ALICE could not but be gay,**
In such a jocund company……

しあわせなるわがアリス。アリスにとってこの世のあらゆるものは、湖畔に群れそよぐ黄水仙のつかのまのはなやぎにすぎないのであろうか。bliss of solitude*** にしてからが、すでにして身内の、骨肉のささやきでもあるとすれば、この甘美なノスタルジアに誰が石をなげうつことができよう。

注* ジョイスが『フィネガンズ・ウェイク』の中でアリスをさしていった言葉。
** *** いずれもワーズワース、「黄水仙」The Daffodils より。

（一九七四年）

アリスとの別れ

六月下旬、瀧口さんがさいごの入院をなさった頃、こちらはご病状をもつゆ知らず、年初めから懸案の詩集に入れる一篇のさいごの仕上にかかっていた。〈ありのすさびのアリス〉というタイトルは、もともとは集全体のために思いついたのだが、いつのまにかひとり立ちしてその身長に見合うだけの紙幅を求めはじめていたのだった。

アリスという英語系女性名は、たまたま日本語でも五十音の最初の母音を頭にいただいているために、頭韻もいろいろと見つけやすく、さらでだに動詞の〈有り〉とも入り乱れ、下手すればわるのりしかねない。偶然とはいえ、これがヘレンとかメアリとかであったなら、とてもこんなわけにはいかなかったろう。

詩の題はいっそ〈アリス・アリタレイテッド〉くらいにとどめてもいいけれど、これまた頭韻そのものにおちいってしまう。

浄書をつづけながらも、今年に入ってからお訪ねしそびれている瀧口さんのことがたえず念頭にあった。順調に行っていればこの一冊はもうとっくにお手許にお届けできていたはずなのだ。昨秋ミロとの詩画集展の案内にわざわざ添えてくださったお手紙に、「私はただただ疲れました」とあったのが、当日会場でお見かけした大勢のなかのおすがたよりもよほど気にかかっていて、日頃の怠慢へのはげみともなっていたのだが。思いがけない訃報に接したのは、約束の原稿を出版者に渡してわずか三日後のことであった。

ありのすさびのアリス
あるはすさびかアリス
あればすさぶかアリス
アリスにあきたアリス

たのしかるべき一人遊びのアリスの充実がいつのまにこのような様相を呈しはじめたのか。作者にもわからない。おそらくアリスは長生きさせられすぎたのだろう。ルイス・キャロルが彼女を七歳で永遠に物語に封じこめたように、わたしもまたアリス老残の哀愁には断じてふれるべきではなかったのだろう。事実わたしのアリスも、数え年ではもう九つにもなるのだった。

一夕の歓談から思いがけなく瀧口さんに、『写真家ルイス・キャロル』一巻と〈ALICE・SUMIKO〉の文字をちりばめた英文のアクロスティック詩をいただいたいきさつは、他にも述べた。「意味はあとからやってくるらしく、私は無邪気なのです」と、そのときのお手紙にはあった。

この突然の名指しは、はからずも七〇年代のわたしの自己省察に恰好のひとつの文法の所在を暗示してくれたように思われる。二つのアリス物語とその作者について、それまで全くの未知とはいわないまでもごく通り一遍の知識しか具えていなかったわたしは、こうして付焼刃に再読の機会を与えられ、いただいた写真集にのっている諸文章から作者の人となりを知るに及んで一驚したのだった。

この四人によってかたちづくられる世界のうちに、大げさにいえばここ十年このかたわたしのこだわってきた問題の解明の鍵がすべて含まれていた。アリスはまさしくわたし自身に他ならなかった。この能うかぎり透明に形而上化された少女こそは、およそ生

きとし生ける少女の原像として古今に通用してはばからぬこと、そしてそれを可能にしたものは、父兄として保護者としての男性の聡明な愛のまなざしに他ならないこと……それらの事どもをわたしは手にとるようにあざやかに悟らせてもらったのだった。

それからまもなく、「不滅の少女」というささやかなアリス論を書く機会があった。とはいえ当時はまさか、それから一、二年のうちにアリスの名を冠した詩集まで出すことになろうとは思いもよらなかった。

彼ののこしてくれた〈やさしい負目〉と、種村さんは書いた。わたしもまたおなじ大きな負目に苦しむもののひとりなのだ。個体史的にも全地球的にも凋落のわびしさつのる七〇年代に、少くともわたしはこの一件によって、いままで唄いそこねていた唄をうたうという、前よりはよほど生産的なことをたのしんでいられたのだった。

だが実はこのアリスメティックな処方箋以前に、わたしはもうひとつ、はるかに大きな友情のはげましのお便りを瀧口さんからいただいていることを、この機会に打明けておかなくてはならない。こちらは文字通りの負目といおうか、その後の諸事情もからまって受取りぱなしのまま、目ぼしい成果をもお見せできずに今日をむかえてしまっただけに、いっそう痛恨の思いは深い。

かぞえてみると一九五九年秋、はじめて加納光於さんにつれられて西落合のお宅へ伺ってこのかた、きっかり二十年におよぶおつきあいではあったが、それでもごく具体的な意味で瀧口さんとのあいだにほんとうのコミュニケイションがひらけたのはここ十年ほど、個人的にはひとつの別れを経てからのことであった。

別れはわたし自身にとっても思いがけなかった。その思いがけない事態がいつのまに、どのようにして胚胎されていたのか。しばらくはひとり引籠っていやでも来し方を見つめなおさなければならなかったが、その傍ら、娘時代の身軽さに舞戻った身は久方ぶりの一人あるきがうれしくて、いまよりはよほど町に出ることも多かった。六八年あたりから七〇年代はじめにかけて、もしかすると瀧口さんはわたし以上にひんぱんに、もっぱら新宿を中心とする巷をほっついていらっしゃったのではなかったか。なぜなら偶然立寄った画廊で、また書店の喫茶室で、時にはふとのりこんだ地下鉄で、ばったりそのお顔に出くわすことが、うそのように度重なったからだ。敬愛する年長者との水入らずのひとときをこうして存分にたのしむこともできる。これも独身に戻ったことの思いがけない余得だった。

話はとぶが、別れて半年後のある夜、わたしはにわかに思い立って一篇の観念小説を一気に書いた。それは形式的には無名の男と女との対話篇に近く、かねて構想していたひとつの教養小説の序章にあたるはずのものであったが、その後の作者自身の成熟に伴い肝腎の本章の方が微妙な変遷に委ねられて、はじめの予定とはかなりちがったものになってきてしまったために、いまに至るも筐底(きょうてい)に眠ったままである。

それはともかく、ほとんど自動筆記のようにして一気に綴りあげてしまったこの序章には、当時のつもりではその後展開さるべき主題がかなり明快に提示されており、少くとも本人にはいままでの思索の総決算として、少しはモノらしいモノが書けたという自覚と悦びとがあった。だれかに読んでもらいたいという思いが当然こみあげてきた。だれのでもいい、ここで心からの支持共感にひとつでも恵まれたならば、わたしは勇気百倍し、ほこらかにこのさきを書き進められるだろう。いな、それどころか、ひとつの力づよい〈イエス〉さえ聞かれれば、わたしはもう安んじて、大げさにいえばこのまま死ぬことさえできるのであった。

だが現実はかならずしも作者の思い通りには動かなかった。加えてこちらは全くの無名であった。諸般の感触からしてこの一文を活字にして世に問うことは当分不可能と見究められたとき、わたしの胸には果然この文章の最高の読み手として、瀧口さんのことが思いうかんだのだった。

七〇年にいったん町から失われたおすがたがふたたび時折見かけられるようになった頃、わたしは心をきめて、一通のコピイを西落合のお宅に送り届けさせていただいた。「翼」という題の下には、むかしから好きだったエリザベス・ブラウニングの――All my sword was my childheart. という一行を入れた。そしてこれがひとつの長篇小説の導入部の役割をもつとめること、小説そのものは、結婚ということをどこまでも人間的＝天使的な契約としてうけとめ、ことばの真の意味での超現実を志向せずにはやまなかったある種の女性の魂の彷徨を物語るものとして、いわばゲーテの『美しき魂の告白』の一パロディとして構想されていることをも、ひとこと書き添えたように思う。

そして、旬日。一通のお手紙がわたしの手許にもたらされた。端正な上書きの筆蹟はかねて見なれてはいるものの、かつて夫婦連名あてにくださったものはすべて置いてきてしまったために、わたしとしてははじめて受取る瀧口さんのお便りであった。

いま、こうしてそのときのお手紙を読み返しながら、わたしはここにその全文を披露してしまいたい思いにしきりに駆られる。たしかにこれは単なる私信のかぎりを超えて、ひいては女性そのものに向けられた最高に形而上的な相聞歌にも響き紛うものと信ずるから。

でもそれはやはり差し控えよう。いまはただ、この一通の異性の立場からするお便りが、受け手を文字通り至福の思いにひたらせてくれたことを告白しておくにとどめよう。いままでのすべては報いられ、わたしは確実によみがえったのだった。——「それは他に言いあらわしようのない、愛といってよいものでしょうか、あまりにも使い古びた言葉なのですが。」と書き送ってくださった、まぎれもないその愛によって。

アリスの一件があったのはそれから四月ほど後のことで、お礼状はもちろんしたためたものの、直接お目にかかるのはお手紙以来はじめてだった。あの夕、瀧口さんと二人だけになるまえ、A画廊の青木氏にさそわれて食事をご一緒させていただきながら、こちらはわれ知らずはしゃいでいたのだと思う。

「しかたがないから、オンナ瀧口さんにでもなろうかと思って……」

近況を気遣ってくださる二人の紳士のやさしいおたずねに思わず口からとびだした不遜のせりふを、瀧口さんは青木氏ともども、心から愉快そうにわらって受け容れてくださったのだが。

その後、シモーヌ・ヴェイユを多少読みかじり、アランがこの女弟子をついに理解できなかったらしいことを知るに及んで、少くともわたしはヴェイユほど孤独ではないと、瀧口さんを身近にもつことのしあわせをつくづく思ったことがある。

「……しかし私も性のまぼろしのなかを彷徨してきたもののひとり、（中略）あなたが（ママ）これまでの、そしてこれからも二つのものと個との相剋から生れるあなた御自身の存在に聴き入りたいという熱望を押えることはできません」

これもお手紙の一節だが、アランに欠けていたものはもしかすると、この、おのれと異なるものに耳をかたむけるという、謙虚でしかも無心な愛情ではなかったか。

何かが変ろうとしている。いな、変らなければならない。そのことを思い知らせるように、七〇年代さいごのこの夏はさまざまなことが起った。夏の初めと終りに二つの死があった。七月一日に瀧口さんと、それから五十日後、八月二十一日に瀬田さんと。

『指輪物語』や『ナルニア』のすぐれた紹介者であり、児童文化とかぎらずひろく文芸全般のぜいたくな渉猟者でもあった瀬田貞二氏のお名前をここで引合いに出しても、けして失礼にはわたらないだろう。どちらも希有のボーイフレンドとしてこの十年を支えてくださった、わたしにとってはかけがえのない方々であった。

『ことばの国のアリス』という詩集をまず最初に「好きですねえ」とおっしゃってくださったのが瀬田さんだった。ささやかな雑文やエッセイのたぐいでも、このお二人ならば、その言外や行間にこめた思いの端々までも汲みとってくださるにちがいないという、私かなあてがあった。たわむれにこしらえた手作りのカードや豆本などにしても、だれより捧げ甲斐のあるのがこのお二人であった。

瀧口さんにいくつか、とうとう伺いそびれてしまったことがある。年譜のなかに青年時代、学業半ばで北海道にわたり、僻地の小学校の教師でもしながら一生を送ろうと思ったという、まことに見逭し難い一項があるのだが、その頃から後年までを通じて瀧口さんは、およそ教育ということをどのように考えてこられたのか。それと、もうひとつ、これも次代の生命に微妙にかかわってくることだけれど、瀧口さんははたして信念により努力によって、子孫をもつことをわざと拒否しつづけてこられたのか。

夢といい、幻想といい、超現実という。しかし、おかしな話だが、この二人の先人の死を二つながらみずからの痛みとして共にくやむことのできる友人が、いったい幾人見出せることであろう。瀬田さんの葬列に加わりながらわたしの感じたわびしさは、そのようないまの日本のありさまによるのかもしれなかった。

物語のアリスはこれからも生きつづけるだろう。しかし現実のわたし自身はもはやアリスのみにかかずらってはいられなくなってきている。何かがわたしを鞭打ち、駆りたてる。このさきこの身はどうなるのか。名付け親との訣別を機に初心に立還り、「どうぞおちからを出して書き進められるよう期待します」と書いてくださった瀧口さんとの、果されなかった約束をいまから果し切るか。さもなくばこれっきり、完璧な無言の闇に遁れこむか。ふりかえればこの十年に書き散らした言の葉は、すべてあの最初の一篇を世に出しそびれたことの代償行為にもひとしいのだが。しかしこの十年がそれまでのわたしにとって思いもよらなかったように、八〇年代のわたしはいまの身には予想もゆるされぬすがたになっていることだろう。いずれにしても行手は漠として、このままではあまりにも昏すぎるのだ。

（一九七九年）

第五章
卯歳の娘たち

荒俣宏との対談「稲垣足穂に会ったころ」
の写真。つばの広い帽子が好きだった。
2000 年、坂本真典撮影。

町医者だったおじいちゃん

初冬の寒々とした一日、ホットカーペットに寝そべって、『鷗外の坂』にひねもす読みふけっていた。森まゆみさんのものはいつもそうだが、読みだすとつい止められなくなってしまう。なにかこう書き手の目くばりとか心づかい、息づかいといった、いわば文章の生理的リズムが、こちらのそれとぴったりシンクロナイズしてくれる。こんなにゆたかな内容をこんなに楽々と読ませてもらえるなんて、めったにない倖せといってよい。

この本について論じだしたらきりがないけれど、とりあえず本題に戻ろう。

第二章「宿場の医者」の条(くだ)りで森さんは書いている、――『カズイスチカ』は、私にとっても世田谷東松原の溝川沿いの平屋で、庭木を愛しながら町の人を診ていた白髪の祖父を思い出す、懐かしく好きな作品である、と。

町医者だったおじいちゃん――

『カズイスチカ』は鷗外の父にあたる森静男がモデルだけれど、まゆみさんの懐かしむそのひととそっくりおなじ雰囲気のご老人を、わたしもじつは「おじいちゃん」として親しんできたのだった。

わたしたち姉妹には父方の親戚が一切ないので、おじいちゃんといえばこの外祖父しかいなかった。世代的には鷗外よりやや若く、明治三年の生れだけれど、もと大隈侯の侍医だったというあたり、亀井家のご典医だった静男といっそ共通する。先日九十七歳でなくなった伯母（長女）の元子という名は大隈さんの命名だとか。ちなみに次女だったうちの母は、森茉莉さんと同年の生れだった。いまはいちばん下の叔父だけが八十九で健在である。祖父自身は戦時中に七十三歳で逝ってしまった。

一時、王子の内閣抄紙部の嘱託医だったとかで、開業していたのも王子だった。たしか近くの小学校の校医もしていて、修学旅行になどは付添って行っていたはずである。ともかく物静かなひとだった。祖母の方が長唄をよくし、にぎやかなことの好きな性質だっただけに、よけいその端正な静かさが目立った。祖父のお得意は菊作りで、秋ごとに幾鉢も大輪の花を咲かせては悦んでいた。

医院というところは訪れる孫たちにとってはふしぎな空間だった。間口のひろい玄関を入るとまず広い待合室があり、その左手に診察室がつづく。リノリウムの床、ガラスの棚、診察用のベッド。そのわきには上半身だけのベッドみたいな、子供には解しかねるものもあった。右手はいわゆる応接間で、ピアノや電蓄、ソファにビロードのクッションといったお定まりの調度。その脇は薬局で、待合室と小窓で通じている。分銅の秤、乳鉢など、ここはまた錬金術的小道具の宝庫で、どんなに子供心をそそられたことだろう。

まゆみさんは父上も開業医だったとか。薬箱の驚異を語る小金井貴美子（鷗外の妹）の記述を引いて、共通の体験を懐かしんでいる。わたしの環境もまた、この二つの森家とどこかで通底しているとすればうれしいことだ。（一九九八年）

果物籠余談

人間、臨終のときには来し方のすべてが瞬間あざやかに脳裡によみがえるという。最後に見るその幻とは、いったいどんなかたちで訪れるのだろう。森茉莉さんに「記憶の絵」という美しい小品集があるけれど、そんなふうに日頃からわすれがたく思っていた情景が走馬灯のように次々にとびすぎるのか。それともすべてが渾然としたパノラマか、もしくは曼陀羅か世界図絵のごときものか。こればかりは生きてその体験を伝えてくれたひともないのだから、だれにもわからない。

でもね、とある老婦人が見舞いにきた少女にそんな話をはじめたのだった。――神さまの見せてくださるその幻。たとえば、わたしにとっては、いまいただいたその果物籠みたいなものかもしれなくってよ。そう、静物画ね、たぶん。ナチュール・モルト。果物ってなまで、死んだものでもないのに、画にとどめられると動かないからというだけで、モルト（死）ってことになっちゃうのね。でも少くともモデルになったもとの実は、生きて、みずみずしく汁をほとばしらせもしたわけでしょう。

老婦人はしばらく口をつぐんだ。それはもう何年となく病床に過しながら、少しのぼけも狂いもなく、ひっそりと終の日を迎えようとしている明治生まれの老女だったのだ。

それで？　促しかけて少女はふとためらう。小母さま、何をおっしゃりたいのだろう。忙しい母にいわれて、代りに見舞いにはきたものの、すべてを見究めた感じのこの端正な年長者をまえにして、いまさらどんな慰めが役立つだろう。

そのおみかん、いただこうかしら。ふいに老婦人がいった。

は、はい。少女はほっとして、いそいでいいたす。おむきしましょうか。

そうね、たべさせて。

そのときの老婦人の声音と、いたずらっぽいその目のかがやきを、少女は生涯わすれられないだろう。なぜって、むいてもらったみかんを、老婦人はわずか二房しか口にしなかった。つぎをすすめる少女の手をとらえ、代りにこんなことをいいはじめたのだった。

あのね。あたし、いまはじめて、たべさせて、っていってみたの。ほんと、生まれてはじめて。これ、お芝居なのよ。わかる、この気持？　あなたの年頃から、一度いってみたいと思いつづけて、五十年ぶりにやっと。ほんとにそうなのよ。

あなたより、もすこし大きかったかもしれないわ。もう、きまったひとがいたから。

こんな話、していいかしら？　いいわね、話したくてはじめたんだから。ともかくきいてね。そのとき、三人が部屋にいたの。ひるまからカーテンをひいて薄暗くしたなかに、ねそべって、もう何時間もそんなふうにして、いろんなことしたりして。

三人って、あたしたちと、それからもうひとりね。ええ、女のひと。あたしの妹分みたいなお友だちが、なんだかそんなことになっちゃってね。三人してとじこもって、たのしくあそんでたといったら嘘になりそうね。三人でいることに、そろそろくたびれはじめていたというのがほんとかもしれない。そう、くたびれていたのはたしかよ。

のど、かわいたな、って、彼がいいだしたの。

おみかん、あるわよ。そこで、あたしも彼も、腹這いになって、みかんむきはじめたの。

もうひとりはまだ、ぐったりねそべったまま、うつらうつらしているみたいなので、みかん、いらない？　って彼が声をかけたのね。

そのときよ。たべさせて、って、いともかわいらしいお答えが返ってきたのは。そりゃ、あたしでさえそう思ったんですもの。彼の耳には何層倍あいくるしくひびいたことか。

あたしが真似したかったのは、その声、そのひびきね。でも、だめ。あたし一生涯、あんなふうには甘えられなかった。とりわけ、好きな男のひとには——

＊

少女はそっと老婦人の額に口づけして、病室を後にした。まるで母親がおやすみなさいのしるしにわが子に与えるキスそっくりにして。とっさの思いつき、というより知らないうちにからだの方が勝手に動きだしてそうしてしまったまでのことだ。少女の顔が近づくと見るや老婦人はつつましく眼をとざしてしまったので、その心の窓からはもはや、いかなる信号も読みとれはしなかった。

一月後、臨終の老女にいかなる幻が訪れたかは、もちろん少女の知るところではない。知らないといえば、だいたいその日帰宅した少女が小母さまの夕べサセテの話を母親に報告したかどうかも、語り手のわたしにはまるでわかってはいないのだ。神ならぬ語り手としていま一言、この話に何事かをつけ加えられるとすれば、それは少女の立ち去ったあとの老婦人の心の動きについてである。

ふたたび見ひらいた老女の目に、涙があった。

一度はいわずにいられなかったその一言を、ついに言い終せたさわやかなよろこびの涙だったのか？

まさか。ひとのこころがそれほど簡単に推し測れると思ったら大まちがいだ。残念ながらそれは生涯の、さいごの悔恨の涙だったのだ。

やっぱり、いえなかった、あたしには、あそこまでしか――

タベサセテだけではカタルシスもせいぜいカタどまりでしかない。のこりのルシスを言いきることこそが、生ある者としての老女に課せられたさいごの宿題ではなかったか。たまさかの機会に、せっかくそれを言いかけておいてついに果せなかったなんて。

あいくるしいタベサセテだけですべてが済んだなら、事はもっと簡単だったのだ。しかし――

腹這いになってみずみずしいみかんをその子のためにむいてやりながら、彼はどうだいといわんばかりに傍らの妻をかえりみて、思わずもらしたのだった。

おまえって、こういうふうに甘えられないんだからなあ――

ね、あのひとはそんなふうだったのよ。あたしといっしょにいるかぎり、あのひとは、思ったこと何でもできたし、何でも口にしてよかった。あたしはそして、あのひとのそのような素直さに終始あてられ通しだった――

その述懐を彼女はいつ、だれに向ってすればよかったのだろう。少女のタベサセテと、彼のこのせりふと、自分にとってどちらがより酷たらしかったかなんて、だれに打明ければよかったのだろう。

幸か不幸か、彼はつとに世を去り、その後の二十年を彼女は思い出を胸に秘めたまま、未亡人としてつつましく生き長らえてきた。わがままな男に幼な子の無垢をさいごまで失わせなかった稀有の伴侶として、生前の彼を知るすべての人々に讃えられながら。あの男がなぜ幼児の天真爛漫を生涯つらぬけたのか。友人たちは羨んだが、しかしそれは秘密でも何でもありはしない。ただ女の方が生涯わがままと奔放、身勝手に憧れ、あてられていただけだ。おのれと異なるものとしての、相手のその無邪気さに。しかたがない。彼女にとっての異性とは、おそらくそういうものであり、すべては当事者の納得の上でのできごとにすぎなかったのだから。

わたしの語り手としての使命はここで終る。

この日を境に、老女の意識は急速に混濁しはじめ、うつろなまなざしは最後の日々にはもはやいかなる意志表示もしなくなっていたとのことだ。神ならぬ語り手としては臨終に立ち会った人々の証言をそのまま信じ、少くとも老女がさいごまで絶望や苦悶の表情とは無縁だったらしいことをせめてもの慰めとするしかない。

件の少女はその後どうなったろうか。彼女がその後、二度と果物籠を、もしくはみかんを、もしくは静物画を、もはや虚心には眺められなくなったという後日譚でもあれば、この話の締括りとしてまことにふさわしいのだが、残念ながらそのような証言もない以上、ここで筆を擱くのみである。

（一九八七年）

モイラとアナイス――「不滅の少女文学」序論

もうずいぶん古い話だが、雑誌「現代詩手帖」のルイス・キャロル特集号に「不滅の少女」と題してささやかな少女論をこころみたことがあった。

――洋の東西を問わず、およそこれまでに少女の心理なるものが真に描きつくされたことがはたしてあったろうか。数ある文学作品のなかでもそこだけは、いまだ啓かれぬ蒙昧の境、文字通りひとつの処女地として、神秘のとばりにひっそりと閉ざされたまま、無言の魑魅魍魎の跳梁にまかせられているのではないのか。おそらくこれは世の大作家たちが大方男性であるためでもあろう。じじつ、無垢という怪物性と、いうところの女陰の冥闇との、ふたつながらに分かちがたく縺れ絡みあったこの領域のおどろおどろしさは、いかなる巨匠の想像をも絶するものかもしれず、もしこの辺境に一ふりの斧を加えてすべてをロゴスの明るみのもとにさらけ出すことのできる開拓者があるとすれば、それは、身みずからこの少女期という特殊な一時期をくぐってきた女流作家のうちにしかもとめられないのかもしれない。云々。

いささか持って回った文章でこれ以上引用するのも気がひける。とはいえこの感想は二十年たったいまも大して変ってはいない。たしかに七〇年代以降、少女漫画の興隆やルイス・キャロルの再評価などをきっかけに、少女論や少女文学論がけっこう流行り、こちらも触発されて多少は読んでみたものの、肝腎の純文学の世界で真に刮目に値いするような作品にはざんねんながらほとんどお目にかかれなかった。

おそらくこれは、あのときにも記したように、大方の女流作家、というより一般に女たちにとって、成年後のエロスの上での実体験の方がはるかに大きな意味をもつものであり、少女期とはせいぜいそこにいたるまでのほんの過渡期としてしか意識されていないためではなかろうか。

総じて子供というものは、同世代の語り手をもたぬ不幸な世代なのだ。表現という技術の習得に費される歳月は、いやおうなしに書き手を子供でなくしてしまう。少女が少女そのものとして作品に結晶するためには、とすれば少くともつぎの二つの条件が必要であろう。

①少女自身がよほどの早熟な文才に恵まれているか、もしくは、

②少女期の体験の方が成人後の感銘をはるかに凌駕しているか。そのどちらかである。ついでにいえばもうひとつ、付随的とはいえおろそかにできぬ条件がある。それは、社会の受容れ態勢ということである。いかに大文学の名に値いする、もしくはその萌芽をはらんだ作品が誕生したとしても、それをとりあげ世に送りだしてやれる産婆役にめぐりあわなければ、それらの産声はあっけなく周囲の雑音にかき消されてしまうのである。

先駆者の悲哀といおうか。早い話がロオトレアモンの『マルドロオルの唄』でさえ、世にみとめられるまでには一世紀近くを眠ってすごさなくてはならなかった。ましてやこの場合は女・子供という、どうころんでも弱者でしかない連中のつぶやきではないか。既成の権力の座にある人びとにとって、自分たちの存在そのものをおびやかすような不遜の少女の発言を封じこめることくらい、たやすいことはない。曰く、糞まじめ。曰く、フェミニズム。その二言ぐらいで相手は簡単にねじふせられる――

とはいえ、悲観するにはおよばない。おそらくすべてはまだこれからなのだ。文学史の読み直しはこの世紀末にいたってようやく緒についたばかりではないか。考えてみれば、わたしたちはつい先日まで、ミズとか男流文学とかいった単語すら持たなかったのだ。昨今のように、家父長制度のもつ矛盾があらためて問い直され、結婚したがらない女たちがこれほど殖え――

そう、ここで図らずも用いてしまったこの殖という字は、まことに複雑な感慨をこの胸にもたらしてくれる。わたしの定義では、少女とは、自分の身が生殖・繁殖のために外に向ってひらかれていることを自覚していない女の謂なのだ。もしくは自覚したがらないといいかえてもよい。

幸か不幸か、時代はいまやこうした少女たちの味方となった。人間はもうこれ以上殖えて地上を住みにくくする必要は毫もなくなったのだから。父権制度の不自然な積み重ねの代償として徒らに美化されてきた母性なるものの正体が、いまこそ験されようとしているのである。

話が思わぬ方角へすべりだして、いちばんいいたかったことが後回しになってしまった。

モイラとアナイス――　この二人は、そのような少女観をもつわたしが活字の上で見出した、数少ないほんものの少女たちの双璧である。モイラが小説の世界の代表とすれば、アナイスはノンフィクション中のそれといってよい。

この二人は生きている。たしかに。今世紀初頭、奇しくもおなじ一九〇三年に生を享けた森茉莉とアナイス・ニンという、東西二人の女性作家の書き遺してくれたこの少女たちは、類書のなかでも断然、抜群の生気にみちあふれ、時代の制約をこえておそらく次の世紀にまで読みつがれるにちがいない。それほどのしたたかな生命力をたしかに具えているのである。時代ばかりではなく、もちろん国境をもこえて。いうまでもなく国籍などというせせこましいものにこだわるのは、いつの世にも男たちなのだ。

モイラはいうまでもなく『甘い蜜の部屋』の主人公だけれど、アナイスの方はまだ日本では未紹介なので、この機会に少々解説を加えておこう。わたしのいっているのはすでに翻訳もある『アナイス・ニンの日記』時代の、三十女としてのアナイスではない。生涯にわたって日録を記しつづけた彼女の、その書き出しにあたる十代の、モイラとおなじ年頃のアナイスである。

十一歳の少女アナイスはある日突然、自分たち家族を捨てて出ていった父親に自分を見直してもらうためにこの記録を綴りはじめた。なぜ？　どうして自分がこんな理不尽な目にあわなくてはならないのか？　高名なピアニストの令嬢から一転、流竄（りゅうざん）の母子家庭の一員となった可憐なアナイスは、日記帖だけを心の支えに孤独な日々を凌ぎながら、後年多くの男たちをうならせた強靭な知性の持主へと成長してゆく。その変貌ぶりが刻々リアルタイムに記録されてゆく面白さはまさに他の追随をゆるさない。

考えさせられるのは、森茉莉の場合とおなじく、アナイス・ニンの文学にこの「父」の問題が深くかかわっていることだ。というよりアナイス・ニンという女性の存在そのものが、父ホアキン・ニンをぬきにしては語れない。それほどにもこの父＝娘の関係は複雑にからみあい、運命的な近親相姦にまでみちびかれてゆくのである。

父親とは女の子にとって最初の異性であるという。森茉莉がいわゆるファーザー・コンプレックスの陽画（ポジ）であるとすれば、アナイス・ニンのそれは明らかに陰画（ネガ）であろう。解放されたモイラと囚われつづけたアナイス、といってもよい。

森茉莉がこうして全集版で読まれるようになったいま、わたしのみつけたもうひとりの少女アナイスも、どこかで日本の同性たちの目にふれる機会を与えられないものか。独りでたのしんでいるには少々もったいないほどの、不滅の少女文学がここにあるのだが。

（一九九三年）

〈神〉としての日記

ひとはいったいどういうきっかけから、物書きになることを思い立つに至るのだろう。アナイス・ニンを生前に知る人々のだれもがきまって口にすることがある。それは、彼女が並みすぐれて美しかったということだ。

ひとりの混血の美少女の俤をわたしは思いうかべる。少女はようやく十代にさしかかったばかり。そろそろ自意識の活潑になる年頃だ。抱きしめればたちまちこわれてしまいそうな、可憐で華奢な花びらにも似たその体には、同時におそるべき感性と、男性そこのけのしたたかな知能がつまってもいる。家柄もよく、才色兼備といおうか、つまり少女はあらゆる面でひとに後れをとることを知らず、周囲の讃歎のまなざしを至極当然のこととしてむさぼってきたのだった。

その少女に、いまはじめて挫折が訪れる。裏切りは、こともあろうに少女の身内から、それも少女がおのれを取りまく環境社会のうちでいちばん優れた男として一目も二目もおいていた、彼女自身の父親からもたらされたのだった。

あなたはなぜ、わたしを見捨てたのです。

子供は屢々（しばしば）、みとめられたいという欲求だけで重度の歩行障害に陥ったりするものだ。この子はしかし、病気に逃げこむにはあまりにも気丈でありすぎた。身近に見るおなじ暴君の犠牲者たち――非力な母や弟たちのためにも、少女はみずから率先して失地回復にあたらなくてはならない。そこで、とりあえずは一冊のノートにむかい、自分を彼に見直させるための訴状を綴りはじめる――。

アナイス・ニンの「日記」の成立過程を記せば、ざっとこんなことになるらしい。そこまでならばいつの世の、どこの娘にでも起りそうなことだ。ニンのばあい、特別なのは、思春期をすぎても彼女がこの日記を手放さなかったことにあるだろう。手放さなかったというより、手放せなかったという方があたっていよう。動機はどうであれ、日記はやがて孤独な少女の無二の友人として独立闊歩しはじめ、いわば分身として彼女とともに年を重ね、さまざまな人々との出逢いを重ねるうちに、いつしか途方もない分量にふくれあがっていった。

少女アナイスは、こうして何よりもまずこの厖大な「日記」の作者として、はからずも文学史上に名をとどめることになったのだ。

何物も彼女を日記からひきはなすことはできなかった。そのこと自体、彼女の孤独の深さを物語るものであろう。「まるでキーフか、大麻か阿片のパイプ」とニン自身記すように、分析医によって日記をとりあげられた夜は、禁断症状さながら寝室をおろおろ歩きまわったりもしている。

なるほど、麻薬か。わたしにはむしろこの日記が、あの白雪姫の母親の秘蔵する鏡のようにも思われてくる。おのれの優越性を夜ごと鏡に保証してもらわなければ寝つかれなかった、あのおぞましいナルシシストのお妃の。

ニンのばあい、この確認作業は二重の意味での恍惚と不安を伴うものではなかったか。なぜなら彼女は、お妃やジューンのように単に見てくれが美しいだけの「からっぽの箱」ではなく、内容的にも抜群の知性がぎっしり詰まっていることをはっきり自覚してもいたのだから。したがって彼女を安んじて眠らせてくれる返答とは、「あなたがいちばん美しい」のほかに当然もう一行、「あなたがいちばんお悧口さん」でなくてはならなかったはずである。

なんという驕慢！ でも、かといっていまさら彼女にどうすることができたろう。少女はただただ、おのれのもって生れた天性を全的に解放したかっただけだ。「チューリヒに行ってユングを誘惑したい」——そう、その気になればもちろんそれだって、ニンにはたやすいわざであったろう。しかたがない。再会した父親はいうに及ばず、知的には互角のはずのヘンリーも、聡明な分析医のランク博士でさえも、所詮はアナイスにSOSを発信してくるかよわい男＝子供にすぎなかったとすれば。

少くともニン自身を理解することにかけて、彼女を凌駕する者はついに見当らないのだった。ただひとり、こうした告白のすべてをだまって受け容れてくれる、日記という神様をのぞいては。

ともあれ、そのようにして書きためてきた日記を、アナイス・ニンは還暦直後から少しずつ、再編集して公表しはじめた。その冒頭、第一巻としてえらばれた一九三一～四年の記録がいま、ここにある。ヘンリー・ミラーとの邂逅にはじまってアメリカへの渡航前夜にいたるこの日々は、ニン自身の生涯のハイライトともいうべき季節にあたっている。とりわけ後半、父との再会・訣別と、子供の死産という、二つの衝撃的な事件の続発は、偶然の結果とはいえ一巻の締括りにあるパセティックな彩りをたくまずして添えており、読物としても間然あますところがない。この巻を最初にもってきたこと自体、作家アナイス・ニンのまたしても周到な配慮をいやでも感じとらないわけにはゆかない。

とすればわたしたちもまた、日記の神様とアナイス・ニンの共謀に、手もなく翻弄されてしまったということだろうか。

彼女の悪女ぶりやコケットリーを云々することはむしろやさしい。それよりもわたしたちは、男たちの築く「イデオロギーの壮大な網の目には眼もくれず」、ただひたすら、天性の美貌と強靭な知性という二つの武器を二つながらに駆使して、およそ女であることのすべてを十全に発揮してみせてくれたこの稀有な先達の業績に、素直に感謝しなくてはなるまい。

ヘンリーと妻ジューンのちぐはぐな会話をききながら、アナイスはいみじくも考える、――彼らには翻訳者が必要なのだ、と。彼女はまれに見る男女バイリンガルの強者として、わたしたち力よわい後進のために万丈の気を吐いてくれたのだった。（一九九一年）

卯歳の娘たち

一九八五年。卯の年の暮れ。

この冬は十二月早々から東京でもまっしろに雪がつもったという。こんなことは観測史上はじめてだとか。とすると、これは過ぎようとする兎の年に名残りを惜しむ何者かの心やさしいはなむけでもあろうか。

もっともこれくらいつもったら、標高七〇〇メートルのわが家のあたりでは、たちまち雪のおもてに兎やリス、いたちなど、小動物の足跡が縦横に入りみだれ、ふだんはめだたない野生の隣人たちの存在をいやでも思い出させてくれるのに、大都会ではそんな楽しみもたえて味わえない。∵∵という兎の足跡をわたしがおぼえたのも、もちろんこの高原に引越してからのことだ。パリやニューヨークはいざ知らず、少くとも東京の都区内では、野生の兎などもはや一羽ものこっていないのではなかろうか。小鳥やリスとちがって彼らは樹上にも逃げられず、ネズミのように下水溝を走りまわれるわけでもない。また野犬や野良猫なみにゴミバケツをあさって飢えをしのぐわけにもいかないだろう。兎という種族の棲息スタイル自体が、コンクリート舗装の街にはいかにも不似合いなのだ。

アリスの発祥の地、十九世紀オクスフォードあたりのように、兎穴が子供たちにもごく身近かな現実としてそこここにぽっかり口をのぞかせている、そんなのどかな時代がこのお江戸にもたしかにあったはずなのに、彼らはいつのまにどこへ影をひそめてしまったのだろう。

ちなみに最近読んだ野上彌生子さんの長篇『森』には、明治三十三年、ちょうど世紀の変り目の年に東京へ出てきた十五歳の少女の目で当時の風物が生き生きと描かれていたけれど、麻布から王子へ向う少女の通学路はまだ汚穢屋の牛車がぬかるみのはねをあげて行き交うといった曠野の一本道で、あれならいつ少女が兎君に拐(かどわ)かされたとしてもふしぎではなかった――

*

アリスはさておき、お江戸ならぬえとに、いますこしこだわることをゆるしていただくとすれば、やはり兎年とともに立去っていった森茉莉さんのことを思い出さないわけにはいかない。茉莉さんはちょうど少女野上彌生子が明治女学校にせっせと通っていた頃の東京で、二十世紀さいしょの卯の歳（明治三十六年）に生まれ、還暦の上にさらに二回りを重ねて七度目の卯年になくなったのだった。私事にわたるが、じつは二年まえに逝ったわたしの母も、茉莉さんとおない年の兎の生れだった。生れ育ちも東京の、それも医者の娘という、境遇としてはかなり似通ったところのあるこの二人ではある。

母の生涯をかえりみるとき、わたしはともすれば底知れぬむなしさにひきずりこまれそうになるのをどうすることもできない。あのひとはあのひと、わたしはわたし、とわりきって知らんふりしてすませたいところだけれど、でもやはり、大きくいってわたしは母をゆるしてしまっているのだろう。少女の一頃のように、このひとの似姿にだけはぜったいなりたくないと思いつめていた、その気持が、年月とともにいつしか解けかかっているのである。

それにしてもいったい何の思し召しで、あのような人格が形成されてしまったのだろう。わたしのみたかぎり、母はやっぱり希有のひとだった。ともかくあれほど無欲といおうか、あらゆる意味での上昇志向からきれいさっぱり救われていたひとをめったに知らない。

これはなにも称讃の意味でいっているのではない。彼女は要するに怠け者であり、だめなひとだったのだ。なにしろ努力とか精進とか、刻苦勉励とか切磋琢磨とかいった、およそ倫理的に尊しとされる美徳の一切を、このひとはついに身に帯びずに押通したのだから。

よりよき状況をめざして、わずかずつでも努力を積み重ねるなどといったまねは、はじめから拋棄していた。つらいことはいやだし、いやなことはいやなのだった。

戦後の窮乏時代がまずそうだったが、老衰のおとずれに処してもその通りだった。七十すぎてかるい脳血栓でたおれたあと、運動機能が徐々に失われはじめてからも、まったくお手上げの状態で、いわゆる社会復帰のための訓練にはてんで意欲を示さなかった。無理して、がんばって生きるなんて！　そんな野暮なまねは自分にはとてもできない、とはじめからきめてかかっていたのかもしれない。

あんなに無防備に何もかも拋棄してしまうなんて——。周囲は途方に暮れて顔を見合せるばかりだった。

母はそれでも家族に負担のかかるのをおそれ、自分から言いだして、世田谷の家からそう遠くないU院にお世話になることになった。

晩年の五年間を彼女はここで過した。ここでは介助の手もゆきとどき、本人にその気さえあればいくらでもリハビリの機会はあったはずなのに、母はもうそれも億劫だったらしい。やがて寝たきりになり、ほとんど口もきかなくなった。さいごの一、二年はさながらお人形だった。

茉莉さんの終焉の家になったフミハウスは、たまたまこのU院と小田急線をへだてて反対側にある。代沢のマンションを追われるようにして茉莉さんがこちらに移ってこられたのは、わたしとしてはかえって好都合だった。

みじかい滞京時間のあいまをぬって、半日くらいのひまがみつかると、まずは小田急電車にとびのるのが一頃のわたしのお定まりのコースだった。千歳船橋の駅をおりるまで、どちらへ向ってあるきだすかは決めなくてもいいようなものだ。でも、母の方はなるべくなら食事の介護もできるように、その時間にいあわせた方がよろこばれるし、だからたいていはこちらが優先されることになる。茉莉さんの方はなにしろ時間など、あってもなくてもおなじようなものだから。

最後の二、三年、母はこちらの訪問を、いったいどこまでわかっていてくれたのだろう。たいていはベッドでうつらうつらしているようで、すぐそばへ行って、「お母さん、スミコよ」と名のらないかぎり、こちらの顔をみとめてにっとほほえんでくれることもなくなっていたのだ。

母の傍らですごすひとときは、正直いってまったくこちらの恣意にゆだねられている。相手はただだまっているばかりなので、こちらが一方的にしゃべりつづけているだけだ。

でなければ痺れた手足をさするか、ものを食べさせるか。そうしながらも知人の動静や自分のしごとのことなど、てきとうな話題をえらんで口にのぼせてはいるものの、相手がおもしろがっていてくれるかどうかは目顔の安らぎようでかろうじて判断するにすぎない。

同室の老女たちもおおむね耳が遠いし、空調の行届いた静かな部屋の中には、もっぱらわたしのひとりよがりなおしゃべりがひびく。自己満足？　そう、かもしれない。でも、それでもかまわない。少くともこれでしばらくは疚しい良心から解放される……。

＊

U院をあとに、次なる兎の住居に足をふみいれたらさいご、こんどはもうしゃべる必要はなかった。ここでは要求されるのはもっぱら耳であり、聞き役であることだった。お引越しの日にお目にかかった次男の亨（とおる）さんに、世田谷のこのあたりはわたしのホームグラウンドですし、なによりこのさきのU院に母がお世話になっているのでたびたび足を運びますから、と安心していただくつもりで申し上げると、亨さんは、それはありがたいけれど、でも近くにそんな施設があるなんてことは茉莉には伏せておいてくださいね、と念を押された。いわれるまでもなかった。もともと自分の肉親のことなど茉莉さんのところでは話題にしたくもなかったし、また茉莉さんの方だって、わたしがどうして、どんな道順でお訪ねしたのかなんて、いっさい関心の外だったろう。それほどにも茉莉さんの中には茉莉さんなりの話題がありあまっていたのだ。

茉莉さんはほんとにとめどもなく語りつづけた。まるで話が熄(や)んでこちらが「そろそろおいとま」といいだすのを恐れでもするかのように、継ぎ目もなしにことばが紡ぎだされてきた。こちらがよほど意志鞏固(きょうこ)でないかぎり、その日のそれ以後の予定はことごとくご破算になることをはじめから覚悟してでなければ、おいそれとお訪ねできなかった。そんなにまで話したがるその話題はといえば、すでに一再ならず茉莉さんによって書かれたか、もしくは語られたかして、先刻承知ずみのことばかり、こちらとしてあらたに得るものはほとんど皆無といってもよかったろう。

それでもやはりわたしは茉莉さんをたずねつづけた。なぜってわたしはやはり茉莉さんが好きなのだったし、その好きな彼女が久々に聞き手の居合せてくれるよろこびを全身で表しているのを見るだけでも十分たのしかったから。

*

茉莉さんとわが家の母親とのいちばんの共通項はといえば、彼女らが極端に片付け下手だったということかもしれない。書生や女中がうようよしている中で生い立ったこのやんごとなきお嬢さまがたは、自分のちらかしたものを人手をかりずにみずから始末するという習性をまるでもたないのだった。

戦前はそれでよかった。でも戦後の手不足と人件費高騰の時代になって、彼女らの脆さははっきり表れた。まさか卯年が関係してはいないだろうけれど、だいたい人間の住居というか、女性の営む巣穴のうちで、茉莉さんのそれとわが家の母親のそれとは、乱雑ぶりにおいて双璧といってもよかった。なぜそんな仕儀に立ち至ったのか。娘のわたしの方はあそこまで居直ることはとてもできない。みみっちい美意識や羞恥心が災いして、中途半端でもやっぱり少しは片（形）をつけたくなってしまうのだ。

順境に育った者、わが身を愧じる必要の毫もなかった少女たちの老境をこの二人は交々思い知らせてくれた。それでも茉莉さんは自分の美意識と境遇とのあいだにどこかで違和感を感じはじめたのだろう。その結果は作家となって、あのような見事な小説をのこしてくれたけれど、わが家の母親にいたっては、ただただ母親として娘たちを世にあらしめただけで、形而上学的次元では何ひとつ実りをもたらさなかったのだ。

自然に抗わず、老いと亡びにまかせるといった生き方は大きくいって共通していたけれど、それにしても二人の少女の道はどこから岐れはじめたのだろう。そしてわたしはこれからいったいどちらの似姿により近づいてゆくのだろう。小田急線の北と南と、二つの家の訪問を終えて帰りをいそぎながら、思いはつねにおなじところへ立還るのだった。

（一九八八年）

至福の晩年

手帳をみると三月六日のことになっている。とすると三ヶ月はかるく過ぎ去っているのだ。

毎年、明けて七日のお誕生日には、白石（かずこ）さんとも声をかけあってなるべく伺うようにしていたのに、今年はとうとう果せなかった。そのまえ暮にお目にかかったときにひとつお使いをたのまれたこともあって、その首尾のご報告にも一度は行かなくてはならなかった。

伺えばやはりあっというまに三、四時間はたってしまうことを、あらかじめ慮っておかなくてはならない。あら、もう帰るの。久しぶりなのに、さっき来たばかりじゃないの。などといわれるのはこちらとしてもせつない。

おなじ世田谷住いだった頃はごく簡単だったことが、山暮しの今ではどうも大事（おおごと）になってしまっている。それでも四年前からのフミハウスがわりあい寄りやすかったのは、たまたま実家の母がおなじ沿線のつい近くに寝たきりになっていたからで、茉莉さんとおない年の東京生れのその母も、じつは一昨年の秋からすでに遠くへ去ってしまっていた。

三月はたまたま三日から七日にかけて飛石式にいろんな行事があって、そのどれにも出ることにしたのは、あいまを見計らって今度こそは経堂へという心づもりもあったのだ。

もとはいちおう前以て電話をかけて買物を承ったりしたものだけれど、その電話の声も近頃ではききとりにくそうなので、たいていはいきなり行ってしまう。ドアをたたいて、すぐには応答がなくてもあせってはいけない。一昨年の入院このかた、昼間でもほとんどパジャマのままでお部屋にこもりきりのことはわかっているのだから。内側からドアに近づくけはいを見きわめ、ようやく名のりをあげる。

「あらっ、うれしい」

ほとんど直立姿勢のまま、ちょっと首をかしげるようにして、はにかみ笑いをうかべるいつもの茉莉さんがそこにいる。それでもそのおすがたがこのところめっきり小さくなった。むかしは茉莉さんてずいぶん大きなひとだと思っていたのに。

さしあたってなにかお手伝いすることはないか、坐りこんでしまうまえにまずたしかめ、お土産をよろこんでもらったり、その日の服装をほめられたりしているうちに、こちらは早くもこの部屋を領する妖しい時の流れにくみこまれている。

この部屋で営まれていること。いったいこれを暮しとよべるだろうか。夜昼の区別もない人工のうすら明りのなかで、日はすでに暮れっぱなしなのだった。部屋のあるじのすることはといえば、もっぱらベッドの上でぼんやり追憶にふけること、でなければ眠ることと、たべることと、時折なにやら書きつけることと、相手がいてくれればしゃべることと、そのくり返しだった。三十年もまえのあの絶妙なエッセイ「夢」に描かれた倉運荘の情景と、それはすこしも変らなかった。

あの頃の黒猫のいなくなった代りに、つけ加わったものがひとつある。テレビだった。カーテンをしめきりにしたこの部屋のなかで、もしも外界とおなじ星辰のめぐりを律儀に刻んでいるものがあるとしたら、それはただひとつ、点けっぱなしのテレビだけだったかもしれない。ここだけが現実の世界をのぞきみる窓であった。ガラス戸をあけはなって外気をとりいれるかわりに、あるじはこのたかだか18インチのブラウン管に世界をそっくりとじこめて、それで事足れりとしていた。

そしていま、こうしてわたしという不意の客人がさまよいこんできたために、部屋全体のチャンネルはそのブラウン管をも無視してさっそくたのしいおしゃべり番組に切り替り、あるじはいくらかはしゃぎ気味で、名ディスク・ジョッキーさながら、心にうかぶ想念をつぎつぎにことばにしてはお客に大盤振舞いしてくれているのだ。

話題はもっぱら二つのことに限られていた。

ひとつは昔のこと、茉莉さん自身の表現を藉りれば「既にあった、既う今は無い」時刻に属することで、おおむね人間のこと、家族のこと、それもつきつめれば「父」と「息子」という、茉莉さんの生涯の「恋人」のこと、それと、もうひとり、ヤタベさんのこと、などなど、いずれもすでに森茉莉という作家の手によって一度ならず記されていることであり、聞き手であるまえにまず読者であった者には、その復習にあらたに書き加えるべきことは一行もなかった。

いまひとつは打って変ってとびきり新しい、すなわちそれがテレビ番組の話題だったけれど、ざんねんながらこちらは茉莉さんのように日夜テレビに親しんでいるわけではないし、見巧者を以って任ずる茉莉さんのあげつらう出演者の、五人に一人もぴんとこなくって、めったに相槌をうつこともできず、「ドッキリチャンネル」の論客としてはさぞかしじれったい思いだったにちがいない。

幸か不幸か、その毎週の連載も、一昨年の心臓発作を汐に打切られ、それとともに、締切というかたちで週一度ずつ確実にこの部屋にわりこんできていた月日のめぐりもぱったりとまってしまい、気がついてみると近頃ではそのテレビに関する話題も目立って少くなっていた。スイッチは相変らず入れっぱなしではあるものの、近来とみに耳の弱ってきたあるじには、もはやろくにききとれなくなっていたのかもしれない。いきおい過去の追想の占める割合が多くなり、この三月の夕も茉莉さんの口にのぼせることはといえば、もっぱらパッパとかジャックとかいった、いとしい方々のことばかりだったように思う。

そういえばこのところ茉莉さんの話には、一頃くり返されたような結婚時代の鬱屈の告白や、友人知己のなかでもおしなべて自分より小人物と思われる誰彼についての辛辣な批評も、めったに出てこなくなっていた。

人間、老いるにつれて記憶は若返るという。その法則にしたがえば、茉莉さんほどしあわせな老境に達したひともまれなのではなかろうか。なぜなら、そのようにして遡っていった旅路の果てには、ほかでもない至福の甘い蜜の部屋がまちうけていてくれたのだったから。

　小さな私の日々はこんな風にして、過ぎた。毎日水色の夜が明け、楽しい昼がすぎると、又部屋部屋に電燈が点（とも）り、金色の夜が来る、なに一つとして苦しい事がない。空や、木々の葉を光らせている冷たい、硝子戸（ガラスど）にも、そうして広い、しんとした部屋部屋にも、何処にも苦しみの影はなかった。雨の降るのを見ても、揺れる花を見ていても、ただ静かな歓喜があるだけだった。悲しみは直ぐに消えてしまう、小さな悲しみに過ぎない。人々の顔は皆この上ない好意の微笑（ほほえみ）を含んで、私の方に振り向いた。

（「幼い日々」より）

………長い、長い、幸福な日々だった。

書き写しながらわたしは茉莉さんのおそるべき勁（つよ）さに、いまさらながら愕然とする思いなのだ。唐突かもしれないけれど、シモーヌ・ヴェイユのいわゆる「純金の預り物」とは、おそらくこうしたことではなかったかと思う。そんじょそこらの人々はこれほどまでに黄金の思い出を有（も）ってはいないのだ。幾人かの友人がこのひとのあまりなしあわせに息苦しさをおぼえて遠ざかっていった。それもしかたのないことではあった。それに茉莉さんは他人の批判的なまなざしというものにおそろしく敏感で、百枚のしとねの下の豆一粒でもたちどころにかぎつけてしまうほんもののお姫さまだったから、そうした特例をみとめたがらない人々にとっては度しがたい存在だったと思う。

それでも茉莉さんはこのまま夢と追憶に埋没してしまうことを肯んじていたかどうか。暮にことづかったご用というのは、新潮社へ行くついでがあったら、そろそろ「ドッキリチャンネル」を再開していただけないか、伺ってみてちょうだいというのだった。わたしの遅まきな報告をまつまでもなく、さいわい「新潮」の担当者から丁寧なお手紙があったらしくて、またそのうち何かほかのかたちでですって、とうれしそうだった。締切と執筆がおのれの老化防止になによりの配剤であることを、茉莉さんは十分自覚してもいたのだ。

この日、おみやげにした穴子のちらしずしを茉莉さんはことのほかよろこび、また注文するのだといってわざわざ店の名を控えたりしていらっしゃる。

「茉莉さん、それより今度、わたしの作ったおすし食べてよ。とてもすてきだから」

「そう、じゃあぜひ、お手並拝見」

茉莉さんにお目にかかったのはこれが最後になった。

毎年、高原の春を訪ねてやってくる友人たちを迎え、家では山菜入りのちらしずしを作る。わらびに筍に、時には土筆、白す干に白胡麻。なによりの彩りは、あたりいちめんに咲きだすうすむらさきのタチツボスミレなのだ。雪どけから五月にかけて、今年はそんなスミレのおすしを三度も作った。そのたびに茉莉さんのお顔が胸にうかんだ。いかにも東京は遠すぎる。お届けするにはやはりその日の朝、つくるのでなければならなかった。

茉莉さんに食べさせそこなったおすしを、来年はどこにお届けすればよいのだろう。

わたしはここでこの原稿を打切ってしまいたい。でもそれでは嘘になる。じつはこのあともう一度、茉莉さんにお目にかかっているのだ。訃報の流れた日、わたしは偶然東京にいて、お棺がお部屋を出られる直前に会わせていただいたのだった。

それは茉莉さんのお顔であって、しかも茉莉さんの顔ではなかった。わたしのはじめて見る、それはひとつの死人の顔であったのだ。臨終の顔をととのえてあげられる看取り手も居合せず、二日間自然のままに委ねられた顔。ひとりで暮すということは、この面相をも引受けるということなのか。茉莉さん、ごりっぱ、とつぶやきながら、わたしはやたらに薔薇の花びらをまきちらしていた。

（一九八七年）

茉莉さんの常食

今年も森茉莉さんのご命日が近づいてきた。といっても、その日付は正確にはわからない。五年まえの梅雨時のある朝、茉莉さんはひとりで死んでいるところを通いの家政婦さんに発見されたのだった。

先日、必要あって古い来信の類をひっくりかえしているうちに、茉莉さんからのハガキが一枚見つかった。八四年六月二六日となっている。ご紹介しても失礼にはわたらないだろう。

「信州の山の中え行って了った澄子さん。四五日前に何か大きな小包が届いていましたが開けても見ず差出し人のお名も見ずにいましたら矢川澄子さんで、大好きなビーフシチュー二打(ダース)も戴き、大喜びでございます（早速酒屋さんに注文おとり消しました）ビーフ・シチューは温めて、更に赤ぶどう酒お入れ、毎日のようにいただいていますカレーの方わ南洋の果物、香辛料入り（?）とかでとにかくたべられる味のが、箱入りのお賣っているのでそれですませています。今度お顔が見られますのわいつでしょうか」――(原文のまま)

晩年の茉莉さんの常食ともいうべきそのS社の缶詰のことを、久しぶりに思い出した。おなじ世田谷住いだった頃は小まめに調達してあげられたけれど、八〇年代はじめにこちらへ引越してからは、あまり度々と伺うわけにもいかず、目についたときにまとめて送らせておいたのだ(と思う)。

茉莉さんの食生活について、いろいろな思い出がよみがえってきた。

もともと茉莉さんはけっしてお料理嫌いではなかったらしい。「わたしは見巧者なのよ」というのが「ドッキリチャンネル」時代の彼女の自負であったが、おなじような自信はその嗜好品にもあって、それが他人に通用するかしないかは、要するに茉莉さんにとってはどうでもいいことなのであった。

わたしが親しく出入りしはじめた頃はしかし、六十代から七十代にかけて大作『甘い蜜の部屋』に取組んでいる最中で、その完成のために茉莉さんは他のすべてを抛ってもかまわないという心境だったにちがいない。小綺麗に身の回りをととのえるなどということは、生来のものぐささも手伝ってとっくに放棄されていたし、出歩くことも極端に少なくなって、あれでは足が弱るばかりねと周囲はひそかに気を揉んだほどだ。いきおい食生活の方も年を追って単純化されてゆく一方だった。

S印の缶詰でもうひとつ、茉莉さんのおすすめ品はロールキャベツだったけれど、あれもいつのまにかメニュウから外されていったようだ。

あと茉莉さんの好きなもので度々買物をたのまれたのはお素麺の「揖保の糸」。マスクメロンも何度か届けた。おみやげ何にしましょうかとお伺いをたてると、「あたしが買うから」千疋屋でいちばんいいのを買ってきてね、という返事がかえってくるのだった。

本当のグルメになるためには、子供のうちに舌を肥えさせなくては、などとよく言われる。しかしグルメにもいろいろあるらしい。

茉莉さんはその育ちからいって、当時としてはかなり恵まれた食生活を送ってきたはずである。それに小説のなかでは彼女一流の贅沢ぶりが発揮されて、幼来の思い出の珍味佳肴がこまやかに描写されていたりする。でも現実の茉莉さんの晩年の食卓が果してグルメの名にふさわしいものであったかとなると、これはかなり難しい問題ではなかろうか。

茉莉さんの尊敬していた永井荷風も、晩年行きつけの食堂で注文するものは毎日カツ丼と相場がきまっていたらしい。味にうるさい人だったはずのこの二人に共通のこの傾向は、果して何を物語るのか。単に老化のしるしというだけでは捉えきれないような気がするのだが。いずれにせよ茉莉さんも荷風も、単に口腹の欲だけではない、それを超えたある欲求に衝き動かされていたことだけはたしかなのだ。

（一九九二年）

茉莉さんの写真

茉莉さんの若かりし頃のお顔をわたしは存じ上げない。こちらがずっと遅く生まれてきたのだからあたりまえだ。はじめてお目にかかったのは一九六四年、とすれば茉莉さんは還暦をすぎてまもない頃で、いまのわたしといくらもちがわなかったことになる。

その頃から茉莉さんは、世上に自分の肖像が流布されるのを極端に忌み嫌いはじめた。だって読者にわるいでしょ、というのが茉莉さんの言い分だった。せっかく『恋人たちの森』や『枯葉の寝床』のようなロマンティックな世界を創造してるのに、その作者がこんなお婆さんだと知ったら、読者はさぞ幻滅するにちがいないもの。

作家としての茉莉さんの唯一お気に入りの写真はといえば、五十代半ば頃か、新潮社の道正太郎さんの撮されたという一連のポートレイトで、生前の作品集その他顔写真の必要なときは晩年までほとんどこれで押し通している。ご葬儀に飾られたのもたしかおなじものだった。

『甘い蜜の部屋』が十年がかりでようやく完成したとき、茉莉さんはすでに七十を越していられた。たまたま「波」で完結を記念して作者と対談の企画があり、わたしがお相手をつとめさせられたことがある。当日、席上で写真部の方がまた幾枚か二人を撮して行かれた。こちらも大の写真嫌いなのでよわったなあとは思ったものの、さて出来上ってきた雑誌を披いてみて思わずふきだしてしまった。なぜってこちらはその日そのままの冴えない素顔をさらけだしているのに、となりに並べられた茉莉さんの方は、見事わがままを貫いて例の五十代のポートレイトでちゃっかり涼しい顔をしておさまっていたからだ。

茉莉さん、ひどいわ。これじゃ茉莉さんとわたしと十もちがわないことになっちゃうじゃないの。そういうと茉莉さんはまるでおいたを咎められた子供のように、わざと大げさに首をすくめて、ちょろっと舌をのぞかせてみせた。そんなときの茉莉さんのたのしそうな目つきといったらなかった。

これはいいでしょ、この頃はかわいかったの。そういって大事そうに見せてくれたのは五つ六つか、大患のあとの一枚で看護婦さんといっしょに写っている。ハイカラな洋服姿のその面影は、たしか『甘い蜜の部屋』の広告にも使われたけれど、小説のモイラよりは実物の方がよほどあどけない感じである。

茉莉さんがなくなられてはじめてわたしたちは、この二つ以外の肖像を公けに目にする機会にめぐまれた。ひとつは大倉舜二氏撮影のもので、七十代後半ぐらいか、これがいちばんわたしの慣れ親しんだ茉莉さんの飾らない風貌をよく伝えている。

もうひとつ、息をのんだのは「新潮」の追悼特集にのせられたドイツでの、新婚早々の山田夫妻像だった。珠樹氏と並んだ色白の美しい幼な妻。茉莉さんにも物語ではなく現実にこんな時代があったことをあらためて思い出させられると同時に、離婚とはやはりたいへんなことなのだなと、いまさら考えさせられた。

（一九八八年）

第六章

兎穴の彼方に

朝の光が射し込む、黒姫の自宅の書斎。
2002年6月7日、広瀬勉撮影。

こころの小宇宙

少女の一頃、告白ということばに曰くいいようのない嫌悪を覚え、まちがっても口にのぼせぬばかりか、印刷物中に散見するその字面からさえも目をそむけたくなるほどの思いをもてあましたことがあった。なぜあれほどの嫌悪感に苛まれたものか。あのやみくもな潔癖はいつ、どのようにして影をひそめていったのだろう。そういえば記憶にあるかぎり、この子は幼時から極端な人みしりで赤面症でもあったはずなのだが、その克服の過程ももはやさだかではない。

その頃のわたしは、もし好きな詩をと問われれば、ためらうことなく次の二行をあげただろう。出典は知れている。龍之介である。

　看君双眼色
　不言似無愁

不言。それこそ少女にとっての金科玉条であった。現実のおぞましさはすでに百も承知している。その猥らないかがわしさは、不様なこちらの口舌にかかることによってさらに目もあてられぬ醜状をさらけだすことであろう。それならばいっそはじめから黙すにこしたことはない。事実、その頃のわたしは友人とのささいな会話にも一々疲れはて、違和感ともどかしさにたえず打ち拉がれて、途中で絶句してしまうようなことがよくあった。

もの言えばくちびる寒し。言わなければいいのである。言わなくてもわかってくれているごく少数のひと、もしくは何者かのやさしい目さえ当てにできたならば。

少女は黙った。そうすることがおのれの内なる昏さをますます助長することをも、それに伴う辛さ苦しさをも、とうに知りつくしていたにもかかわらず……

周囲はもちろんこのような少女の性向を自意識過剰の名を以てあっさり片附けていたことであろう。これもまた、いわれる身には虫酸の走るほどの耐えがたい思いを味わわせてくれるレッテルではあったのだが。

『更級日記』といえばちょうどその年頃に国文の授業で抜萃ぐらいは読まされたはずだ。それをこの年になってあらためてひもときながら、つくづく考えこまざるをえないのは、このようなぱっとしない少女の自叙伝がなぜ日本の代表的古典として千年近くもの歳月に耐えてきたのだろうかということである。

何の変哲もない、つつましい一女性の回想記。物語への耽溺と、人並みの幻滅と、夢と、そして信心と。ここにはしかし、とりたててきらびやかなアヴァンチュールもなければ、これといって肺腑を抉る(えぐ)ほどの深刻な悲しみも見られない。少くとも人の心に切実に訴えかけるべき要素はほとんど皆無といってよい。なぜこのような作品が不滅の古典として生きのこることをゆるされたのであろう。強いていえば盛りこまれた情景描写や文章そのものの流麗な美しさゆえか。それはたしかにあることはある。また当時の人々の暮しを如実に伝える記録性のゆえか。

戦時の国語教育にはたしかに偏りがあったかもしれない。しかしあの頃称揚されたいくつかの古典には、まだしも生気があり活力があった。よし民族精神作興のよすがとして悪用されたにせよ、万葉にはそして古事記には太初への回帰の志があり、森羅万象との大らかな交感があった。防人の歌にせよ相聞にせよ、日常性へのたしかな拒否があった。

おそらくその方が人生経験のない子供にも訴えやすい美であったともいえる。戦果華やかな頃は茂吉の『万葉秀歌』にみちびかれ、国敗れて後は短歌第二芸術論などということばを小耳にはさんだりもしながら生い立ってきた世代には、やはり古今以後のそこはかとないものの哀れや嫋々(じょうじょう)たる詠嘆調をどこかで疎ましく思う稚な気がいまだにふっきれないのかもしれないが。しかしいまのわたしはすでにして当時のわたしではない。

『更級』が生きのこれたのは、ある意味でまことに心づよいことである。

日記とはいい条、この『更級』の一篇は、ひとりの女性が来しかたをふりかえりつつその心の軌跡をたどるという意味で、やはり一種の告白文学といってよいだろう。

じつはこの千年も昔の一女性の手記を読みすすむにつれて、わたしは以前どこかでこれとひどく似たような作品にお目にかかったことがあるのを思い出し、途中で幾度も考えこまざるをえなかった。巻をおいたとたんに、その題名がよみがえってきた。『ロマンス＝グレイ＝ファンタスティック』という、戦後十二、三年目頃に発表されたある女流の短篇である。

主人公はひとりの小心な勤労女性であり、勤め先の上司をひそかに思いつづけている。彼女の綴る日記風の断片には、その男をめぐる勝手な憧れと夢想とが十年一日の如く繰返されるばかりで、その間に結婚したことも生まれた子供のことも悉くわきへおしやられている。時間の経過すらはっきりしないが、終りではすでに両者は中年に達しているらしい。そうと知って読めばこの題名は、夢想的なロマンス・グレイ世代とも、ありうべからざる灰色のロマンスとも受取られよう。自伝と創作との違いはあるにしても、しかしこのささやかな心の小宇宙への囚われぶりは、明らかに孝標女(たかすえのむすめ)のそれに通じるものではなかろうか。

思い出しついでにもうひとつ、ぜひとも触れておかねばならぬ作品がある。ものの本によれば、外国、といってわるければ西欧には、このような女流の告白文学というものはあまり栄えたためしがないらしい。それにひきかえかの有名なアウグスティヌスをはじめとして、ルソー、ミュッセなど、男性作家の手になる告白的自伝文学は古来現在まで読みつがれている傑作がひきもきらない。ゲーテの大作『詩と真実』などもその一種であるが、ここにひとつ興味ふかい例外があることを見のがすわけにはいかない。この青春の回想録にも登場するゲーテの母の親友、ズザンナ・フォン・クレッテンベルグ嬢の伝記を「美しき魂の告白」として文豪自身が一人称で書き遺していることである。

長篇『ウィルヘルム・マイステルの修業時代』の一章として挿入されたこの篤信の婦人の一代記については、ある者は珠玉の教養小説とみなし、ある者は女性特有の自己陶酔ぶりを示すものとして昔から賛否両論交々であるが、いずれにせよゲーテが十代以来の最上の心の友でもあったこの年長の一女性の肖像をのぞみうるかぎり忠実に再現してみせてくれていることだけはたしかであろう。

この一篇は長さからいっても『更級日記』にほぼ匹敵しており、また初老に達した婦人の目から全生涯をふりかえるという視点の設定のしかたにもかなり共通したところがあるように見受けられる。

もちろん、彼我の差をいいだしたならばきりがない。第一に美しき魂の主人公には悔恨がない。更級の作者のごとく弥陀来迎の悟りを得たあとにもなお尾をひくような、孤独な老残の嘆きはみじんも見られない。

そもそも「美しき魂」とは何か。このことばは由来中世の神秘思想にまでさかのぼるもので、シラーによれば「自然の感情と道徳的意志とが矛盾することなく調和しているような人格」をさすという。

クレッテンベルグ嬢は誇らかにいいきる。自分はほとんど戒律というものを意識したことがない。何事も自分には掟という形で現われない。――わたしを導き、つねに正道をたどらせてくれるもの。それはひとつの本能なのです、と。

心の欲するところに従いて矩を踰えず。とすればかかる老境の無礙自在に、彼女は若年にして早くも到達してしまっていたわけであろうか。

ゲーテが作中の主人公に吐かせたこの信念は、彼女の鼻持ちならぬ驕慢のあかしとも受取られ、近代科学、とりわけフロイト的深層心理学の擡頭以後はこうした宗教性自体が眉唾物扱いされてきたかの感がある。少くとも己れの生物学的自然に忠実に即応し、霊肉は相剋するものときめてかかっている健康優良児たちにとってはおよそ場違いな次元であろうことだけは容易に察せられる。

ゲーテに関連してもうひとり、これも不当に貶められることの多かった一少女の名が思い出される。ドイツ浪漫派の妖精とも巫女とも仇名されるベッティーナ・フォン・アルニムである。ベッティーナについてはすでに他にも書いたので詳しくは省くが、彼女の著した『ゲーテとある子供との往復書簡』なる一冊がこれまた事実と虚構との重ね重ねの混淆により、愚直な研究者たちにはほとほと手を焼かせてきた曰くつきの代物なのである。

このばあいもまたベッティーナ自身の語るところによれば、彼女はゲーテについて語ったわけではない。ゲーテにむかって語りかけているのだ、と。

このベッティーナに海の彼方から頌歌をささげたのが詩人エリザベス・ブラウニングであり、またそのブラウニング夫人をモデルに小説『フラッシュ』を書きあげたのがヴァージニア・ウルフであることなどを思い合せると、ここに一連の特徴ある女性像がおのずと浮びあがってくるのだが、話があまりにも多岐にわたりそうなのでいまはこれに止める。ともあれゲーテがあの有名な「永遠に女性的なるものわれらを率きて行かしむ」の一行を記すにいたるまでには、クレッテンベルグ嬢にせよベッティーナにせよ、母親的リアリズムとは縁遠いこうした女性たちとの親しい交渉が与って力あったことをわすれてはならない。

わたしは何でまたこんな外国の作品を事々しく引合いに持出してきたりしたのか。

　じつはほかでもない、冒頭にのべた小児病的告白憎悪症の少女が、とにもかくにもこのことばの存在を受容れ、女性の心情吐露というひとつの文学形式をみとめるだけのゆとりを取戻すにいたったのは、いまにして思えばどうやらこのささやかな『Bekenntnisse（告白）』の一冊にドイツ語学習のテキストとしてめぐりあった頃からだということを記しておきたかったまでである。

Ich litt und liebte, das war die eigentliche Gestalt meines Herzens.——

「苦しみがあり、よろこびがあった。それがわたしの心の本然のすがたであった——」とでも訳しておこうか。開巻早々にしてふれたこの文章が、それまで不明にして無視してきた何かをわたしに悟らせてくれたように思う。わたし（イッヒ）とわたしの心（マイン・ヘルツ）とはここでは等価であった。煩いも愛も、すべては肉体のではない、こころの問題なのであった。

　それにしても異国の、それも異性の作家が、みずからの性を偽ってものした一篇の物語に扶（たす）けられるとは、考えてみればよくも遥々と回り道をしてしまったものだ。しかしことわっておくがあの頃の心情では、同性の同国同文の民の遺産へまっすぐに向うという手続きだけはどうしても踏めなかった。なぜかどうしてもそうさせぬ何者かが自分の裡にあった。

　こうした傾きを識者はともすれば軽佻な外国崇拝などと性急にむすびつけたがる。しかし、はたしてそれだけですむものかどうか。ある種の少女の現実拒否はこうした次元にまで及んでいること、彼女らにとってはいわば現実拒否がそのまま自身の現実でもありうることを、世はもっと顧みるべきであろう。それを夢と名付けようと、物語もしくは信心と置き替えようと本人の知るかぎりではない。その点では更級の作者もクレッテンベルグ嬢も、そしてさきほどの『ロマンス＝グレイ＝ファンタスティック』のヒロインも、まさしく同じ穴のむじなではなかったか。（ついでにことわっておくならば、この短篇小説の作者はじつはかつての告白嫌悪症の少女であり、そのシニカルな着想は彼女の健康の恢復のささやかな証しと受取れなくもないのである。）

あづま路の道の果てよりもなほ奥つ方に生ひ出でたるひと——菅原孝標女の自伝は、とにかくいろいろと考えさせられることの多い作品である。この名のりいでの一行にしてからがすでにしてある種の物語志向＝自己客体化の表白ともいえる。また彼女が物語文学にはあれほどの傾倒ぶりを示しながら、身内の伯母の手になるはずの有名な『かげろふ日記』には一顧も与えていないことも、ふしぎといえばふしぎである。伝えられるように孝標女が『夜半の寝覚』の作者でもあるとすれば、話はますます面白くなってくる。『クレーヴの奥方』そこのけの絶世の美男美女を主人公に見立てた寝覚物語のロマンティックな筋立ては、ほぼ道綱母的リアリズムの対極をなすものともいえるからである。それに何より、自叙伝である『更級日記』の中で、作者が自分の文筆活動に一度も言及していないというこのふしぎ。これを在来の国文学研究者たちはどう解釈してきたのか。

少女はもしかすると呆れるほど身の程知らずなのかもしれない。身を鴻毛の軽きにおくなどという、偉丈夫どもにとってはえてして悲愴感を伴いがちなわざを、だれよりもあっけらかんとやってのけるのがこの手の少女たちであろう。現身はここではじめから無にひとしい。こうした女性たちをまえにしては、識閾（しきいき）下の抑圧された獣性をいまさら云々してみてもはじまらない。むしろ彼女らがそれぞれの罪のない小宇宙の構築にかけた生得の美意識のしたたかさをこそ評価すべきではないのか。クレッテンベルグ嬢にたいする「肉なき魂」などという非難にしても、おそらくはこうした実情を知らないもののいうことであり、ギリシアの神話ではしかし魂の権化であるプシケも、りっぱに肉の身の持主だったのである。

（一九八〇年）

作品世界のなかの少女について

《児童文学》というジャンルのたてかたが、わたしにはついに納得できていないので、こういう質問にはとても答えにくい。だいたいジョルジュサンドが一度でもプチット・ファデット(愛の妖精)を児童文学の主人公として意識したろうか。

それはそれとして、もしこうした文学のなかから少女をえらぶとすれば、やはりファンタジーに傾くのはやむをえない気がする。描かれた作品世界の中で現実にその少女が成長していって、おかみさんや中年女になることが、読者にも容易く想像できるような類のもの、たとえば赤毛のアンなどは、わたしの好みからいえばあまりこのリストに登場してほしくない。

アリスが不滅であり、ひとつの極北を示していると思われるのは、まさしくこの点においてなのだ。少女というものの抽象化というか、日常性からの完全な昇華にかけて、ルイス・キャロルほどに徹底してみせたひとは、いままでのところだれもいなかった。

思いつくままに、そうした少女たちを幾人か挙げるとすれば——

1　もちろんアリス。

2　ワイルド『王女の誕生日』の王女さま。

3　アルニム『エジプトのイザベラ』の主人公。

4　リチャード・ヒューズ描くところの人形『ガートルード』。

5　メアリ・ド・モーガン『風の妖精たち』に登場する少女たち。

6　エリカ・リレッグ『ふたりのベーバ』のベーバ。

7　レイモン・クノー『地下鉄のザジ』のザジ。

8　そしてもちろん『ハイジ』『人魚姫』『若草物語』『あしながおじさん』など、名作古典の中でほんとうに少女として生き長らえている古典的少女たち。グリムから拾うならば『ねずの木』『兄さんと妹』『七羽のカラス』などの、いずれも妹たち。

（一九八六年）

ある宮沢賢治体験

夏休みのはじめ頃か、祖父母のもとに数日を過しての帰り、迎えの父といっしょにきてくれた姉が、電車のなかでとなりにすわったわたしにそっと耳打ちした。

「帰るといいものがあるわよ、――宮沢賢治名作選」

小さな妹は、久しぶりに会う家族やがらんとした夜の車内がめずらしく、眠けのみじんもない目をぱちくりさせながら、いまきいたことばを鸚鵡返しにくりかえしたのだ。

「ミヤザワケンジメイサクセン？」

おそらくそれがわたしのこの作家を知った最初だった。

それから二三日は姉ととりっこでこの本を読むのに忙しかった。

つづいて十字屋版の全集が、時をおいてわが家の書架に一冊ずつふえていった。子供たちのためというより、その頃いちばん暇な身の上でもっぱら晴耕雨読をきめこんでいた家長自身が、半ばは自分のために発売をまちかねて取寄せていたものであろう。

正直なはなし、全集は巻によりわけのわからない詩句ばかりつまっていて、十にもなるやならずやの子供では、その字面の美しさには漠然と心打たれたものの、やはり童話以外は手に負えかねた。その点、はじめの名作選の方は、一ページ一ページ、まだやわらかい脳味噌の襞(ひだ)ごとにそれこそ浸み入るようにして吸収されていった。

年譜を見ると羽田書店発行のその本は、昭和十四年三月刊となっている。映画の風の又三郎が封切られたのは翌十五年のことであり、だいたいこの頃から宮沢賢治の名はようやく人口に膾炙(かいしゃ)しはじめたともいえる。わたしたち昭和一桁半ば生れのものは、この稀有の詩人の作品にほんの子供のうちから親しむことのできた最初のしあわせな世代に属するわけであろう。

宮沢賢治の話になると、思い出はどうしてもあの名作選とのなれそめの夏休みの幾夜かにさかのぼっていってしまう。

夕食後、庭に面した広縁に夕涼みをかねてみんなあつまり、ひとしきり談笑したり花火が焚かれたりしたあとは、思い思いに本などひろげている。やがて小さい妹やお手伝いさんは引取っても、ふだん早寝を強制されている小学生にとって、夏休みは公然の宵っぱりの季節でもある。

まだ郊外ということばがいかにもふさわしかった当時の閑散たる世田谷では、その頃になると南の空いっぱいに蠍座がかかり、見上げれば天の河も白々とわかった。あの赤い星はアンタレス。星座の名を教えられたのもたいてい夏のその頃だ。

あけはなしのガラス戸からはカナブンが灯に惹かれて次々にとびこんできて、用意のガラス瓶に一晩のうちにいっぱいになった。ものごころついた目白からここにきて、子供たちははじめて草の名、虫の名をおぼえ、天然自然というものに目をひらかれたのだった。

そんなある夜、どれ貸してごらんといって父親がこの本をとりあげ、「dah-dah-dah-dah-dah-sko-dah-dah」にはじまる「原体剣舞連（はらたいけんばいれん）」を朗々と読みあげてみせたのだ。おそらく彼自身、この高揚しひた迫るような掛声のひびきのよさに魅せられて、どうしても音に出してよみたくなったのだろう。

しかしこの見も知らぬ高原の夜祭のあかあかと燃えたつ篝（かが）り火の燿（かが）やきよりも、聴き入る子供の心をふしぎにしっかりととらえてしまったのは、むしろつづいて読まれた三つの詩の、つめたくはりつめた異様なまでの悲痛感だった。いうまでもない、「永訣の朝」と「松の針」「無声慟哭」の三篇である。

聴き手は妻とおさない二人の娘、それもまだ、わたしなどは（……とてちてけんじや）のけんじやとは賢治への呼びかけかと思っていたくらいだったから、張りあいのないことおびただしいかわり、読み手としてはかえってのびのびと、いちばんリラックスして声をだせていたかもしれない。

考えてみると、幼児のうちに親から本を読んでもらった憶えはまるでない。おそらく文字をおぼえたての頃は、自分で活字を渉猟するよろこびの方がさきにたち、姉妹からもはなれるようにして読みふけっていたためであろう。父親の朗読に接したのは、むしろそうした一時期をすぎ、いわばおはなしや読みきかせとしてでなく、もっと硬質の活字本との大人っぽいつきあいが確立されてからであった。

それにだいたいこのひとには多少訛りもあり、それほど音吐朗々というタイプでもなかったのだ。彼はただ、その少しまえ、不惑を目前にして前職をいさぎよく抛ち、つかのまながら第二の青春にも似た思いを味わっていて、そうしたなかで読みそびれていた古今の名作を次々にひもときながら、目のまえにいる妻や子供たちのなかに、まるで旧制高校生が感激を頒ちあうときのような友人を知らず知らず求めていただけのことだろう。

いまのわたしより若い父が、その頃おなじようにして読んでくれたもののいくつかを思いだすと、なにかこうこちらまでいささか気恥しくなってくる。ワイルドの「まことの友」やパピニの一節などはまだいいとして、ときにはカラマーゾフの大審問官の条りまでまじっていたからだ。聴き手として感銘にのこったのはメリメの「マテオ・ファルコーネ」。それからゴーリキイの「秋の一夜」。これはめずらしく母が読んだ。賢治の詩は、そのようにして読まれたほとんど唯一の日本文学であった。

余談はぬきにして、それでも当時からこの年までを通じ、いちばん好ましく心に刻みつけられている作品はといえば、やはり「雁の童子」あたりを挙げるしかなさそうだ。あの静かな枠入物語の形式、そしてあの、むずかる童子と父親との（水は夜でも流れるよ）という問答など、エピソードのひとつひとつから、流沙とか沙車の須利耶さまとかいった呼び名にいたるまで、すべてが子供の心にかない、現実には砂まみれで空も昏むばかりかもしれない西域の一隅が、いつとは知らず大いなる気圏そのものとの交感にまで高められてゆく過程を確実につかむことができた。

青じろく、つめたくふるえ、かすかにわらうような、そうした宮沢賢治的なるもののすべて。そうしたすきとおるたべものを、子供は子供なりに作者のねがいどおりこの身に受入れていたということだろうか。

（一九七九年）

二十世紀文学・極私的リストアップ

まずおことわりしておきますが、一九三〇年生まれの少女は、ヒロシマ・敗戦の夏に十五歳、そして世紀のまっただなかの一九五〇年に二十歳・成人の時を迎えました。戦時中の文化的鎖国のためもあって、この世代の基礎教養をかたちづくった書物は、古典をも含めておおむね戦前の出版物といってよく、それによって形成される価値観も結局のところ、前世紀、前々世紀の子供たちと、たいして変りなかったかもしれません。世界がおそろしい勢いで変貌しはじめたのはそれ以後でした。「太陽のもと、新しきものなし」という諺は、もはや通用しなくなったらしいのです。

そんな時代の子であるわたしにとって、コンテンポラリーであることのよろこびをことさら感じさせてくれた幾冊かを、遭遇順に挙げるとすれば――

＊トオマス・マン『ヴェニスに死す』
＊ポール・ヴァレリイ『テスト氏との一夜』

そして、日本の二詩人——

＊谷川俊太郎『二十億光年の孤独』

（量・質ともにこれだけゆたかな実りをもたらしてくれたひとは他に見当りません。《谷川俊太郎にノーベル賞を》という運動が日本の詩壇になぜいちども起らなかったのでしょうか。）

＊谷川雁『原点が存在する』

つづいて、その後にめぐりあった幾人かの同性の作品のうち、まちがいなく後世に誇るべき「第一級（クラシック）」の作品として——

＊アナイス・ニン『日記』（もちろん無削除版）

＊シモーヌ・ヴェーユ『救われたヴェネツィア』

＊ヴァージニア・ウルフ『わたしひとりの部屋』

もうひとり、わすれてはいけません、このひとも二十世紀人にかぞえてよいのでした。

＊セルマ・ラーゲルレーヴ『エルサレム』

あと、読書にかぎらずめざましい刺戟を与えてくれた今世紀の傑作をあげるとすれば——

＊リチャード・アヴェドンの写真集

＊エミール・クストリッツァの映画『アンダーグラウンド』

（一九九七年）

（昭和五十四年）

×月×日　本棚をもうひとつふやそうかふやすまいか、このあいだから決めかねている。

十年ほどまえ、はじめての一人暮しにふみきった頃は、六畳一間という制約もあり、蔵書とよぶようなものはゼロといってよかった。わたしはそれまでのすべてを拋ったつもりであり、そのすがすがしさは何者にも代えがたく思われて、はじめの一、二年などは年五冊と買わなかった。

急性期がすぎて、仕事の関係書やよそからのいただき物、実家から運んできた子供の頃の本などが少しずつふえはじめても、もとの部屋にいるかぎりはただ買っておくなどという無駄なまねは一度もしなかったのだ。

いまの空間にある本のうち、はたして何割が今後とも欠かせないものであろうか。だらだらと際限なくふえつづける本とにらめっこしながら、またそろそろあの清々しさに舞戻りたくなる気持を抑えかねている。

×月×日 お月さまのことを調べたくて、タルホの『一千一秒物語』をひっくり返しているうちに、こんな一篇にぶつかった。短いものなのでそっくり引用しておこう。

はたして月へ行けたか

Aがたずねた——
はたして月へ行けたか？
Bが答えた——
なに 行けるもんかい！

これは一九二三年の作品とのことだ。反射的に思い出した話がある。あるときユングは高弟のフォン・フランツ女史にむかって、いきなり「最近月へ行ったひとがあってね」と話しはじめた。その口ぶりに、女史が思わず難癖をつけると、ユングは彼女の目をじっとみつめながら、静かに「そのひとは本当に月に行ってきたんだよ」といったという。フランツ女史はこのときはじめて、内的現実というものについてある開眼の思いがあったとのことだ。これももちろん、アポロ何号などからはほど遠い昔なればこそのエピソードである。

わたしはこれを河合隼雄氏の『ユングの生涯』で知ったのだが、考えてみればこの本もタルホの大全の方も、みんな拝領物だ。いまある本のうち何割までがこのようにして送られてきたものだろう。ほんとうに本と絶縁したいのならば、それこそ月へでも行ってしまわなければ。

×月×日 岩波文庫の『トオマス・マン短篇集』が四つ星の新版になって出たらしい。訳者は故人だからあらためて買い直すまでもないだろう。わたしの手許にあるのは戦前のⅠ・Ⅱに分れたそれで、もともとは父親の蔵書であった。

たった星一つ分のうすっぺらな文庫本が、ひとりの人間の運命を狂わせてしまった。少くとも、そこに語られていたことばは、十五歳の少女にとって、その後の十年間を支配するだけのたしかな重みをもつものであった。

少女はだれに教わったわけでもなく、まったくの偶然からその本をとりあげたのだった。戦後、というより、まだ敗戦の痛手が生ま生ましかった、三昔あまりもまえの早春のある日のことだ。世の中は荒れはてていたし、子供から大人へようやくさしかかったばかりのその年頃では、もちろんまだひとりで本屋へ行く習慣もなく、もっぱら親の書斎からこちらの口に合いそうなものを勝手に物色することで読書欲はみたされていた。

赤帯といえばおおむね英・露のものに偏っていた岩波文庫の棚に、一連のトオマス・マン作品が揃っていたのは、たまたま『魔の山』の訳者のひとりの望月市恵氏がかつての同僚としてこの部屋の主とごく親しい関係にあったためであろう。現に『魔の山』は氏からの署名入りであった。短篇集Ⅰにまず手がのびたのは、これもまたごく単純な理由によるもので、お手伝いに引受けた配給の雑穀の製粉のため、コーヒー挽きをまわしながらめくるのに、なるべく手軽な本がのぞましかったからだ。

「幻滅」の最初の一行からある予感があった。そして、三篇目にいたり、少女はついに出会うべきものに出会ったのだった。――いまにしてようやく羞じらいもなくその名を挙げることができる。「トニオ・クレエゲル」である。

出逢い、邂逅――、ものごころついてこのかた十余年のそれまでの生涯に、少女はいまだかつてそうした思いを現実に味わったことがなかった。それがこの日、生ま身の人間の世界でひとりの少年にめぐりあうよりさきに、活字の世界でふいに成就されてしまったのだ。内向的な少女の性分にいかにもふさわしく。

わたしにはもうすることがなくなってしまった。そんな気さえした。自分の同類がこうしてその成れの果てのすがたをすでに語ってくれている以上、少女にはもはや書くことすらものこされていないのだった。

×月×日　伊勢丹のアヴェドンの写真展にとうとう行きそこなってしまった。一昨年の西武だったかの展覧会以後のものもかなりあったのだろうか。あのときはアヴェドン自身の父君の最晩年の老斑の浮き出た顔が圧巻だったけれど、わたしのもう一度見ておきたかったのは、おなじ老人の顔でももっと旧作のうちの、目立たぬところに掲げられていた女流作家カレン・ブリクセンのそれだった。あの生ける死神そのもののような相貌はブリクセンのいつ頃のものか。そのうち写真集でも調べてみることにしよう。カポーティ、マルケス、ブリクセンと、こうならべただけでもアヴェドンなら一冊ぐらい手許においてもわるくなさそうだ。

マルケスはこのところファンも目立ってふえてきたけれど、『ノルダーナイの大洪水』の作者の方はなかなか同好者に恵まれない。だから先日たまたま山口昌男氏の『本の神話学』で久しぶりに彼女の名前を見つけたときはとてもうれしかった。こちらが偶然発見したつもりだったハンナ・アレントのブリクセン論にもさすがは山口さんでちゃんと目を通しておいでだった。

ラーゲルレーヴ、メアリ・シェリイ等、いずれは全作品にふれたいと思いながらそのままになっている同性作家が何人かある。ブリクセンもそのひとりだ。両性具有とかヘルマフロディトゥスとかいうことばは、こうしたすぐれた女流のためにこそとっておかれるべきものであろう。

せっかくの山口さんのボルヘスとブリクセンとを対比させた論及にいまひとつ不満があるとすれば、彼女が女性であるということにあまり留意していないように見受けられる点だ。わたしなどの目には、ボルヘスというひとは畢竟しあわせな男性の一ケースでしかなく、むしろブリクセンの物語志向にそれ以上のなにかがあるように思われるのだが。

とか何とかいいながら、こちらはまだ肝腎の『アフリカの農園』さえ手に入れてはいない。ブリクセンが男名前で小説を発表しはじめたのは、この十六年にわたる未開地での農園経営が失敗してからのことだったという。その点、八十にもなってカラハリ砂漠についに水を湧かせたというヴァン・デル・ポスト卿の母堂などとも対照的だ。ともかく読みたい本が多すぎる。これなら老後退屈するひまもなさそうだ。

（一九七九年）

いつもそばに本が

上

おそらくは、並はずれて小柄にうまれついたことが関係しているかもしれない。幼い頃のわたしにとって、わが身の属性は、女であることをも含めて、ことごとく取るに足りない、ちっぽけなものに思われた。

七〇年代に一度だけお目にかかる機会のあった神谷美恵子氏は、当時わたしの書きだしたものを見て、「その自虐趣味はいいかげんにして」と評されたが、本人のつもりでは、ものごころついてこのかたの世界観だからいたしかたない。大柄の人びとに追いつくのは骨の折れることだ。何でも一所懸命に努力する癖がここから生まれた。

いまでもわたしは友だちにどんな子供時代を過ごしたかを聞く。他人の顔を見下ろせる上背のある者とそうでない者とでは、世界の見え方がまるで違ってしまうのだ。

男たちはがいして大柄で、卑小な自分よりは偉そうだった。とりわけわが家では、姉妹ばかりで目につく異性といえば父親しかいなかったせいか、必然的にわたしは、いわゆる「父の娘」になった。

それにひきかえ母は、結婚まではともかく、当面は夫である父や、子供たちの快適な環境を整えるだけに忙殺されていて、それだけで事足れりとしているように思えた。いつもそばに本がある環境を整えて待ちうけていてくれたのも、父親であった。在野の貧乏学者だった彼は、ちょうど岩波文庫発刊の年に所帯を持っている。「範をかのレクラム文庫にとり」という、この手頃な名著シリーズを、彼が大喜びで買い集めたのも当然である。文庫本専用の本棚というのもあった。

言語、活字、書物、そこに詰めこまれた思想、などといったものは、子供たちにとって、すべて父の属性だった。父自身の話しことばには最後まで九州訛りが抜けきれず、母方の一族のなめらかな発言（それこそ母国語マザー・タングだ）とはどんなに違っていたことだろう。

わたしは口では母方とおなじ東京弁をしゃべりながら、観念の上では父＝男を追い続けた。わが身のバイリンガル性に気づいたのはごく最近のことだ。考えてみると、知的な女たちが男のことばを使いたがるのは、ごく当たりまえな現象ではなかろうか。

いまの若い女たちは、母親業と仕事とを両立させているらしい。子持ちになることは第一線からの脱落と思いこんでいたわたしたちの世代は、よほどの貧乏籤（くじ）を引いたわけか。それとも、女＝生む性であることを忘れて男なみにと志したのは、フィジカルに自信のないわたしの特殊事情だったのか。迷いは尽きない。

中

わが身の尊厳などということは、一度たりとこの心に兆すはずもなかった。長じて男とめぐりあい、人並みに恋もして、ひとりの人妻としての暮らしがはじまってから、この欠点は如実にあらわれた。欠点、とあえていおう。この生まれついての自己評価を克服するには、男と別れて再出発するしかない、とさえ思ったのだから。ジャンルこそ違え、夫もまた反俗の文筆に生きるという点では父と同様であり、ある意味で父の似姿だった。

いっしょに読んだ名著の数々が思いうかぶ。ホイジンガの『中世の秋』やゴビノーの『ルネッサンス』などが紹介された頃で、夫は自分でもそうした仕事を志していた。

妻としてのわたしがいかに満ち足りて、彼の手足であることに徹していたか、最近も当時の知人が、夫とわたしのことを、一卵性双生児のようだったと評してくれたが、そのようにして男の傍らにあることがかつて忌み斥けた母の似姿であろうとは、瞬時も思わなかった。

このひとでなければと思い定めた相手だった。むろん他の男など考えられなかった。このような関係にあった身には横恋慕するひともあったらしいけれど、そうした人びとにはもちろん一顧だにできなかった。

それほどの相手となぜ別れる気になったたか。疑問を口にできなかった、自分の優柔不断のためといってもよい。

二十代半ばから四十直前まで続いたこの生活で、最大の皮肉は二人が親にならなかったことだった。夫もわたしも子沢山の環境で育ち、親であることの愚劣を痛感していたからだ。その点でも、夫婦の方針はぴったり一致した。

子無し夫婦として交流してきた幾組かのカップルが、その頃続けざまに親になった。夫が「ぼくたち、ズルしてるみたいだ」といいだしたとき、「いまさら何をいうの」とたしなめたのは、逆にこちらだった。男にはつねに自分より硬派であってほしい。知らず知らずそう望んでいたのだ。

でも考えてみると子無し主義を貫くために血を流すのはいつも妻の側だった。この理想のために夫は一滴も捧げず、「ごめんね」と謝ればそれですむ。少しおかしいんじゃない？　とこちらは咽喉まで出かかったこともある。わたしに多少とも個の尊厳の自覚があれば、事情は変わっていたろう。当時のわたしは犠牲を犠牲とも思わず、ただ夫の思想的弱みばかりが気になった。

男社会ではこんなあやふやな理想でも見逃されるのか。とすれば、去るしかない。いまでもわたしは当時の充実を懐かしむ。永続的と見えたかもしれない関係を支えていたのは、こちらの極端な謙譲だった。

下

バツイチになってようやくみずからも文筆で立つようになった。とりあえずは糊口を凌ぐために子供の本などを訳した。相手が幼いひとだけに、仕事は手抜きできない。自分のもちまえの日本語が試されるときが来た。耳を通して親しんできた母のことばがここでは生かされた。幼時わたしの訳文を読んで育ったという社会人に、いまでもお目にかかる、子孫のない者にはそれも喜びのひとつではないか。

出逢いもいくつかあった。だいたい原文を読むうちにごく自然に自分の日本語として聞こえだすものでなければ断ることにしているが、その意味では東欧のライナー・チムニクも、アメリカのポール・ギャリコも、仕事以上に作家の言わんとすることがこちらの心に適ったのだった。

ギャリコの"Manxmouse"を「トンデモネズミ」と訳したとき、のちにいわゆる「トンデモ本」というジャンルが生まれるとは思いもよらなかった。彼の極めつきの一冊といえば『雪のひとひら』で、珠玉の掌篇としていまも読者が絶えない。

子供の頃は変なお話という印象しかなかったルイス・キャロルの「アリス」二部作を再読する機会に恵まれたのは瀧口修造先生のお蔭だった。

もちろん翻訳だけでは燃焼しきれない創作意欲もあり、それらは詩歌、小説、評論の類となってあらわれた。要はこの身体というテキストに書きこまれた諸々の体験を、シモーヌ・ヴェイユの言うように「原文をつつしみ敬いながら」語りおこすしかない。ことばはここでは武器となって、わたしのために戦ってくれる。最近ではギュンター・グラスの『私の一世紀』に触発されて、二十世紀を短篇連作で綴る試みもはじめたが、うまく終わりまで書き通せるかどうか(雑誌「るしおる」)。

思えば生まれてこのかた、「いつもそばに本が」ある環境ばかりを彷徨いつづけて、今日にいたってしまった。

だいたい本というものは、人間をシリアスにさせる。これだけはたしかなようで、本の功罪もこれに尽きるのではなかろうか。はじめからもっと面白おかしく、ふざけ半分に、たのしみながら生きるわけにいかなかったのか。

昭和一桁の強みは国語教育が行き届いていることだ、と胸を張っていいたいけれど、そんなことがこれからの世界で何の役に立つだろう。時代はますます混沌として、お先真っ暗だ。

それでも、とわたしは考える。こんな環境をうらやましく思うひとも、中にはあるかもしれないと。人間、肉体的条件をも含めて、生まれついての環境だけは自分で択べないのだから。

（二〇〇二年）

密室の浄福

文箱を整理していたら、昔々の英作文の答案がみつかった。たしか教室で何でもいいから好きなことを書いてみるようにいわれて、その場まかせに綴りあげたものだ。戦後まもない頃のまだ粗悪な紙に、鉛筆で三十行ほどの拙い英文が記されている。

なつかしいというほどのこともないが、何となく読み返してみる気になったのは、ふとその標題が目にとまったからであった。

Stopping Ears——耳をふさいで、というつもりなのだろう。

——耳をふさいでみよう、目をつむってみよう。まわりがさわがしくてやりきれなくなったならば、面をふせ、わが手で両の耳をふさいでしまえばいい。そうすれば、少くとも自分ひとりぶんだけの静けさが立返ってきてくれる。そうやって取戻されたその静寂のなかで、あなたはなつかしい誰彼の声をきき、そのすがたをまのあたりに思い描くこともできる……

この作文を書いた年頃にはもうそれほどのこともなかったけれども、そういえば事実、小学校も低学年の頃の雨の日の休み時間など、教室いっぱいに渦巻き沸きかえるような子供たちの喧騒に耐えて、片隅の席でそんなふうに耳を掩ってすわりつくしていたことが幾度あったろうか。

静寂主義(キエティスム)ということばが正確にはどのような心的態度をさすものか、わたしは知らない。ただ、ひとりの幼い者の心のなかで、ある静けさの美学ともいうべきものが培われ、いつしか至上の要請にまで高められていった過程は、ほぼ克明に思いおこすことができる。

おそらくはものごころついてこのかた、この子の身辺があまりにもさわがしく、にぎやかすぎたためだ。というより、わたしという子供のひよわな神経にとって、そのようにやかましく、煩わしく感じられたにすぎないのかもしれないが。

機械の騒音の中で暮していたわけではない。家庭にいざこざがあったわけではない。ただ、同輩、同類としての子供たちの抑えても抑えやまぬ生気、活力に、この子は終始あてられ、おびやかされていたのだった。とりわけそれが群れをなしてわれもわれもと競うときの、その勢い、その賑わいに。

そのような外の現実に加えてもうひとつ、たえず揺れやまぬ己れの感情という内なる現実の不安定があった。後から後からくりかえしおそいかかる激動の波を辛くもやりすごして生きのびながら、この心はひたすら安らぎを求め、平静をねがいつづけるしかなかった。

そのような不断の志向が、やがてはひとつの条件反射的な現実拒否の習性にまでつながってゆくであろうことは、あまりにも見えすいた道理であったかもしれない。生きいきとして、活気あふれるもの。それがすなわち生活そのものにほかならぬことを、耳に栓した小学生の小さな頭はどこまで理解していたろうか。

クレーのような作家に多少ともまともに相対しようとすると、思いはともすればこうした個人的な原体験のあたりにまでさかのぼっていってしまう。かるく避けて洒落のめしては通れないいくつかの根源的な問いを、この作家は無言のうちに投げかけてくるのだ。

この透明、この沈潜、この諧謔(かいぎゃく)、この清澄、そして、この静謐――

いったい、こうした静けさの対極にあるものを、わたしたちは何と名づければよいのだろう。すなわち動か。しかし動物と静物、もしくは動力学と静力学などというときにはすんなりと受取られるこの動＝静の対立も、これをごく虚心に倭訓に読みかえるとき、まことにあやふやなものに思われてくる。「動く」と「静か」。この動詞と形容詞との微妙なずれは、そのまま「有る」と「無い」とのニュアンスの喰違いともどこかで呼応しているような気がしてならない。

もひとつ、わすれてならないことがある。じっさいに目をつむり耳をふさいでみた者にはすぐわかることだが、そこに現前するのは無音の寂莫でもなければ虚無の空白でもない。それはいわば轟然（ごうぜん）たる沈黙と絢爛たる闇黒とでも名づけられようか。日常世界のどんな現象も及ばない、豊饒（ほうじょう）のきわみともいうべきものがここにある。

目と耳。この双方を閉ざしただけでたちどころに消滅してしまうような現実に、はたしてどれほどの意義があるのだろう。かく二つの窓を閉ざし、外光を完全に遮断することによって、この皮膚というひとつらなりのうすっぺらな胞膜につつまれたミクロコスモスは、ひとつの全きものとして、そのままマクロのコスモスにとって代る。そこできこえる物音は、このコスモスに生起する森羅万象のざわめきだ。もしかするとこの轟きは、わたしたちの頭蓋がまだ毛髪のクッションすらなしに母胎とじかに接していた頃にきいたひびきだ。目も然り。雨戸をたてたガラス窓が鏡の役割をはたすように、瞼のヴェールをバックにした眼球のレンズは、投射されるまなざしを悉くはねかえし、内なる宇宙全体をくまなく映し出してみせてくれる。

主観もきわまればすなわち客観であるとまでいいきった高群逸枝氏のように、クレーもまた、こうした個の密室こそ宇宙の原形にほかならないことを、誰よりもよく知りつくしていたのではなかったか。

ハーバート・リードはたしかクレーを「近代画家のなかでもっとも個人主義的」と評していた。しかしそもそも古今のすぐれた芸術家と目される人物のなかで、個人主義者でなかったものがどれだけあることだろう。

この個であり孤でもあるところの己れというミクロコスモスの完成度に関するかぎり、クレーはまことに秀逸であり、いたって健全でもあった。三十をすぎて「色彩に開眼」とみずから記すようなそのテンポは、もちろん早熟とはいいかねるにしても、晩くとも四十不惑の頃までには青年期のシニシズムもほぼ影をひそめ、己れの身長に見合ったかぎりでのあるアタラクシアを確立していたように見受けられる。さればこそバウハウスの教壇に立ち、信念を後進に披瀝するだけの覚悟も具わってきたのだろう。

〈個性より高遠なものがある。肯定と否定を超えるものがある。それこそ、この戦いをみまもり導く高遠なものだ。〉

〈地上の思いが宇宙的思惟の背後に退き……〉

〈私は俗界を捨て去り、本源そのものへと向う。虚界を遠く脱したここにこそ「創

造」の根源がひそんでいるのだ。〉

彼ののこした数々のことばの、古今の賢哲のそれに何と似通うことか。汝自らを知れというソクラテス以来の伝統は、ここに最も幸福な継承者のひとりを見出したのだ。こうした自覚の上に築きあげられたクレーの造形理論は、ある意味で西欧数千年の合理主義的思考の当然辿りつくべき結論でもあったろう。

〈何事も明晰への意志なくしては決定的なものたりえない。〉

〈芸術とは神の天地創造にあやかるものだ。神が創造したとき、偶然にゆだねるなどということがあったろうか。〉

彼の作品は、というより彼そのものが、すでにして厳密な化学方程式のもとに合成・還元される結晶体なのだ。結晶体としてのわれ。このことばはクレーの信条告白のどの一行よりもほこらかな自覚にみちあふれ、ねたましいまでの指導理性の優越を物語っている。

パウル・クレーは十九世紀、七〇年代の最後の年に生まれ、二十で世紀の転換期にめぐりあい、三十代半ばにして戦時の軍隊生活を味わった。ついで一九二〇年代、ほぼ四十代いっぱいをバウハウスで後進の育成にあたったあと、一九三三年ナチスの圧迫により教鞭をすて、その後病を得て五年間の闘病ののち、六十歳で第二次大戦の結末もまたずに世を去った。

とはいえ、こうした時代背景にいちいちこだわってみたところで、この作家の場合どれほどの意味があることだろう。わたしにはクレーとかなり似通った資質の持主と思われる谷川俊太郎氏の、あるときの適切な自省のたとえをかりれば、彼はひとりの開拓者として荒野に身をおきながら、その眼はもっぱら開拓者と自然との関係にのみそそがれ、開拓者と国家、開拓者と資本、開拓者とインディアンとの関係などは、はじめからその視野に入ってくることがなかったのだから。

ブルトン流にいうならば、クレーは「その孤独において」、もしくは「その一回性において」シュルレアリストであった、とでもするしかないのではなかろうか。

彼の生涯でもっとも多産だった時期が、最晩年、せまりくる死の予兆におびやかされつづけた一年であったということも、いかにもこの芸術家らしいことだ。神であるはずの彼の炯眼(けいがん)が見究めきれなかったもの、明晰な意志の統率のついに届かぬところ、宇宙的思惟すらも消滅する境——、それらを現実にまのあたりに望見するにおよんで、この作家ははじめて地上の思い、すなわち心身の不安をあらわに示し、自画像ともいうべき天使の数々を書き遺したのだった。

クレーはやはりしあわせな時代の産物であったのか。彼のような生きかたはしかし、どの時代の子にもゆるされるはずだ。おそらくは二十世紀後半のわたしたちにだって――、といいきってしまいたいところを、わたしはなぜかためらう。ためらいながらに、目をひらき、彼の画集に見入ったまま、この愛すべきつかのまの音楽に、しばしは耳かたむけている。

（一九七八年）

両界に生きた少女

大空の月の中より君来しや
　ひるも光りぬ夜も光りぬ

たまたまひらいた夕刊のある記事に、与謝野晶子のこんな歌がひかれていた。この歌を贈られたひとは月光荘という画材店のご主人だそうで、もちろん男性であるが、そうした事情はさておき虚心にこれをよめば、だれしもかぐや姫を連想せずにいられないだろう。

それともそんなふうに受取れたのは、こちらがちょうど『竹取物語』を読み終えたばかりだったからだろうか。じつはそれどころか、わたしはいままでお伽話としてしか知らなかったこの日本最初の幻想文学をはじめてひとつの古典として読み返しながら、はからずもおなじ晶子の作品をいくつか思い浮べていたのだった。

いづくへか帰る日近きここちして
　この世のもののなつかしきころ

この作者は土に帰する身ではない。いずかたへか去るにあたり、しばしを過したこの地上を顧みてあらためてなつかしんでいるわけであり、これなどはそのまま別離をひかえたかぐや姫の心境ともみなされよう。晩年の作だけに一種静謐(せいひつ)な透明感にも到達しており、これに比べればまだうらわかい月人の辞世の方が、いっそ生ま生ましい嘆きをすら感じさせる。

今はとて天の羽衣着るをりぞ
　君をあはれと思ひいでける

これではのっけから「竹取」の作者にとって少々分がわるいが、そういえば与謝野晶子にはこれよりずっとまえに、こんな名乗り出もあるのである。

人並みに父母を持つ身のやうに

わがふるさとをとひ給ふかな

わたしがかねて内心舌をまく思いなのは、みずからをはっきり貴種と断じてはばからぬこの少女のしたたかさ、ふてぶてしさだ。若年から衆にすぐれていた女人にこの種のプライドがそだつのはむしろ当然かもしれないが、これでは時によっては周囲の誤解や反感を招くことも多かったろう、とひそかに同情される。

だがそれにしても、ここでわがふるさと、もしくはいづくとされているのは、何処か。冒頭の一首はその意味で彼女のふるさとの所在にある種の手がかりを与えてくれているように思われる。もともとがひとりのうらわかい有為の青年に与えられたものであるだけに、みずからのためにはあえて用いなかった、空とか月とか光とかいった面映ゆいことばが、ここでは大胆に駆使されているのである。

みずからを流離の貴種とみなすこと。これはどうやら男性にとってよりも、ある種の女性、とりわけ少女にとって顕著な傾向のように思われる。少女はまだ、生むものとしての妣(はは)たちの国からの流謫(るたく)者なのであり、そのかぎりにおいて男性にとっての異性であることにふみきってもいない。いわば両性具有的な自由を留保しているわけであり、これは地上の目からすればまさしく変化(へんげ)のひとということにほかならない。

ここにあげた三首はそうした意味でも、性別の彼方をのぞむ透徹した知性を物語るものとして、この歌人のすぐれて少女的な一面を証しだてるもののようにわたしには思われる。

『竹取物語』というこの作者不詳の作品は、日本の古典文学の中でもかなりユニークな位置を占めるらしい。何よりも伝承説話と作者の自由なフィクションの部分とが重ね重ね入り乱れあって、一種ふしぎな諸神混淆ぶりを醸し出しているのである。

いったい古代の人びとは、月というものをどれくらいの大きさに考えていたのだろう。そういえば最近手がけた絵本の翻訳のなかに、偶然月に関するものが二つほどあった。ひとつはグリム童話にあるもので、ここでは月は男四人で持運べるほどの大きなまるいランプということになっており、もうひとつはポーランドの民話で、宿題を果して月へ行った魔術師が、さいごにはティタム・オニールさながら三日月の舟にこしかけている。いずれにしてもこのばあいの月はせいぜい直径二、三メートルぐらい、これでは星の王子さまの住む星にも劣るだろう。

まぶしすぎてまともに仰ぎ見られぬ太陽とはちがい、月の素顔はわりあいはっきりとしており、しかも人間の表情のように時により微妙な変化に富むものであるだけに、古来月面に女の顔やうさぎや人影を見ることはどこの国でも行われてきた。それでも十七世紀初頭、ガリレオがはじめて望遠鏡でその実際の大きさをたしかめるまでは、月に住める人数といってもせいぜい数人どまりと思われていたらしい。

それがこの「竹取」では、いきなり月の都が想定され、天人百人が使者として舞い下ってくる。その背後にはいったいどのような強大な権勢がひかえているのであろうか。地上の帝の兵二千人は「心地ただに痴れに痴れて」なすところを知らず、みすみす姫の昇天を見守るばかりだ。地上の人びとにとってはまさに「未知との遭遇」であり、当時としてこのスケールの壮大さは他に例を見ない。

羽衣を着た天人百人のひしめきあう雲の乗り物。ただしここでわたしが思い浮べたのは、スピルバーグの映画のいかにも地上的な近代科学の粋といった金属製の円盤ではなかった。ほかでもない、子供の頃に見覚えたギュスターヴ・ドレ描くところのダンテの玲瓏（れいろう）たる天界の図だったのだ。大正年間か昭和のはじめに出たらしいその神曲画集では、終りの方になるとそんな絵ばかりが繰返されていて、前半の地獄図絵のような戦慄や変化に富んだ面白さもなく、ユートピアというもののもつある退屈な側面を子供心にも偲ばせてくれたものだったが、これはかぐや姫にとっても、そして「竹取」の作者自身にとっても、おそらく事情はおなじだったということであろうか。

ついでながら天動説の崩壊をはさんで、ダンテの宇宙像とミルトンの『失楽園』のそれとははっきり異なるという。いずれにせよ、すぐれた詩人とは時代の動きをいち早くとらえるものだ。「『竹取』の月は、当時においては最も新しく異国的な憧憬をさえも含んだ知性の輝きだった」とする野口元大氏の指摘はその意味でまことに興味ふかい。日本古来の土俗的な信仰ではけして結びつかなかったはずの月と、浄土、他界、無何有郷といった諸観念が、いみじくもここではじめてひとつに合わさったのだ。

そうした舶来種のあらたな例証のひとつとして、わたしの読んだこのたびの新潮社版にはチベットの竹姫の物語が紹介されているが、ここでは竹から生まれた美女と五人の求婚者とのかけひきはそっくり繰返されてはいるものの、月世界との因縁はみじんもなく、最後には美女が発見者の青年の妻にすんなりおさまってしまうのである。

海彼の新思潮への憧れといい、透徹した知性の輝きという。わたしがはじめに与謝野晶子にこだわったのも、こうしてみるとまんざら当っていなくはなかったということか。「物語の出で来はじめの祖なる」という紫式部の讃辞は、考えようによってはいまのわたしたちが明治の先人に寄せる思いとさして変りはなかったのかもしれない。

いったい竹取の作者はいわれるように当時の知識階層の、それもはっきり男性であったときめられるのだろうか。古典の素養に乏しいわたしなどは、ここにかくれた閨秀作家の存在を想定してみたい思いにかられる。

『源氏物語』や『枕草子』の才媛らをも鼻白ませるような、端倪すべからざる教養と該博な新知識の持主が、築地の奥の書院でひっそりとこうした物語を書き綴っている。それもよほどの僥倖の持主で、生来父とか兄とかの強力な男性の庇護のもとにあり、帝に懸想されたこともありながら、当時としてはめずらしく宮仕えにも出ずにすみ、――いな、もしかするとこの作家が人前に出たがらなかったのは、貴種は貴種でも裏返しの意味で、深窓の麗人どころか文字通り変化のひととして、二目と見られぬハンディキャップを負うていたのかもしれず、それゆえにこそ超俗の彼岸にでも思いを馳せるしかなかったとでもした方が、文学者の成立譚としてはふさわしいのかもしれないが。

まあ作者の性別や美醜など、このさいどうでもいいことと思いつつも、あえてこんな蛇足をつけ加えてみたくなったのは、終りのあたり、天人と地球人とのあいだに立って微妙にこころ揺れ動きながら、さいごまで両界のことばの通訳をつとめようとはかる姫のいたいけな姿勢のなかに、ある種の女性に特有の悲願をかいま見せられたような気がしたからだ。そう、いたいけどころではない。彼女はこの場でただひとり、天の性と地の性と、両性を二つながらに味わった者として、あるときは堂々と天人をたしなめてさえもいるのであった。このほこらかな自覚。これだけはやはりいつの世にも失われたくないものである。

（一九七九年）

使者としての少女——兎穴の彼方に

I

さて、いよいよ何かを書きはじめなくてはならない。兎穴の彼方と此方とを自在に行き来して、あちら側の消息を世にもたらしてくれる、健気なお使い神、この世で唯一の不偏不党の使者としての少女について。

手はじめにまず、昨年みまかった三人の明治生まれの少女のことを語らせてもらおう。少女A。大分の造り酒屋の娘に生まれ、東京に遊学して学者の妻になり、育児のかたわら小説家として、——とここまで書けばだれでも思い当られるであろう。名前は野上彌生子。

わたしはこのひとの作品をほとんど読んでいない。でも物心つく頃からその文章には親しんでいた。それを思い出させてもらったのはごく最近のことだ。むかし愛読したスピリの名作『アルプスの山の娘（ハイジ）』を、大人になってみずから訳す必要にせまられて、参考までに手に入るかぎりの先人の翻訳を幾種類かとりそろえてみたときだった。そして、びっくりした。

わたしのハイジはそこには見当らなかった。みんなちがっていた。みんな、わたしの思い出のハイジでもなければ、スピリの描こうとした（と、わたしの貧しい語学力のかぎりでも察せられる）ハイジでもない、まるきり別の少女がハイジの名を騙っているとしか思えなかったのだ。

みなさん、お気をつけ下さい。ある種の学者先生方、それも多くは秀才で、とんとんに教授コースを進まれたような方々の翻訳に。とりわけ女流作家の繊細な作品をそのような殿方の手に委ねることの危険は、いくら口をすっぱくして説いてもいいすぎることはない。だいたい女がものを書くとはどういうことなのか。それもひとりの同性の主人公に仮託して、作家がその感受性の最も鋭かった頃の思い出を語る、そのような作品がなぜ生まれたか、もしくは生まれざるをえなかったかという、そのあたりの機微に最も疎いのが、この手の殿方なのだ。彼らにとって少女とは、憧れや好奇や渉猟の対象でありえても、それ以上に理解が及ぶことはついにありえない。いわば心の処女膜ともいうべきものがあって、少女のほうがかたくなに彼らをシャットアウトしているのだから、事はややこしい。

いまは絶版の野上さん訳（岩波文庫）を担当編集者がみつけてきてくれたのは、こちらの翻訳もだいぶ進んでからだ。あけたとたんにわたしのハイジは三十年ぶりに、行間から確実によみがえってきた。これだ。フロイライン・ロッテンマイア、ヘル・ゼーゼマン。このフロイラインという単語だって、昭和一桁の小学生はここでおぼえたのだった。

この訳は本邦初の、それも英語からの重訳らしいけれど、初版は昭和九年。あとがきによるとそれよりさらに二十年もまえの訳業だという。とすれば訳者はせいぜい三十そこそこか。ここでは一々実例をあげているひまがないけれども、おひまのある方はどうぞこの旧版をさがしだして手にとってみて下さい。そしてさっきいった他の諸先生方の訳本のなかの、つくり声や仮着のハイジたちと比べてみてください。細部の言い回しなどにやや古めかしさはあるものの、それでもここに息づいているのはまぎれもないハイジ、スピリがそのように造型したであろう、生きたほんものの少女であり、そしてその少女の目が見上げたであろう、まわりの大人たちなのだ。ハイジはほんとにしあわせな紹介者を得たものだと思わないわけにいかない。

もうひとつ、野上さんの訳であることを意識して読んだものに、おなじ岩波文庫の

『ソーニャ・コヴァレフスカヤの自伝』があるけれど、これはまた別の機会にゆずる。

少女Aのはずがいつのまにか野上さんになってしまった。まあ、どちらでもよいけれど、ともあれ、二十、三十代のうちからこのような仕事をつみかさねてきた少女Aは、子育てを終え夫を見送ったあとは、ゆとりある環境の中でいよいよ創作に専念、百歳直前まで安定したペースで筆を保ちつづけるという、男女を通じてまことに世界史上稀有の高齢作家ということになってしまった。

いまその少女Aの最後の長篇小説『森』を、わたしは読みはじめたばかりだけれど、これは、巻末の作者の言葉によれば、「これまでは取りあげたことのない十五、六の頃のことから筆をおこし」ており、おのれの揺籃時代、それも精神的な「こころの揺籃」の役割を果してくれた森の中の学舎での体験にもとづいた、自伝的要素のかなり色濃いフィクションなのである。内村鑑三、島崎藤村、北村透谷といった明治の思想家文人たちも、仮名もしくは実名でぞくぞくあらわれる。むりもない、現実に少女Aのすごした明治女学校そのものが、ある意味で日本の近代教養主義のひとつのゆりかごでもあったのだから。

それにしても、とわたしはここでまたあらたな感慨にとらわれる。この執筆を思いたったとき、少女Aはすでに八十の歳をこえていたのだった。ふつうならば明日死んでもおかしくない年頃である。とすれば、おのれの少女期をこのようなかたちで語りのこそうという衝動は、この齢にいたるまで少女Aの胸には一度も兆さなかったのか。少女Aは記す、「私の生涯の流れにも時に淵があり、瀬がなかったわけではない。それとてこの世においては、誰しも出逢わなければならないことで、敢えて活字にするほどのものではない」と。自叙伝といったものを書く資格はもたないということを、少女Aはくどいほどことわっており、この『森』も真実よりはむしろ虚構をとることにきめたという。あとはどう読まれようと読者の勝手というわけだ。

少女Aのこの自叙へのこだわりは、いやでも少女Bのおなじような作品を思い出させないわけにはいかない。

Aよりは八つ年下にあたる少女Bは、昨夏九十二歳で逝ったが、こちらはつとに四十代から二十八年がかりで、この『森』と人脈の上でもかなり重複する世界を『長流』という八巻の大河小説にまとめあげているのだから。

少女B、すなわち作家、島本久恵。故河井酔茗氏二度目の夫人。彼女の死はいちおう新聞に報じられはしたものの、まだ追悼の文章もあまり目にしないさびしいありさまだ。『長流』もやはり少女Bによれば、あくまでフィクションであり、女主人公にも明子という名前が与えられてはいるが、ただし彼女をとりまく藤村、晶子、黒光、夢二といった人々はすべて実名のまま登場させられているために、ともすれば明子＝私という「私小説とも見なされ、意外の齟齬にも出逢うのであるが」と、少女Bはやや憮然とした口調でどこかに記していた。

『森』と『長流』とのちがいは実際の作品にあたってみていただくしかないけれど、少くともわたしは明星一派の成立や夢二の登場するあたりの背景について、明治大正文学史のどんな研究書にもまして多くのことを少女Bのこの小説から教わった。

少女Bはものごころついたのが京都。十三で父と死別、母と共に手仕事で生計を立てながら文学を志し、二十歳で上京、婦人之友社の記者として、「仕事はつねに苦しかった。書くものに自由はなかった」という時期を経て、やがて妻子ある詩人酔茗と結ばれてゆく。

少女Bはこうしたみずからの道程を、だれかに訴える、といってはいいすぎかもしれないが、ともかく克明に記しのこし後世に伝えるということを、生涯のある時期からいやでも課題としないわけにはいかなくなったにちがいない。少女Aの老後の手すさびといおうか、おまけのようにゆくりなくも世にもたらされた未完の『森』とは、これは断然成立事情を異にするものだといってよい。

少女Aと少女B。二人の違いはわたしを深く考えこませる。順境と逆境、などとわりきってしまいたくない何物かがここにはある。この二人の、どちらも驚くべく長命を生きた女流作家たちを、わたしがあえて作家とせず少女A、もしくはBとしてとりあげたのも、そのような含みがあってのことと思っていただきたい。はじめに三人の、と記したその三人目のみまかりし少女とは、じつは作家でも何でもない、ただの家庭婦人にすぎなかったわたしの母のことなのだけれど、AとBとのことを考えているうちに、なんだかCはどうでもよくなってしまいそうだ。いずれにせよ紙面もないので、あとは次に回す。

Ⅱ

この連載は季刊ということで、読者は三月たたなければつづきを読めない仕組、ということはすなわち書き手にとってもおなじ、とすればそれだけじっくり手間ひまかけて一字一句を練り上げられるかというと、かならずしもそうはいかない。季節がめぐれば人の心もうつろい変る。二月の雪に埋もれてつぶやくことと、いまこうして万緑のさなか、かっこうの声をききながら思うことは、おのずから異なっていてなんのふしぎがあろう。書こうときめたことの大要は渝らなくても、幸か不幸か人の子の身に四季折々の衣更えはやはり欠かせぬものらしい。そういえば兎だって冬毛と夏毛とはいれかわるのだ。

今回もさて前のつづきを、という段になって、ふと思いついたことに、来年は卯年なのだった。兎穴の彼方に――連載のタイトルをきめたのはまだ昨年のうちだったし、何でも自由に投げこめればいいと思ってごく虚心につけた。このさきどれだけつづくかもまだ決まっていないけれど、はからずもこうしてえとまで関わってきたとすれば、少女と兎との因縁に少しはこだわってみたくもなってくる。

はからずも、どころではない。計られたのだ、もしかして、わたしも。

兎にいざなわれて少女アリスは異界へ行った。冥界下り、それとも胎内めぐり？ いずれにしても anywhere out of the world へ。そして、ここが肝腎なところだが、チョッキを着こみ、時計などちらつかせ、さも思わせぶりにして、兎が拐(かどわ)かしたかったのは、どこまでも女の子であって少年ではない。相手が男の子だったらば、兎はそんなお芝居を打つまでもなく、穴の中でぬくぬく昼寝をきめこんでいたことだろう。

とすると、このばあいの兎自身はやはり、フィーメイルではなくて当然メイルだったにちがいない。いでたちからしてそんな感じだし、また女の子を誘惑したがる兎の話はアリスならずとも昔からあって、そのあたりはたとえばグリムの『小兎のおよめさん』でも見ていただくとよい。

まてよ、因幡の白兎は雌だったのか、雄だったのか？ かちかち山は？ いずれにしても兎はどうしてなかなかの曲者だ。

山口昌男さんの紹介になるアフリカのいわゆるトリックスターとしての兎。世界をよみがえらせるための仕掛人として、兎はいつも一役買っていた……

＊

ね、兎カタログでもつくらない？

兎に関するあらゆる情報をあつめるの。詩、文学はいうに及ばず、ひろく神話伝説のたぐい、文化人類学、動物生態学、まだまだあるわ、兎の絵、兎の写真、兎狩り、そして兎料理法。煮ても焼いても食えない兎なんてのも出てきたりして……

たまたまあらわれたQ君にそんな話をすると、そうですね、来年は卯年ですし、とやけに通りがいい。何のことはない、彼自身卯年で、その母上もおなじとのことだ。

昭和二年。とすると石牟礼さんや森崎さんとごいっしょね。

そうです。そこが肝腎です。昭和元年てのはわずか一週間足らずでしょう。昭和は実質的には兎からはじまってるんですよ。Q君はそういって、ついでにおもしろいことに気づかせてくれた。一九八七年の次は一九九九年、つまり二十世紀は卯年を以て終るのだと。

なるほど、人類は兎にみちびかれて二十一世紀へ歩み入るのだとは。たかが昭和の幕明け役の兎なんていうのより、こちらの方がよっぽど気がきいている。

そうか、世紀末は兎の支配するところなのか。

兎にまかせよう。兎にすべてをゆだねればよい。急に目のまえがひらけてたのしくなってきた。そういえば兎は宇宙時代の先達でもある。少なくとも月に関するかぎり、兎の方が人類よりも先住者ではなかったか。

思いついて、書棚から一冊の本をとりだす。ルネ・ホッケ著『迷宮としての世界』種村・矢川訳。その箱に「未聞の世界ひらく」と題してこんな推薦文が印刷されている。

二十世紀後半の芸術は、いよいよ地獄の釜びらき、魔女の厨の大公開となるであらう。今までの貧血質の美術史はすべて御破算になるであらう。水爆とエロティシズムが人類の最も緊急の課題になり、あらゆる封印は解かれ、「赤き馬」「黒き馬」「青ざめたる馬」は躍り出るであらう。この時に当って、マニエリスムの再評価は、われわれがデカダンスの名で呼んできたものの怖るべき生命力を発見し、人類を震撼させるにいたるであらう。(以下略)

一九六六年、三島由紀夫さんがこのように書いてくださった当時、人類はまだ月に上陸してもいなかった。世紀末という表現もまだここでは使われていない。しかしその「二十世紀後半」もこうしてここまで押しつまってみると、彼の予見のたしかさが一層はっきりするような気がする。なるほど、兎＝マニエリストとしての、という解釈だって成り立たなくはない。

それにしても「水爆とエロティシズム」とは。前者が原発事故に見合うのは当然としても、後者がまさかエイズ、いじめ、自殺といった最も陰惨なエロスの次元にまでエスカレートしようとは、自殺者となった彼自身どこまで予測していたろうか。

書棚へ本を戻しついでに、わたしはそのわきの辞書の一群を横目で見やる。アト・ド・フリース著『イメージ・シンボル事典』。あれを見ればまた兎について、さらに縦横に知識や連想がひろがることだろう。でも、いまはやめておこう。有職故実や考証はどうでもよい。それより問題はわたしの中の兎であり、少女であろう。

＊

少女Bのことをあらためて考えてみなければと思っているところへ、偶然こんなニュースを耳にした。五月のある日、東京で「平塚らいてう生誕百年の記念のつどい」がひらかれ、なかなかの盛会だったという。なくなられて久しいらいてうさんだけれど、生れは野上さんより一つ若かったことになる。あらためて少女Aの長命を思わないわけにいかない。

平塚さんをついでに少女Dとしておこう。怠け者のわたしはかねてBがAについて、もしくはAがBについてふれたものがあったらぜひ読みたいと思いながらそのままになっている。それよりここでAの代りにDに仲間入りしてもらった方が早道かもしれない、と思いついた。

じつはBには「一本の朴の木に思う」と題して少女Dの印象を語ったエッセイがある。わたしが島本久恵の名をとくに意識するようになったのはほかでもない、この一文がきっかけだったのだ。一九七二年、といえばいわゆるリブ運動たけなわの頃だけれど、筑摩から出た講座『おんな』の第一巻巻頭に、執筆者としては山川菊栄氏とならんでただ二人、十九世紀生れ、八十近い島本女史の文章がのせられていたのだった。

一読してわたしは目をみはらないわけにいかなかった。それは、戦後世代、一九四八年生れまでまじる百人ちかい寄稿者のどの論文よりもみずみずしく初々しかったから。といってもこの文章の魅力を語るのはわたしにはむずかしい。ともかく少女Bは十四の日から少女Dの名をおぼえていたことになる。まずは森田草平との心中未遂事件の立役者として。やがて青鞜社の創立、『青鞜』の創刊。若い燕の出現。——聡明で美しい良家の令嬢が次々に世間に波紋をなげかけてゆくさまを、賃仕事に明け暮れる八歳年下の少女は「大人でも子供でもない私で、嫌悪と理解の中間にい」て、「風評そのものにはつとめて耳をふさぎ」ながら、終始遠くからながめる立場だった。

（前略）ずっと後、平塚さんがめずらしく小説体を取って書かれた一文を見る機会があった。むろん、普通に論説を読む気持ちとは違った注意で、みじかいそれを凝っと読み入った。描かれているのは一人の教養ある女性と、その女性が参禅のため来て泊っている鎌倉の小さい禅寺の若い住職との、或る日の対話、そしてその語るのに更に直接を期した瞬間的の動作が描かれ結ばれているのであった。凝っと見ていた眼を離して、私は考えねばならなかった。それは思索しようとして思索して、筆にそれをあらわしたもので、それがある年長者的風格で、女性は太陽の想を現実の場合に出してやはり疑いなく女性大衆への語りかけにしている。かつての告白（母になったに就いての）とは数段の想の進みと言えるのであろうか。私はそれが見る人によって情欲と間違えられるのを思い、表現の態度もこれは荒いと思った。生まれつき首肯しかねる何物か、それとも私のいのちの薄さだったのかも知れない。受身を脱する、純に発動する、太陽的生態、それはいやだと思ったのだった。

しかし思索が或る点に到達した時、はっきりそれを取り出して見せる平塚さん、私はやっぱり好悪にかかわらずその人を立派だと思った。

この引用でもわかるように、少女Bの文章はけして読みやすいものではない。彼女の読者になるためにはその読みづらさをのりこえなくてはならない。

しかしこれは文体だけの問題であろうか。横山貞子氏が以前どこかに書いておられた。他人のことにかけてはだれより「ヨクミキキシワカリ」、すぐれた観察眼を発揮する島本女史が、自身のことを語りだすとなぜかきまってある聞きづらさが生じることを。だれか少女Bのことを外から、あたかも島本さんのように見守って書き伝えてあげるひとはないものかと、たしかそんな主旨の文章だった。

わたしもそう思う。少女B自身もおそらくその必要を感じていたにちがいないが、だれもそれを引受けてくれるひとがないので仕方なく自分ではじめたのだ。なぜなら少女Bの生涯はそのようにして世にひろめられるだけのゆたかな内容あるものであったから……

*

兎に話を戻そう。兎と少女と。記憶のアルバムから一枚の古い写真がおもむろに浮びあがる。

少女、といってもそう幼なくはない、浴衣をきたひとりの娘が兎をだいて写っているのだ。竹久夢二描くところの少女の年頃といっておこうか。時代もまさしくおなじ、大正から昭和のはじめにかけての独特なロマンティシズムを見るからにただよわせている。それにしてもだれがこのような演出を思いついたのだろう。白地の浴衣の少女に抱きすくめられて、いささか窮屈そうにおびえた目をみひらいている兎。ペットとその飼い主といった狎れあいやくつろぎはここにはなく、それよりすすめられるままにこんなポーズをしては見たものの、やっぱり手つきもぎこちなく、いいから早く撮ってよといった少女の忍び笑いがそのまま伝わってくるけはいである。だいいちここはどこか奥座敷の、紫檀か何かの大きなテーブルのまえで、おしっこでもされたらばとたんに大さわぎだろう。

こんな写真、だれに写してもらったのか、きいておけばよかった。これがじつは少女Cの娘時代のポートレートなのだ。

少女Cは卯年生れ、結婚したのもたまたま卯年だった。ということは一九二七年、つまり先ほどもふれた昭和のはじまりとおなじ年に、少女Cのつくった家もスタートしたことになる。この夫婦はしかし金婚まではどうにか保ったものの、とてもダイヤモンドの輝きには至らず、つれあいがまず欠けて、三年ほど遅れてC自身も逝った。

少女A・Bと、少女C・Dの共通点。A・Bは地方、C・Dは東京の出身であること。
少女A・C・Dと、Bとの相違点。Bは経済的に自活を余儀なくされていた。
少女A・B・Dと、少女Cの相違点。Cは何ひとつ書きのこさなかった。(!)
こうしてみると、BとCとのあいだには全くといってよいほど共通項がないことに、いやでも気づかないわけにはいかない。

それでも、このなかでいちばん「使者としての少女」の役割をわたしに考えさせてくれたのは、もしかして少女Cなのだ。単に身近にいたからにすぎないのだろうか。

Ⅲ

少女A、少女B、少女C、――いずれも明治半ばに生まれ、現実には八十、九十の老女として逝った人びとのなかに、初心の少女がいかに生きつづけたかを少しくさぐってみたくてはじめた、この兎穴のぞきだった。

時はゆくゆく乙女は婆ァに
それでも時がゆくならば
婆ァは乙女になるかしら

きいたら最後わすれられない唐十郎さんの絶唱である。

乙女と婆ァ――いや、ここはやっぱりわたしなりの使いなれたことばに置きかえよう。すなわち、少女と老女。両者に共通するものは何か。

大ざっぱに生物学的相違からいえば、破瓜以前と、閉経後と。妻になり母になりといった表現はあまり用いたくないのだが、いずれにせよ、婚（まぐわ）い、孕（はら）み、生み、育て、といった種族維持のための繁殖の義務からは当面解放されているという点ではどちらもおなじであろう。

女性にかぎらず、少年期と老年期と。その間にはさまる三、四十年というものは、つめたい言い方をすれば、ヒトはただただ自然の盲目的な意志につき動かされて生殖のいとなみを繰返しているにすぎず、それだけならばまだいいものを、幸か不幸か文明化された社会では、そうした生まの獣性を取りつくろうためのもろもろのペルソナをおしつけられ、おふくろとかおかみさんとか、ウカレメとかミソカメ（味噌・甕ではありません、念のため）とかいった役割をせいいっぱい演じながら、がたがたとせわしなく時を過すというのが、少なくとも二十世紀中葉までの大方の女たちの生きかたではあった。

一人前の女。女ざかり。ことばはいろいろあろう。そして人間の寿命がいまみたいに莫迦々々しく引延ばされるまでは、少女と老女とはこうしたいわゆる「女の一生」のうちの、ほんの両端のはみだし部分にすぎなかったのだ。

これからはちがう。はみだし部分の比重が確実に大きくなってきている。二度童子（わらし）とかいうべんりな形容があるけれど、今後はよい意味での二度目の少女期、もしくは一生つづくその季節を積極的にたのしむためにこそ、少女というものの本質がもう一度見直されてしかるべきであろう。

＊

それでも、考えてみれば昨今いろいろと取沙汰されている生命工学の技術でも、いまのところいじくりまわされているのは主として授精とか堕胎とか、つまりれっきとした繁殖に係わりのある、「はみだし」ではない部分にのみ限られているようで、これではまだまだ片手落ちのような気がしてならない。たとえば閉経を二十年も遅らせるとか、逆に月経そのものをなくしてしまうとかいった抜本的なリズムの改正にまで、科学の手が及ぶのはいつのことか。

わたしはかねて夢想するのだが、女性のこの月ごとの営みが、生まれつきとはいわぬまでも、せめて三歳児のものごころつく以前からはじまっていたならば、少女の心身はどんなにすっきりと、はれやかだったことだろう。

みなさん、そうはお思いになりませんか。近頃では発育がよくなって、ほとんどが小学生のうちから経験ずみとはきいている。でもそれだって時すでに遅しなのだ。大小の排泄のしつけとともに習慣づけられていたならば、ほとんど意識されずにすんだであろうものを、そうしたもろもろの躾けが一応の成果をおさめ、いっぱしのレディとして澄まして一人歩きしはじめたやさきに、突如番狂わせが生じてふたたびおむつをあてがわされる、このうっとうしさ。それも便意や尿意などのような前ぶれも自覚もなしに、いきなりこぼれでてきてしまうものの始末のわるさに、舌打ちしたことのない少女がひとりでもあったろうか。

女の子がともすればみずからを、世のいわゆる《女》という有徴の次元に知らず知らずおとしめてゆく過程にも、このあたりの事情は微妙にかかわってきているような気がする。女であることはみっともないことなのだ。少くとも少女にとっては。昔からよく、多少とももものを考えはじめたような少女が、「女であるまえにまず人間でありたい」などと口走っては殿方の失笑を買うことが屢々だけれど、そのような発言にしてもいまふれたような鬱屈とどこかで通底しあっていることを、見のがすわけにはいかないのではなかろうか。古今東西、いかなる青二才の少年だって、「男であるまえにまず人間でありたい」などという珍科白でわたしたちを笑わせてくれなかったことを、よくよく思いあわせなくてはなるまい。

＊

オンナノコを一人前の女に仕立てるのに必要なものはなにか、というなぞなぞがあった。答えは、ノコギリ。

このジョークはなかなか意味深長である。生ま身にノコギリをあてればどうしたって傷がつき血がながれることを、思い出さずにわらっていられるひとは倖せだ。血は必然的に汚れとむすびつく。不浄として忌み斥けられる。というより、血はまさしく生命そのものであり、生死にかかわるその流出の厳粛さには、思わずひとの目をそむけさせるものがあるのだろう。いずれにせよ、この傷みをへずして、名実共に女として一人立ちする方法はないものか。

じつはさきほどから話題にすべきかどうか迷っていることがひとつあるのだが、話がこうした方角へきてしまった以上、やはり知らんかおではすまされないような気がしてきた。ちょうど一年ほどまえの東京国際女子マラソン、と書けば、読者のうちにはははあとうなずかれる方もあろう。秋晴れの空のもと、沿道の何万という観衆の面前を、一人の外国人選手が股間を真紅にそめてかけぬけたのだった。

わたしは中継放送を断続的につけていたばかりで、ただアナウンサーの明らかにしどろもどろな口調から事態の異常を察したにすぎなかったが、このハプニングをテレビカメラは正面からとらえたのだろうか。とすればこれは少くとも日本の報道史上、空前絶後のことではなかったか。たとえば出産の記録フィルムといった類いのものならば、いままでにもとりあげられたろうし、茶の間の話題にもゆるされたろう。だがそれとこれとは断然性格を異にする。妊娠から出産まで。それはそれなりに陽の世界であって、ひそかに始末される月ごとの営みとは大ちがいなのだ。

白日のもとにさらけだされた経血というこのショッキングな事態について、世人がどのような反応を示したか。わたしの問題にしたいのはむしろそのことの方である。写真週刊誌はもちろんこぞってこの話題をとりあげ、その他のジャーナリズムの対処のしかたもさまざまだったけれど、おおむねそれはじつにさわやかで、感動的で、といった賞めことばが目につくなかで、戦後生れの同性の林真理子氏が率直にある狼狽を語っておられたのがわたしには印象的だった。こちらが旧い世代に属するから、だけではない。林氏だってこの事実をまったくの虚心では語れないのだとすれば、わたしがこの話題をとりあげるにあたっての気後れやためらいもゆるしていただけるのではなかろうか。いな、むしろこの気後れは最後までのこされるべきものであり、それを失ったならばそれこそ身も蓋もない世界がはじまってしまうような気がしてならない。経血をつつしむこと。それは少女のこころのさいごの砦でもあるのではなかろうか。

もうひとつ。これが遠い異国の見も知らぬ女性の上におきたことであればこそ、事件はフォーカス・レベルでも公けにされたけれど、相手がかりにわたしたちの日常に出逢う可能性のある日本人選手のばあいだったとすれば、この島国社会のジャーナリズムははたしてどのような反応を示していたろうか。おそらくは見て見ぬふりをするか、でなければもっと露骨にえげつない本性をさらけだしていたかもしれない。

＊

話を元にもどそう。少女と老女との対比について。——と記したそばからまたひとつ、恰好の話題を思いついてしまった。日本の明治少女たちには申しわけないけれど、兎穴の見張り役としては、この際やはり避けて通るのも気がひける。この稿が活字になる頃にはすでに見た方もおありであろう。デニス・ポッターつくるところの『ドリームチャイルド』という八五年度版のイギリス映画である。

読者もご存じであろう、ルイス・キャロルの『ふしぎの国のアリス』のさいごに、アリスのお姉さんが入り日に見入りながら、いまきいたばかりの妹のおかしな夢物語を思いうかべ、つられて自分も知らず知らず自分なりの夢をつむぎはじめる条りがある。——このちいさな妹も、やがては一人前の大人になるけれど、子供の頃の素直でやさしい心を潤らず保ちつづけるだろう。そして子供たちをあつめては、ふしぎなお話をきかせてやったりもする、その中にはきっと昔むかしのふしぎの国の夢物語もまじっているだろう。ききいる子供たちは片唾をのんで、目をかがやかせ、アリス自身もその子たちのおさない悲しみやよろこびに一々いっしょになって胸をときめかせることだろう。わすれもしない自分自身の子供の頃のこと、たのしい夏の日々のことだもの——

映画はまさしくこのお姉さんの夢にはじまっている。ここにはなんと、それから七十年後の晩年のアリスと、追憶のなかのしあわせな夏の日々のおさないアリスとが、交々画面に登場するのである。

時よ、とどまれ！　少女よ、育つなかれ！

作者のねがいどおり、物語のなかのアリスは永遠に十かそこらのまま、世界中を闊歩することになったけれど、現身のアリスはそうはいかなかった。悧発な少女は、どものドジスン先生の熱っぽいまなざしが自分にそそがれていることを百も承知しながらも、そこはちゃっかり、もっと明るくすこやかな自分向きの世界をえらびとり、ハーグリーヴズ夫人となったのだ。そして夫とともに家をいとなみ、子供を生みそだて、といったまずは十人並みの暮しのなかで、さまざまな哀歓を味わいながら徐々に年老い、と同時に年相応の堂々たる貫禄をも身につけてきた。まずは典型的なヴィクトリア・レディの登場と思っていただけばよい。

いまでは八十歳の未亡人のそんなアリスが、一九三二年、アメリカはニューヨークのコロンビア大学でおこなわれるルイス・キャロル生誕百年の記念集会に招ばれて、はるばる大西洋をわたってやってくる。折からの不況つづきで暗いニュースばかりのこの国にとっては、ねがってもないあかるい特ダネ、というわけで彼女は上陸早々、新聞記者たちにもみくしゃにされ、すっかりお冠りでホテルの一室にとじこもってしまう、といった設定だが、このコーラル・ブラウン演ずるところの老婦人がとてもいい。アリス、アリスとなれなれしく呼びすてにするアメリカ人共をぴしゃりとたしなめたり、コマーシャルに出ればお金になることを教えられてちゃっかり引受けたりするあたり、なかなか茶目っ気もあるしっかり者のレディといえよう。

ホテルの外はいつしか回想のオクスフォードとなり、金色の午下りやふしぎの国の情景となる。ただし彼女は、せっかくのドジスン先生のご執心にかならずしも応えてあげられなかったことに、当時からある疚しさをいだきつづけて今日に至ったのであって、はからずも自分が主役となったこの物語の隆盛をも、正直いってどこまでよろこんでいいかわからない複雑な心境にある——紙面もないのであとは略すけれど、それでは回想シーンの少女アリスの方の出来はどうか。

試写には偶然F書店のベテラン編集者たちが行きあわせていて、あとでいっしょにお茶をのんだのだけれど、いずれも娘の父親である三人が期せずして三人とも、終ってすぐに試写室があかるくならないでよかったと正直に洩らしたのはいかにも微笑ましかった。母も妻も女ざかりも切りすてた、少女と老女だけのこの映画は、たしかにある感動をもたらしたのだ。失意の中年男に少女がそっと頰をすりよせるあたりにも、単なる感傷以上の透明な悲哀のいろがにじみでていて、なかなかに手堅い、はっきりいって大人向きの映画である。

（一九八六〜一九八七年）

Words to Remember

If you're going to stop a band playing every time someone has an accident, you'll lead a very strenuous life.

From "The Garden Party" by Katherine Mansfield

だれかに不幸なことがあったからって、いちいちバンドの演奏やめさせてたら、このさきあんた、さぞ苦労することでしょうよ。

＊

少女は、自宅でひらかれる園遊会のために、朝から胸をはずませている。天気は申し分ないし、バラもいまが盛りだ。庭には天幕がはられ、注文のサンドイッチや花々もとどいた。人々がいそがしく立働き、すべてが午後の祝宴にむけて晴れがましく調ってゆく。

そこへ、思いがけないニュースがとびこんでくる。邸の門前の小さなごみごみした一廓で、ひとりの男が事故で死んだというのだ。もうすぐお客さまも集まってくる。バンドも雇ってあるし、はなやかなにぎわいは当然、道の向こうの不幸な一家にもきこえるだろう。そんなことはできない。今日の園遊会はもちろん取りやめだ――

とっさに少女はそう考えたのだった。

ところが、おどろいたことに、姉も母もパーティーをやめようなんて全く思わないらしいのだ。

「そりゃ、あたしだって同情はするわよ。だけどセンチメンタルになったところで、のんだくれの労働者が生き返るわけじゃないし」姉は妹の目をきっと見すえる。

「ああいう人たちはわたしたちが犠牲的にふるまうことなんて、ちっとも当てにしてはいませんよ」母も苛立ちをおびた口調だ。

ほんとうにそうなのだろうか。あたしはとんでもないことを考えているのだろうか。しかたがない。いまは目上の人々に従うことにして、パーティーがすんだらもう一度考え直してみよう。少女の身には、いまはそれしかできない。

Look happy! look happy!

From "Pannychis" by Eleanor Farjeon

元気にしてね！　元気にしてね！

＊

あたし、あなたがすきよ。だから、元気にしてね――そういいのこして、パニュキスは忽然ときえてしまった。幼なじみのいとこのキュモンをのこしたまま。ふたりはまだほんの五つかそこら。仲よしというより恋人どうしといった方が早い。少なくともキュモンはそう信じ、いとしいパニュキスのために歌までつくったのに、その相手がふいにいなくなったのだ。

パニュキスは二度とあらわれなかった。海に、森に、湖に消えたのか。それとも星か、お日さまにさらわれたのか。

かけがえのないものを奪われた悲しみを、キュモンはどこへぶつければよかったのだろう。世界はいつもと変わりなく、すべてはこんなに美しいのに、ただパニュキスだけが永遠にいなくなってしまったのだ。

でも、――ふさぎこんではだめ。しょげていてはいや。元気をだして、あかるくしていなくちゃあ。だって、あたし、あなたがすきなんだもの。

キュモンはやがて大人になり、妻をめとり子供もできた。でもパニュキスのことをわすれたわけではない。時折、人生に疲れはて、苦しみにひしがれそうになったりしたとき、ふいに世界のあらゆる美しさがあざやかに心によみがえる。それといっしょにパニュキスの愛くるしい声が、「元気にしてね！　元気にしてね！」とあのときのとおり、はれやかに笑いかけてくれるのだ。

Who shall number the years of the half of eternity?

From "The Mortal Immortal" by Mary Shelley

永遠の半分の年数だなんて、わかりっこないだろ？

＊

《私の半生記》といったタイトルを見るたびに思わず考えこんでしまう。なぜって、人間、一寸先は闇。人生半ばのつもりでいままでの歩みを記したこの著者だって、もしかして刊行の翌日、ぽっくり死なないともかぎらない。そしたら彼は、半生どころか、ほとんど全生涯を書いてしまっていたことになるだろう。

シェリイ夫人のこの物語のばあいは、話がもっとこみいっている。主人公は錬金術師の弟子として働くうちに、先生のつくった不老不死の霊薬を、定量の半分だけ、こっそりのんでしまったのだ。この半分というところが問題だ。彼はいま三百二十三歳。あいかわらず二十の時のままの若々しさだけれど、じつは今朝、自分の髪に白髪が一ぽんまじっているのに気がついた……。

永遠の寿命の半分って、いったい何年だろう？　無限の時間に、どうやって区切りをつけることができるのか？　彼は寝てもさめてもそればかり考えつづけている。

美しかった妻はもう、とっくに年老いて死んだ。夫の変わらぬ若さを呪いながら。周囲からあやしまれないためには、一ヵ所に定住することもできない。かといって、彼はやはり、いつかは死ぬにきまっているのだ。この mortal immortal（死すべき不死身）の持ち主は。

メアリ・シェリイといえば、あの『フランケンシュタイン』の作者だけあって、この小品でもさすが、心憎い状況設定だ。

I want my solitude, my peace, the beauty of my house.

From "The Journals of Anaïs Nin"

いつもの孤独、安らぎがほしい。自分の家の美しさにひたりたい。

＊

どうも翻訳者としての力量をためされるような微妙な words をついつい選んでしまい、そのたびに後悔するのだけれど、しかたがない。そのデリケートなニュアンスこそが、こうして remember されるゆえんでもあるのだから。

曲者（くせもの）は the beauty of my house だ。だいたいわたしが日本語で日記をつけるとして、《自分の家の美しさ》なんて言い回しをするだろうか。とすればここはもっと意訳した方がいいのかも？　と思う一方、いやいやここはあえて形容詞でなく、抽象名詞で記した作者の意をなんとか生かしたい気持ちもある……。

なにしろアナイスはいま、ヘンリー・ミラーと妻ジューンのいさかいを目のまえにして、どちらの言い分もわかるだけに、頭をかかえこんでいるところなのだ。ああくたびれる、ひとりになりたい、お家（うち）がやっぱりいちばんいい……。

そこは自分の美意識の支配するところ。自分の意にかなったものたちが、自分をなぐさめくつろがせてくれる場だ。そこでこそ、ひとはあらゆるストレスをわすれ、心おきなく至福の孤独にひたることができる。my house とはそういうところではなかろうか。

アナイスはなるほど郊外に美しい邸をかまえていたかもしれないが、問題はそんな表面的なことではないだろう。ひとによっては、散らかっていないとわが家ではないというひとさえある。それだって美でないとはだれもいえないのだ。

My closets are in beautiful Japanese order, but all subordinate to a higher order, and at the moment of life, thrust into the background.

From "The Journals of Anaïs Nin"

わたしの押し入れは、日本式にきれいに整頓されている。でも、すべてはもっと高次の秩序に支配されていて、生の瞬間にはそんなこと、どうだってよくなってしまう。

＊

日記を読み返したついでにもうひとつ、アナイス・ニンのことばから引かせてもらおう。

「こんにちは、愛する日記さん。アナイスよ。どうぞよろしく」

十一歳の少女がそんなふうにして書きはじめたノートが、いつしかつもりつもって今世紀最大の日記文学としてもてはやされるようになった。量的にはおなじくらいの厖大な記録をのこしたひとは他にもいるかもしれない。でも、面白さにおいて、というより、ひとりの同性の生態を知る上で、これほど示唆にとんだ貴重な記録を、わたしは他に知らない。

それにしてもアナイス・ニンというひとは、つくづく恵まれたひとだったのだろう。男たちのもとめるものはいつでもきまっている。自分たちとはどこまでも異質の、妖しい美しさと、もひとつ、すべてをゆるしてしまう母心にも似た、無限の理解と。たいていの女たちは、そのどちらかしか与えることができないのに、アナイスはその双方を、求めに応じてフルにさしだすことができたのだ。

男たちとの関係はまあどうでもよい。それより興味ぶかいのは彼女自身の心のなかの、小市民的な保守性と本能的な革命性との相剋ではなかろうか。でも、彼女はけっして前者にゆずったりしない。その瞬間が訪れればいつでもhigherなもののためにすべてを投げすてるだろう。そのあたりの気っぷのよさが、このひとの魅力のひとつでもあるのだ。

On the Head too High to Crown

From "Her——"Last Poems"" by Emily Dickinson

王冠をいただくには高すぎる頭に──

＊

「女の子のプライドなんて、男にもてること以外はすべてオールドミス的だよ」むかし、親しくしていた男友達にそういわれて、思わず絶句してしまったことがある。こちらもまだねんねぇだったし、話のあう相手だと思いこんでいただけに、よけいショックだった。いまではオールドミスなどということばもすたれかけているし、読者のなかにはまさか、こんな女性観をおもちの方はいらっしゃらないとは思うけれど、私の育ったころにはまだまだこうした偏見が幅をきかせていたのでした。

頭が高い、という表現はたぶんどこの国にでもあるだろう。実るほど頭をたれる稲穂かな──か。じっさいわたししたち、大人になるまでに、どれだけこの種の訓戒をうけてきたことだろう。とりわけ女の子のばあい、心のひそかな誇りがすこしでも表にあらわれたらさいご……。

などといったいじましい、しみったれた次元をきれいさっぱりわすれさせてくれる詩句がここにある。エミリ・ディキンスンは彼女の敬愛してやまない大先輩、エリザベス・ブラウニングのために、このうたを書いたのだった。ここにはブラウニング夫人からの引用も織り込まれているそうで、この句ももしかしてそうかもしれないけれど、どっちだってよい。王冠はしょせん世俗のもの。詩を書く女たちの頭は、そんなちゃちな飾りものの遠く及ばないさわやかな高みの風にふかれているのだ。

Dirge for the New Sunrise

From "The Canticle of the Rose" by Edith Sitwell

あたらしき日の出のための挽歌

＊

一見なにげないようでいて、そのじつおそろしい矛盾をはらんだ句です。その矛盾に気がつかないとすれば、あなたはよっぽど鈍感なのでしょう。

なぜって、これは挽歌です。ほめうた、寿うたではなくて、悲しみの、お弔いの歌だというのです。おかしいとは思いませんか。こんなことがあっていいものでしょうか。いったい有史このかた、どこのどの民族が、さしのぼる朝日をむかえてこんな失礼なうたを捧げてきたでしょうか。日の出。それはよみがえりであり、いのちであり、暗い不安な夜のあとの明るい光のおとずれであって、人間にとってよろこびと希望以外の何物をも意味していなかったはずです。

それがまた、どうして?……

早まってはいけません。うっかり副題を見のがすところでした。(Fifteen minutes past eight o'clock, on the morning of Monday the 6th of August 1945)

そう。この日付をわすれてはなりません。この日、この時から、人間と自然との関係がどこか深いところで大きく狂ってしまったのでした。ヒロシマの空をあの朝いろどったきのこ雲と死の稲妻と黒い雨。この皮肉な「人工の天然現象」とわたしは以前書きましたが、おなじことをイギリスの女流詩人も感じていたのですね。なぜこんなことになってしまったのかは知りませんけれど、やっぱり素直にお日さまおはようといえる時代に生きていたかった、と近ごろつくづく思います。あらためて。

*

"The Word for World is Forest"

Title of a science fiction by Ursula K. Le Guin

『世界の合言葉は森』

東京に生まれ、東京に育った子供にとって、森というものは、いってしまえばはじめから絵空ごとの世界にすぎなかった。

森に似たところは、あることはあった。たとえば代々木の森、つまり明治神宮。目白の学習院の森やむさしのの雑木林……。

でも、こんなところで赤ずきんちゃんがオオカミに出あったり、ロビン・フッドの一党が住みついたりできるわけがない。グリムやアンデルセンに出てくるようなほんとの森は、やっぱり外国にしかないのだろう……。

戦前生まれのわたしたちでさえ、そんなふうに思いこんでいたのだ。テレビで、風景の一端として、森を知らない子は考えられないけれど、森を自分の精神的風土のうちにかぞえ入れられる子供が、いまの日本にいったいどれだけいることか。

日本の国土の七十パーセントは森林だという。いまでこそわたしは人里離れた高原にいて、いつクマに出あってもおかしくないようなところで森林浴をたのしんでいるけれど、そんなわたしの身近にだってオリンピックやゴルフ場開発の手はしのびより、ひと月まえには鬱蒼たる森だったところが、ある朝ふいに見るも無残な空地に変わっていたりする。

ゆたかな森の国に生まれながら、森を知らずに育ってしまった罰を、いまわたしたちはいやというほど味わわされている。だれが森を殺すのか、いまや世界の合言葉は森なのに、日本だけは絶望的に時代遅れのままなのだ。

I like colour so much.
Well, the world is Coloured, so are people.

From the diary of Kate Greenaway

わたしはやっぱり色が好き。
だってこの世は色にみちているし、人間だってそのとおりだもの。

＊

テレビがまだ白黒しかなかったころ、お相撲見物につれてゆかれた子供が思わずさけんだという。――わあ、お相撲って天然色なんだねえ！

古い話でごめんなさい。

写真や映画だって、はじめのうちはみんな白黒だった。科学技術がいくら向上して、いろどりが真に迫ってきても、やっぱりカラーは白黒におよばないというひとも多い。あたりまえだ。わざわざ天然色ということ自体、あくまでもそれが人工の産物でしかないことを物語っている。

世界に色をつけたひとは、だれ？

ゆたかないろどりあってこその世界――

ケイト・グリーナウェイはこのことばを記すのに、わざわざカラードのCを大文字にした。人間ではない何者かによって、かくも美しくいろどられた世界を、彼女はどんなに愛していたことだろう。そのやさしい気持ちがつたわってか、彼女ののこした絵本は百年たってもすこしも古びず、世界中の子供たち女たちにいまだによろこばれている。そのおなじやさしさでもって、ケイトはいま、知人のある男の画家の絵が、年とともにだんだんクールで寒々しい色調になってきたのを本気で心配しているのである。

等身大の絵が描きたい、とも彼女は記している。その絵のなかに紛れこんでしまいたい、とも。あるがままの大きさと色の世界をかくもやさしく受け容れたこのひとは、生涯独身だった。

It is said that the effect of eating too much lettuce is "soporific".

From "The Tale of Flopsey Bunnies" by Beatrix Potter

＊

レタスをたべすぎると〝催眠薬〟みたいにきくそうです。

これ、ほんとうでしょうか。レタスに催眠効果があるなんて。どなたか実験してみた方があったら教えていただきたいものです。

書き手のポター女史自身も、すぐそのあとにつづけて、わたしは一度もそうなったことがない。もっともわたしはウサギではないけれど、とことわっています。してみると、これはウサギにだけ通用することわざなのでしょうか。たとえば〝ネコにマタタビ〟式に、動物それぞれにきまった麻薬のような植物がひとつあって、〝ウサギにレタス〟もそのたぐいなのかもしれませんが。

この〝It is said...〟の it はいったい何者なのだろう？　フロプシーの子供たちのおはなしを読むたびに、わたしは開巻第一行でこの一文につきあたって考えこんでしまうのです。そう、これは人間には関係ないことかもしれない。とすれば、これはウサギにとってのWords to Rememberであって、なにもこんなコラムでみなさまに覚えていただくまでもないかもしれない——

かもしれないけれど、いったいポターがどこでこの格言を手に入れたのか、愛読者としては気になるところです。わたしの思うのに、ポターはみずからウサギを飼ううちにこの事実に思いあたったにちがいありません。ピーターラビットの成功の秘密はひとえにこの少女博物学者の愛情、というより旺盛な関心と、クールな観察眼にあったのでした。〝ウサギにレタス〟もきっとその成果だと思うのですが。

This little planet begins to have a headache
Since humans occupied it and took it out of God's hand.
From "Little Planet" by Kazuko Shiraishi (Translated by Allen Ginsberg)

この　ちいさな惑星は　ここのところ　頭痛もちになった
あの人間たちが　神の手にかわり　この惑星を支配して以来だ

＊

スモール・プラネット——この小さな惑星が何をさすかは、いまさら申し上げるまでもないでしょう。
いつからこんなことになってしまったのか。詩はつづきます。

緑の血液は　乾き枯れ
海の中で　扶香鯨が　恋の電波おくり
唄う前に　殺されたころからだ

「ジェット機というアブが惑星の頭のまわりを　まわるたびに　酸素はなくなり」、ちいさな惑星は死相をおびて二十一世紀の方へ首をたれるばかり。

ほんとうにこの惑星の運命は、これからどうなってゆくのでしょう。この驕れるhumanの一員であるわたしたち自身、いったいどうすればいいのでしょう。すべてを神さまの手にもう一度お返しすることがかなわないかぎり、わたしたちは目をつむって破滅に突進してゆくしかないのでしょうか。

このプラネットの行く末を真剣に憂えているお友だちのために、ついでにもうひとつ、あのすばらしい写真集をぜひともrememberして下さるようにおねがいしておきましょう。それは世界十九ヵ国、九十五人の宇宙飛行士たちが協力して出した、写真集というよりさながら詩画集です。邦題は『地球　母なる星』、英語版は“The Home Planet”というのです。

The only way to learn to cook is to cook.

From “The Alice Toklas Cook Book” by Alice B. Toklas

料理をおぼえるこつはただひとつ、やってみるだけです。

お料理の本って、じつに誘惑的でスリルにみちている、とアリス・トクラスはいいます。まだそんなに料理に凝っていなかったころでも、つまらない料理読本をはじめからしまいまで、それこそなめるようにして読んだものだ、と。——まるでガートルード・スタインが探偵小説を読むときみたいにして。

＊

そう、アリス・トクラスは詩人ガートルード・スタインの生涯の伴侶として、長年共に暮らしたのでした。夫婦？　いいえ、女同士ですもの。そこには夫婦以上の精神的なきずながあったかも、といってしまっては言いすぎでしょうか。

『月の出をまって』という映画をごらんになった方は覚えていらっしゃるでしょう。ふたりがくるまで進んでゆくシーンを。運転するのはガートルードですが、その傍らにはかならずアリスが助手席にいて、おたがいに、わたしはドライヴァー、わたしはナヴィゲーター、といいあってにっこりするのです。

ガートルードが思索や創作にふける分、アリスはこの共同生活の実際面を受け持って、女房ならぬ女房役をつとめていたのでした。

外国には『アリスの国の不思議なお料理』とかいったたぐいの、名作にかこつけたおもしろいお料理読本がいっぱいあります。アリス・トクラスのこの本もそのひとつですが、彼女が実際につくってガートルードとたべた思い出のレシピが満載されていて、読み物としてもまたとない味わいある一冊なのです。

rose is a rose is a rose is a rose

From "The World is Round" by Gertrude Stein

ローズってローズってローズってローズ（ぱく・きょんみ訳）

＊

名前ってふしぎなものです。だれでもきっと持ってるものなあに？——子供のころ、そんな謎々あそびをしたことはありませんか。または「ちゃんとわたしの持ち物なのに、髪の毛ほどの重さもないもの」とか、「自分のなのに、他人が使ってばかりいるもの」とか。ためしに『世界なぞなぞ大事典』に当たってみましたら、この種の謎々はほとんど世界中、どの言語でも共通しているみたいでした。

ということは、世界中、どこに生まれても、子供たちはみんな、ものごころもつかぬうちから覚えこんだ自分の名前というものの正体について、思わず考えこんでしまうときがあるということの証しでしょうか。

ガートルード・スタインの『地球はまあるい』は、ローズという名の女の子のおはなしです。女の子にとって、ローズは自分の名前でもあるし、ばらの花の名前でもあって、そんなすてきな花と自分がおなじ名前だなんて、かえってよけいに名前の不思議について考えこむことも多かったのかもしれません。

「いつかあるとき、世界はまあるくてぐるりぐるりと歩いてくことができました」――ガートルード・スタインのお話はこんな文章ではじまります。ローズはそんな時代の子供です。まあるい地球のまあるい湖でおよいだり、まあるい口でうたったり、ROSEのOがまあるいことを発見したり――そして今日は、まあるい木の幹に、ぐるっとローズのうたをきざみつけたのです。すてきでしょ？

Sugar and spice, and all that's nice.

From "Mother Goose's Melody"

おさとうにスパイス、すてきなものずくめ。

＊

このコラムははじめから女のひとの words ばかり、それもなるべく、殿方の目には見逃されがちな、女性ならではのデリケートなつぶやきみたいなものを拾い上げるようにつとめてきたつもりです。

でも、今度ばかりは例外。なぜってこれは作者不明の唄の一節ですものね。え、やっぱり女性だ、ですって？　なるほど、そういえばナーサリー・ライムはもっぱら女のくちずさむもの。名にしおうマザー・グースが男の作品であるわけがない、ということでおゆるしいただくことにしましょう。

それにしても、「おさとうにスパイス、すてきなものずくめ」だなんて、いったい何のこと？　女の子ですよ、little girls のことなんです。What are little girls made of? という問いかけに対する答えが Sugar & spice なんです。「女の子ってなあに／何と何となあに？／おさとうにスパイス／すてきなものずくめ／そんなもんでできてる／それが女の子さ」拙訳はこんなふうですが、はて、女の子のみなさん、あなたは自分がそんなにすてきなものずくめだと自覚しておいでかしら？

事のついでに男の子のばあいを紹介しておきましょう。What are little boys made of? その答えはギョギョギョ！　「カエルにカタツムリ／小犬のしっぽ」(Frogs and snails/and puppy-dogs tails) ですとさ。男の子たちのブーイングがきこえてきそうですね。

Shakespeare's sister

From "A Room of One's Own" by Virginia Woolf

シェイクスピアのいもうと

＊

残念ながらわたしのこのコラム担当は今回で終わりです。で、締めくくりにだれをもってくるかは、じつははじめから決めてありました。それがこのひとの、この一句です。シェイクスピアにほんとうに妹がいたかどうかなんて、伝記をたしかめたりしないで下さい、とヴァージニア・ウルフはいいます。この女性は、つまりシェイクスピアとおなじだけの天分に恵まれながら、一行も書き遺さずに若くして果てたのです。なぜ？どうしてわたしたちの同性の、いわば女シェイクスピアは存在しなかったのか？

ウルフのこのエッセーは全篇がこの問題の追究といっても過言ではありません。過去の女流作家たちのさまざまな例にさかのぼりながら、ウルフは女性が真に文学者たりうる条件について、静かに、かつ鋭く問いつめてゆきます。そして結論づけるのです。——もしわたしたちがそれぞれ、年五百ポンドのお金と、自分ひとりで閉じこもれる部屋を持つようになるならば、——もしわたしたちが自由の習慣と、自分の思うことをそのまま書く勇気をもつならば、その日こそ、シェイクスピアの妹はよみがえるだろう、と。

五百ポンドの年金と、鍵のかかる部屋。このふたつの条件はわたしを深く考えこませます。いまではそんなもの、求めずして与えられている女の子だって、いくらでもいますよね。でも勇気は？ そして真の自由は？ さあ、わたしたちのシェイクスピアは、はたしていつ生まれるのでしょうか？

（一九九一〜一九九二年）

Well done, little Snowflake. Come home to me now.

——Paul Gallico

ポール・ギャリコの『雪のひとひら』は、天から舞いおりてきたひとひらの Snowflake を主人公に、ひとりの女の誕生から死にいたるまでを語ってみせた、珠玉の掌篇小説です。

一八九七年、ニューヨークにイタリア系移民の子として生まれたこの作家は、大学時代に第一次世界大戦に志願従軍するといった経歴の持主で、当時の見聞からダンケルクの悲劇をネタに『スノーグース』の一篇を書き上げ、大西洋の両岸でひろく読まれました。その後はニューヨーク・タイムズのスポーツ記者として鳴らしましたが、五十代以後はヨーロッパに居を移し、作家稼業に専心して、ほぼ一年一作のペースで着実に作品を発表しつづけました。有名なものに、映画化もされた『ポセイドン・アドヴェンチャー』、『七つの人形の恋物語』（映画『リリー』の原作）などがあります。『雪のひとひら』はギャリコ五十代の円熟期の作品で、二冊の猫物『ジェニイ』、『トマシーナ』とともに、いまでは彼の代表作に算（かぞ）えられています。

主人公のSnowflakeは、もともとは水であり、それがきびしい寒さのなかで結晶して天から降ってきたにすぎません。雪としての少女時代、彼女はこの世の美と、愛とに目ざめます。白皚々（はくがいがい）の山頂をばら色に染める最初の日の出から、雪だるまの鼻にされたり、学校に行く女の子の橇にひかれたり、やがて仲間たちの下積みになって、闇にとざされたまま、孤独に春の雪溶けを迎えます。

雪溶け以後の彼女は、一滴の水として、川を流れ下るうちに、心づよい伴侶Raindropにもめぐりあい、共に旅をつづけるうちに、四人の子供たちにも恵まれ、母としての充実感を味わいます。

けれどもその幸せは長くは続きませんでした。最大の敵Fireとの闘いに、夫は消耗しきって、ある日、雪のひとひらをのこして先立ってしまうのです。ひとりぼっちになった雪のひとひらは子供たちに慰められながら旅をつづけますが、川はしだいに大河になって沼地を経、海に入る直前に、どの子も自分の志望に従って、母への挨拶もそこそこに四散してゆきます。雪のひとひらはただひとり、大海原に漂い出て、運命に導かれるままに南へ至り、やがて太陽の暑熱に蒸発して果てるのです。

初読以来、わたしの心にとりついて忘れられなくなったことばは、最後の一行に記されていました。

"Well done, little Snowflake. Come home to me now." 拙訳では「ごくろうさまだった、小さな雪のひとひら。さあ、ようこそお帰り」としましたが。昇天した雪のひとひらの場合は、この声が空いちめんに玲瓏とひびきわたることになっています。

クリスチャンのギャリコはそのひとをHeと大文字で綴っていますから、それは神かもしれません。でもそれは、長年を連れそった夫の口からささやかれることばかもしれません。またささやきですらなくて、無言のまなざしにすぎないかもしれません。

それでも、誰かが自分の小さないとなみを終始見守ってくれていて、そのひとが最後にWell done. を言ってくれるかぎり、その女はしあわせなのではないでしょうか。

わたしにとっては、男女の関係に新たな照明をあててくれた、記念すべきせりふなのです。

（二〇〇二年）

編者解説　天上界と下界を行き来した人

早川茉莉

どうしようもなく、その人固有のものを持っている人がいる。矢川澄子さんがそうだったと思う。矢川澄子さんのことを「美学を譲らないお嬢さま」と評した人があったが、際立った少女の感性を持ち、それを譲ることなく、持ち続けた人だったのではないだろうか。

私自身、矢川澄子さんと面識はなく、つながりといえば、矢川さんがお書きになったものを通してだけなのだが、実際に会ったことがある人たちから聞いた矢川さんはこんな人。

妖精のような人だった。透明な雰囲気の人だった。どこか別の世界からやって来たと思わせるような人だった。小さな声でほほえむように話す人だった。儚げな佇まいの中にも、鋭いものを隠し持っている人だった。ひと目でその人の魂の在り様を見抜く人だった——。

そうしたイメージのフィルターを通して見ているからか、あるいは、その名前の響きからなのか、矢川澄子さんを思うと澄んだ空気に包まれ、やがて、オパール色のけむりのような靄の中を透明な風がスーッと通り抜ける初冬の早朝が出現する。それが私にとっての矢川澄子さんであり、矢川澄子日和なのである。

矢川澄子さんという稀なる作家に出会えたことに感謝しつつ、ここからは収録したエッセイのキイワードの断片のいくつかを道案内に、書き進めてゆきたいと思う。

両界を生きた少女

『ユリイカ』の臨時増刊号「総特集・矢川澄子・不滅の少女」に収録されている矢川澄子さんと池田香代子さんの対談の中に興味深いやり取りがあったので、その一部を引用してみたい。

矢川　小町の家の、上の八畳一間が私たちの部屋で、真下に母や妹が寝てるわけ。縦に重なって。（中略）大正時代に建ったようながたがたのぼろ家で、二階で澁澤の友達やなんかが乱暴狼藉を働いたり、出窓からおしっこをしたりだから、下で暮らしてる人たちには随分むちゃくちゃな、ひどい家だったと思います。

池田　二階の天上界と一階の下界を行ったり来たりするのが矢川さんの妻としての役割。

矢川　結局そうなっちゃうのね。澁澤は観念的なことだけを上で言ってればいいので……

二階の天上界と一階の下界を行ったり来たりしていたという鎌倉・小町の家での矢川さんを思い浮かべながら、あぁ、そうだったのか、と納得する。矢川澄子という人の在り方そのもののように思えるからだ。

矢川澄子さんを思うとき、そこに常に付きまとうバイリンガル性。たとえば、言語としてのそれは、日本語と外国語ということだけではなく、「口では母方とおなじ東京弁をしゃべりながら、観念の上では父＝男を追い続けた」というように、母方一族のなめらかな東京の話し言葉と九州訛りの抜けない父親の話し言葉が混在する幼い頃の環境。はかなげな雰囲気の矢川さんの内部で燃え滾るマグマのようなもの。「終始おうちの子」であり、その「家の中の子供はそのまま、本の中の子供でもあった」矢川澄子さんと、その楽園を出てからの日々。「皮袋の問題」に書かれている肉体の内側の問題とひとさまの目にはつかないようにそれが仕組まれているという二重構造。矢川さんの家の中にある「うちのなかのよそ」。少女と反少女。内包されている西洋的なものと日本的なもの。矢川澄子さんその人と「お話をかくひと」としての矢川澄子さんの両性具有性――etc。そうしたものすべてが、「天上界と下界の行き来」ということで腑に落ちた気がする。

そういえば、「不滅の少女」の中にこんな一節がある。

「耽美的な少女誘拐者のまなざしをいやでも惹きつけずにおかないほどの、現実の美少女。かたや、その少女らの幼い魂をはげしくゆさぶり蕩かさずにおかないほどの、物語の作家。そのどちらにでもよい、小さなみじめったらしいみそっかすの女の子は、なれるものなら一足とびになってしまいたいものと、日夜思い暮していたのだった。

どちらにでも、といってしまってはまちがいになる。おなじ年頃の仲間として、この子には、きれいな同性たちがただただうらやましかったのだ。ただ、いかにはげしく憧れようとも、現実にそのような美少女に変身することだけはぜったいに不可能であり、されればこそ第二の夢、ある程度までおのれの分をわきまえた、いわば反少女の成れの果てのすがたとしての「お話をかくひと」がうかびあがったのでもあろう。この第二の夢は、何かこうひどく後めたくて、口にだすのさえ憚られる陰気な快楽であったが、その意味ではじめの「おお、きれいに、きれいに!」もおなじ、恥しくてとうてい人前に出せるしろものではなかった。

ついでに記せば、そのような「お話をかくひと」を夢みるとき、おかしなことにわた

しは、無意識のうちにつねに女であることを忘れ、一個の人格として、男としてふるまっていた」(二五三―五四頁)

矢川さんの中にある「少女」と「反少女」。「少女」と少女を内包した「反少女」としての「お話をかくひと」。「不言こそ少女の金科玉条であった」という矢川さんにとって、「お話をかくひと」になるということは、反少女としてのみ成立することであり、そこには、意識的に確保した美意識のルールが貫かれていただろう。そう考えるとき、「こころの小宇宙」の中の次の一文は実に象徴的である。

「言わなければいいのである。言わなくてもわかってくれているごく少数のひと、もしくは何者かのやさしい目さえ当てにできたならば」(三三七頁)

思うに、その「目」こそが矢川澄子の読者たちなのではないだろうか。矢川さんの作品が読者を選ぶのは、矢川さん自身が読者を選ぶようにして書いていたからだろう。

矢川澄子さんは、少女のうちにある深い孤独や貴種であることの誇りのようなものを鋭く感じ取り、そこに魂のレベルで共鳴していたのだろうと思う。だからこそ、少女について書くこと、翻訳するということは、自身の存在の核心に近づくことであり、その中で育んでいたのは、矢川さん自身の少女期でもあったはずだ。

私はまた、矢川さんの少女領域に野上彌生子や与謝野晶子、菅原孝標の娘が存在していることを知って、同じ水脈を見つけたようで嬉しくもあり、それはそうでしょう、と納得もする。

そして、どこか別の世界からやって来た人のようだったという矢川澄子さんは、実際、小町の家に住んでいたときだけではなく、そこを出てからも、天使の梯子を使って天上界と下界とを行き来していたのではないだろうか。さらに言えば、そうすることで濾過され、築かれる世界にあるのは、「精神のストリップは性に合わない」という矢川さんの美の方程式によって導き出され、結晶化された固有の知性であり、言葉たちなのではないだろうか。

収録した作品の中に、「両界に生きた少女」というエッセイがある。矢川さんは、与謝野晶子の歌を引きながら、「竹取物語」についてこんな風に締めくくっている。

「終りのあたり、天人と地球人とのあいだに立って微妙にこころ揺れ動きながら、さいごまで両界のことばの通訳をつとめようとはかる姫のいたいけな姿勢のなかに、ある種の女性に特有の悲願をかいま見せられたような気がしたからだ。そう、いたいけどころではない。彼女はこの場でただひとり、天の性と地の性と、両性を二つながらに味わった者として、あるときは堂々と天人をたしなめてさえもいるのであった。このほこらかな自覚。これだけはやはりいつの世にも失われたくないものである」（三八二頁）

読みながら私は、この「両界に生きた少女」に矢川澄子さん自身をどうしても重ねてしまう。そして、「いわば両性具有的な自由を保留しているわけであり、これは地上の目からすればまさしく変化（へんげ）のひとということにほかならない」（三七八頁）のは、矢川澄子さんその人でもあるのではないだろうか、と思うのである。

神聖な魔女の技

「秘すれば花──ある「魔女美学入門」」というエッセイがある。「これぞと思うとっときのお話を、ここらでひとつご披露しちゃいましょう」と語られるテーマは、魔女についてである。この中で矢川澄子さんはこんな風に書いている。

「魔女はそれほどにも目立たずに、世を忍ぶすがたで、つまりどこにでもいるってことなのですけれど。こういえばおわかりかしら。つまり、──すべての魔女はかくれ魔女である、とね。あのひと魔女みたい、などと世間にうわさされるようではまだまだ修業が足りません。目立ちたがりやは魔女として失格です。そんな者、それこそ魔女の風上にもおけますまい。

ほんものの魔女はおのれの存在をぜったいひとに気取らせません。たやすく気取られるようでいてどうして魔女の本領を発揮できましょうか。かくれです、どこまでも、かくれに徹することこそが、魔女の魔女たるゆえんなのでは。

いいですか、一見あたりまえの、ごく地味な、変哲もないふつうの女たちのなかに、さりげなく魔女は紛れこんでいます。あなたはいつ、どこで、どのような魔女に遭遇しているかもわかりません。もしかして自分の妻が魔女だったなんて。考えてみればこわいことね。おそろしいことね。でもしかたがない、魔女ってもともとそういうものだもの」（二四〇—四一頁）

矢川さんはまた、こんな風にも書いている。

「うたわざる詩人、描かざる画家がありえないように、魔法を実践しない魔女がいるものか、ですって？　やれやれ、そんな幼稚ないちゃもんをおつけになるようでは、それじゃあなたの考えていらっしゃる魔って、いったい何なの？　せいぜい詩や絵と同列に論じられるたぐいのものでしかないの？

とんでもない。そんな他愛もないお遊びごとと神聖な魔女の技とをとりちがえるようなまねだけは金輪際やめていただきたい。いいですか、魔女の技とは、いやしくも人の生死に関わるものなのですよ。必殺の剣。つきつめればそういうことよ。そんな険呑な武器をどうして伊達にふりまわす必要があって？」（二四一—四二頁）

矢川さんの作品を読むとき、私は、眼光を紙背に置いてみる。するとその言外や行間からは、目には見えない無数の襞のようなものが見えてくる。それが隠し切れなかったものなのか、あるいは、その世界を真に理解しようと思う者だけに少しずつ開かれるように、あらかじめ用意されたものなのかは分からないが、その襞は、神聖な魔女の技によって用意されたかくれなのである。天晴です、矢川澄子さん！　としか言いようがない。

矢川澄子さんの言葉のかけらたち

「Words to Remember」は、矢川澄子さんのかけらがヒラヒラしている気がして収録したもので、エリナー・ファージョン、エミリー・ディキンスン、アナイス・ニン、ヴァージニア・ウルフなど、どの言葉も、また、そこから広がる矢川澄子さんの言葉もとても魅力的。

分けても、「王冠をいただくには高すぎる頭に——」というエミリー・ディキンスンの詩句。これについて矢川さんはこんな風に書いている。

「王冠はしょせん世俗のもの。詩を書く女たちの頭は、そんなちゃちな飾りものの遠く及ばないさわやかな高みの風にふかれているのだ」（四一五―一六頁）

こんな言葉を知ると、幻の矢川澄子訳の『エミリー・ディキンスン詩集』が天国で生まれてはいないものか、そんな無理難題を言ってみたくなる。

それはさておき、この中に「世界の合言葉は森」という言葉がある。「東京に生まれ、東京に育った子供にとって、森というものは、いってしまえばはじめから絵空ごとの世界にすぎなかった」（四一七頁）と書いているが、矢川さんに限らず、森を精神的風土のうちに数え入れられる子どもはどれだけいるのだろう。

森の営み。木の葉が落ち、それが土壌を豊かにするとか、木の実が土の上に落ち、それが野生動物に食べられたり、その種を鳥たちがどこかに運んで、そこからまた芽吹くとか。そうした人目には触れない自然の密やかな営み。そんなことも含め、たくさんのものも内包しているのに、森はというと、ただそこに静かにあるだけなのである。

そして、矢川さんの詩や小説やエッセイもまた、森と同じく、内側に隠し持っているものは決してあからさまには人目には出ない、触れないということを前提として、意識的に自分自身に確保した知性と感性に支えられて展開してゆく世界のように思われる。

第三章に収録した「高原の一隅から」では、黒姫高原に暮らすようになってからの日々のこと、樹々や花や小鳥や兎のこと、手料理、移動する書斎の人となっての東京通いのことなどが綴られているが、絵空ごとの世界にすぎなかったであろう「森」を、黒姫に移ってからの矢川さんは体験しつつあったのかもしれないと読みながら思う。それにしても、矢川さんのエッセイの中に登場する「森」の何と多いことか！

二度目の少女期

さて、「森」の話は、もっと別の「森」につなげてゆかなければ。まずは、少女と老女（あるいは、少年期と老年期）と。両者に共通するものは何なのだろう、というところから。

「人間の寿命がいまみたいに莫迦々々しく引延ばされるまでは、少女と老女とはこうしたいわゆる「女の一生」のうちの、ほんの両端のはみだし部分にすぎなかったのだ。これからはちがう。はみだし部分の比重が確実に大きくなってきている。二度童子とかいうべんりな形容があるけれど、今後はよい意味での二度目の少女期、もしくは一生つづくその季節を積極的にたのしむためにこそ、少女というものの本質がもう一度見直されてしかるべきであろう」（三九九―四〇〇頁）

「はみだし」というと、みもふたもないような気がするが、「少女」と「老女」との間にある三、四十年というのは、もろもろのペルソナをおしつけられ、さまざまな役割を精一杯演じながらせわしなく時を過ごすというのが、二十世紀中葉までの大方の女たちの生き方ではあったと矢川さんは言う。だが、これからは違う。先に引用した「二度目の少女期」「少女というものの本質」という矢川さんの言葉に、私としては森茉莉を思い浮かべずにはいられない。

「至福の晩年」の中で、矢川澄子さんは、森茉莉の「幼い日々」の最後の一節を引用して、このように言及している。

「書き写しながらわたしは茉莉さんのおそるべき勁さに、いまさらながら愕然とする思いなのだ。唐突かもしれないけれど、シモーヌ・ヴェイユのいわゆる「純金の預り物」とは、おそらくこうしたことではなかったかと思う。そんじょそこらの人々はこれほどまでに黄金の思い出を有ってはいないのだ。幾人かの友人がこのひとのあまりなしあわせに息苦しさをおぼえて遠ざかっていった。それもしかたのないことではあった。それに茉莉さんは他人の批判的なまなざしというものにおそろしく敏感で、百枚のしとねの下の豆一粒でもたちどころにかぎつけてしまうほんもののお姫さまだったから、そうした特例をみとめたがらない人々にとっては度しがたい存在だったと思う」（三三四頁）

「純金の預かり物」を持ったほんもののお姫さま、ほんものの少女にとって、貴種だということは改めて考えてみるほどのことではなく、ごくごく当たり前のこと。それが何か？　の世界である。だから、自身に、ましてや他者にちらつかせることなど全く必要ないことなのだ。ほんものとはそういうもの。そのことを、全く、と魂のレベルで納得してしまう。

祖母から母、母から娘へと手渡され、受け継がれてゆく真珠のネックレスのように、てゆくだろう。

矢川澄子さんは、「少女」についてのさまざまな秘密の鍵を遺してくれた。その少女遺産は、これからも「鍵」を受け取った少女たちによって密やかに受け継がれ、手渡されてゆくだろう。

そうした矢川澄子さんの特別な思い、大切な言葉に出合えたことは、ほんとうにしあわせなことだと思いつつ、矢川さん自身、「昔から多面体願望みたいなのがあって」と話しているように、このアンソロジーでは、さまざまな矢川作品を集めて編んだ。ときにハッとし、ときに封蠟印を押された封書を開ける儀式のように密やかに、ときに静かに満ち足り、ときに懐かしく、ときに切なくなりながら作品を楽しんでいただけたら幸いである。

ここでは矢川作品のキイワードの一部しか触れることができず、父と娘、矢川澄子さんの東京地図など、たくさんのものを置き去りにしてしまっている気がするが、読者のみなさまには、この文庫に収録した作品だけではなく、ここからさらに深い森の中へと分け入っていただきたいと思う。ただし、矢川澄子の森は果てしなく深い。そのあちこちに兎穴もあることもくれぐれもお忘れなきよう。

（編集者）

初出一覧

第一章　あの頃

わたしの一九三〇年代覚え書き　『風通しよいように…』一九八三年、新宿書房
高みからひびく声　『静かな週末』一九七七年、筑摩書房
くすんだ聖家族図　『いづくへか』二〇〇三年、筑摩書房
小さな夏の思い出　『風通しよいように…』
子どもの美・おとなの美　『いづくへか』
目白の怪　『いづくへか』
私空間　『いづくへか』
一九五X年・夏　『おにいちゃん』一九九五年、筑摩書房
おにいちゃん　『おにいちゃん』
《神話》の日々　『おにいちゃん』
静かな終末　『静かな終末』

第二章　存在の世界地図

大人にはきこえぬ笛　『反少女の灰皿』一九八一年、新潮社
わたしの「詩と真実」開眼の頃　『ちくま哲学の森6』月報「森の栞3」→「ユリイカ」二〇〇二年十月臨時増刊号
《有徴》ということ――プレテクストとしての『抒情文芸』第三五号、一九八五年七月、抒情文芸刊行会→「ユリイカ」二〇〇二年十月臨時増刊号
これはわたしの……　『静かな終末』「これはわたしの……」より抜粋
本づくりのよろこび　『風通しよいように…』月報「日没国通信」第二号
薄暗い店で見たあざやかな赤い表紙　「生活の絵本」一九七五年七月号、婦人生活社
ささやかな語源学　『風通しよいように…』
箱庭のイギリス　『風通しよいように…』

わたしのなかの北欧　『風通しよいように…』
手　『いづくへか』
「きりっと」の功罪　『いづくへか』
わたしのおしゃれ哲学　「STUDIO VOICE」一九七六年十一月号、流行通信社→「ユリイカ」二〇〇二年十月臨時増刊号
気取りの周辺　『いづくへか』
目を疑うということ　『いづくへか』
広場と旅びと　『いづくへか』
(フランクフルトの内藤礼展)　「山形新聞」一九九七年十月十五日ほか
秘すれば花──ある「魔女美学入門」　『矢川澄子作品集成』一九九九年、書肆山田

第三章　高原の一隅から
高原の一隅から　『いづくへか』
トルコ桔梗という花　『風通しよいように…』
雪・こぶし・兎　『風通しよいように…』
にしひがし　『いづくへか』
今日、いちにちの白　「JEWEL」一九八九年五月号、レーヌ出版→「ユリイカ」二〇〇二年十月臨時増刊号
いづくへか　『いづくへか』
たのしいキッチン　『風通しよいように…』
幻のビスケット　『風通しよいように…』
世紀末の天ぷら　『いづくへか』
失われた陶器　『いづくへか』
こわれやすいひかりの器　『風通しよいように…』
白と、汚れと……　『風通しよいように…』
一九七七年・春から秋へ　『風通しよいように…』

第四章　不滅の少女
夢と、少女と。『風通しよいように…』
不思議な童話の世界とわがアリスとのあまりにも興褪めな諸関係について　『いづくへか』
これからのアリス　『反少女の灰皿』
キャロルの妹たち　『反少女の灰皿』
イギリスが晴れると……　『反少女の灰皿』
囚われの少女さまざま　『反少女の灰皿』

不滅の少女　『反少女の灰皿』
あるアリスの終焉　『矢川澄子作品集成』
無用の用をもとめて　『反少女の灰皿』
わたしのなかの tiny victorienne　『反少女の灰皿』
アリスとの別れ　『反少女の灰皿』

第五章　卯歳の娘たち

町医者だったおじいちゃん　『いづくへか』
果物籠余談　『矢川澄子作品集成』
モイラとアナイス——「不滅の少女文学」序論　『「父の娘」たち——森 茉莉とアナイス・ニン』一九九七年、新潮社
〈神〉としての日記　『「父の娘」たち——森 茉莉とアナイス・ニン』
卯歳の娘たち　『「父の娘」たち——森 茉莉とアナイス・ニン』
至福の晩年　『「父の娘」たち——森 茉莉とアナイス・ニン』
茉莉さんの常食　『「父の娘」たち——森 茉莉とアナイス・ニン』
茉莉さんの写真　『「父の娘」たち——森 茉莉とアナイス・ニン』

第六章　兎穴の彼方に

こころの小宇宙　『反少女の灰皿』
作品世界のなかの少女について　『いづくへか』
ある宮沢賢治体験　『反少女の灰皿』
二十世紀文学・極私的リストアップ　『いづくへか』（昭和五十四年）　植田康夫編　『読書日録大全』一九八九年、講談社
いつもそばに本が　朝日新聞二〇〇二年二月三日、十日、十七日付　朝日新聞社↓「ユリイカ」二〇〇二年十月臨時増刊号
密室の浄福　『反少女の灰皿』
両界に生きた少女　『反少女の灰皿』
使者としての少女——兎穴の彼方に　『いづくへか』
Words to Remember　『いづくへか』

ちくま文庫

矢川澄子ベスト・エッセイ　妹たちへ

二〇二一年三月十日　第一刷発行

著　者　矢川澄子（やがわ・すみこ）

編　者　早川茉莉（はやかわ・まり）

発行者　喜入冬子

発行所　株式会社　筑摩書房

東京都台東区蔵前二—五—三　〒一一一—八七五五

電話番号　〇三—五六八七—二六〇一（代表）

装幀者　安野光雅

印刷所　株式会社精興社

製本所　加藤製本株式会社

ISBN978-4-480-43727-3　C0195